U0533486

———————— 阅读之前 没有真相

午夜文库

白夜追凶2：白夜破晓（上）

指纹 著
谢十三 改编

NEWSTAR PRESS
新星出版社

目录

1	前情提要
3	壹 逢日而生
41	贰 暗夜囚龙
76	叁 择日再死
106	肆 失子疑云
140	伍 危机在睫
171	陆 影随他动
202	柒 蛮荒四月
227	捌 身份危机
256	玖 一叶障目
288	拾 君涉怒河
312	拾壹 无路可逃
335	拾贰 绝地逢春

前情提要

一年前，退役武警关宏宇被当作杀害吴征一家五口的嫌疑人通缉，而他的孪生兄长、支队刑警队长关宏峰因为不能参与这起案件的调查，辞去了丰台刑侦支队一把手的职务，并且收留了走投无路的弟弟。为了查出真相、为关宏宇洗脱冤屈，兄弟二人共同饰演"关宏峰"的身份，接受支队顾问的返聘，在协助公安破案的同时，寻找那起灭门命案的真凶……出入刑侦支队的一年间，关宏宇在哥哥的培养下勤学苦练，对刑侦工作逐步熟悉。凭借这个无往而不利的双簧组合，不但多起大案要案迎刃而解，警方还追查到并击毙了叶方舟——一个与吴征一家遇害有着密切关联的曾是丰台支队刑警的败类。遗憾的是，女警周舒桐的父亲——副支队长刘长永在这伙犯罪分子的反扑中，阴差阳错遭到毒杀……

关宏峰因为几年前办案时遭遇的伤害，患有严重的应激障碍，无法身处弱光或黑暗的环境中，否则就会出现感光性癫痫的逆反应。兄弟二人在办案过程中，虽屡次引起支队长周巡的怀疑，但也得到了关宏宇的女友法医高亚楠、好友崔虎、酒吧老板刘音和关宏峰早年培养的卧底警员林佳音的帮助。虽然几人最后携手追查到了叶方舟，但他不过是庞大犯罪组织的中层干部而已。而在继续追寻幕后黑手的关键时刻，关宏宇阴差阳错地发现,当初陷害他为灭门案凶手的最大嫌疑人,居然正是关宏峰。

因为不明原因,关宏峰突然被刑侦总队的人带走询问。押送过程中,关宏宇虽心怀疑虑,但仍冒险与之交换身份,跟随总队人员回到公安总部接受调查。

与此同时,林佳音正护送与本案相关的重要证人朴森及为其医治的黑市医生杨继文连夜从长春赶回丰台……朴森之前险被灭口,双眼已瞎,耳朵被刺,舌头也断了,暂时无法正常交流。

壹 逢日而生

01

二月二十日，夜色已至。

林佳音的手松松地搭在方向盘上，但神经仍旧是紧绷着的。已经入夜，面前是已经亮起路灯的熟悉街道，她时不时望一眼后视镜——此刻她的车后座上，正坐着叶方舟一案的两位关键证人。

朴森在下高速公路的时候就睡着了。那伙人下手太狠，尽管已经简单治疗过，但他的眼睛、耳朵和舌头上都曾经有开放性创口，状态也很糟糕。他在睡梦中发出了无意识的呻吟，杨继文在一旁看顾着他。这名黑市医生专业水平虽然不怎么样，人倒还算敏锐。目光和林佳音的目光在后视镜里一撞，他的心头突突跳了起来，没忍住低声问道："咱们就直接过去？要、要不要先给那个谁……打个电话？"

他指的是关队，关宏峰、关宏宇，随便哪个。从长春到北京，车程二十二个小时，林佳音除了出发时和两人有简短交流外，为安全起见，一直没有再联系确认。

林佳音没有回答。

没有消息意味着计划照常进行。像这样的任务，永远是越安静越好。这是她和关宏宇，哦不，现在是和"二关"的默契，没必要和一个黑市医生多解释。

又穿过一个红灯，车子已经驶入音素酒吧所在的街区。林佳音习惯性地观察前面的情况，目光却在一行人身上顿住了。

前方几乎没有别的车辆，视线比较开阔，音素酒吧的对面停着一辆黑色奥迪，几个人正从车里下来，准备过马路。他们个个虎背熊腰，满脸横肉，只有打头的那个长着一张娃娃脸——没多久之前，就在红旗诊所门口，他和林佳音打过一次照面。

林佳音本能地踩下刹车，丰田车发出尖锐而突兀的响声。

下一瞬，"娃娃脸"猛地抬起头，目光如觅食的鹰隼般，透过车窗玻璃死死地盯住了她。

见鬼！这人认出她来了！

林佳音双手几不可见地颤抖了一下，接着毫不犹豫地猛打方向盘，车在并不算宽阔的支路上急速掉头。十几秒后，黑色奥迪紧紧地咬了上来。

林佳音一边猛踩油门，一边用车载系统拨关宏峰的电话。

没有人接听。

她额上冒出了冷汗，果断地挂断，又给刘音打电话，这回倒是很快通了。

"别问我问题。"林佳音语气急促地说，"我联系不上关宏峰。酒吧很不安全，立刻走！"

车子急转入大路，汇入车流，她拨打关宏宇的电话。

对方接了起来，语气很不自然，也很不耐烦。"我现在不想讲话。"

林佳音愣了愣，顾不上别的，咬咬牙说道："听我说，我联系不上你哥，我刚刚……"

关宏宇冷冷地说："他的事以后别和我说，你也别找我了。"

奥迪又跟了上来。林佳音想破口大骂，但忍住了。"你们俩这时候闹什么别扭？"

"你管这叫闹别扭？"关宏宇在电话那头喊道，"吴征那起灭门案！五个人五条命！我们查了这么半天，结果就是他栽赃的我！"

这节骨眼上哪里冒出来的屁话和烂事儿！

林佳音只觉得脑袋嗡嗡直响，手脚也开始发冷。她深吸一口气。"你听我说，冷静一点儿，这绝对不可能。先不说这个，我这边情况现在有点儿……"

"紧急"两个字还没说出口，电话直接被挂断了。

林佳音只觉得一口老血堵在胸口，眼看后面的奥迪车越追越近，只能第四次拨通电话。"崔虎，情况紧急。我刚从长春回来，还没到地方，音素酒吧已经暴露了。有人追我，为首的那个我在长春见过一面，很可能是和叶方舟一伙的。我联系不上关宏峰，关宏宇这会儿也指望不上。现在朴森和杨医生都在我车上……你别出馊主意行不行？我现在不能冒险把他们引到你那儿去！算了，我自己想办法。你……你等我电话。"

挂掉最后一个电话，她在十字路口打方向盘右转。一辆越野车从直行道闯红灯穿过来，撞到他们车的左后方向，车子险些失控冲出主干道。她定了定神，忙控制好车，抬头再看倒车镜。

追踪的车已经变作了两辆。

她再次咬牙，将丰田开进胡同。这里狭窄但四通八达，她凭着出色的方向感和路感穿行、躲避，同时似乎下定了什么决心，将自己的手机抛给后座的杨继文。

杨继文愣了愣。

林佳音看都没看他，仍旧紧紧盯着倒车镜里追上来的两辆车，低声说："手机密码是0220。前面一有能脱离追踪视野的位置我就会停车，你带着他下车，找地方躲一下，把后面的车让过去。然后你拨这个手机里叫'崔虎'的那个号码，表明身份，他会来接你们。"

"啊？"杨继文傻眼了，"我……我对这儿完全不熟。这里是什么地方？我怎么跟那个崔虎说我的位置？"

林佳音短暂地闭了一下眼睛。"这个不用管，他会根据手机定位找到你们。他是个口吃的胖子，很好认。你俩人生地不熟，别在街面儿上晃悠，找地方藏好等他。"

杨继文略有顾虑地看了看一旁已经被晃醒的朴森，后知后觉地问："那……那你怎么办？"

林佳音咬咬牙。"躲好，少操心不该操心的！"

正说着，她左转开进一条胡同，猛踩刹车，打开中控锁，低吼道："下车！"

这女人的性格半点儿不似她的长相，说一不二。杨继文下意识地遵照她的指示，和朴森连滚带爬地下了车。

丰田快速落锁，绝尘而去。

杨继文拉着朴森就往临街的杂货店里钻，刚躲到货架后，就透过间隙看到外面的黑色奥迪呼啸而过。

但只有那辆黑色奥迪。

他愣了愣，又等了十几秒，仍旧不见方才盯梢的第二辆车，心头顿时生出不祥的预感。就在这时，外面的街道上忽然发出一声巨响，混乱而嘈杂的人声响起。

好像是……发生了车祸。

杨继文紧紧捏着那个手机，想要出去，但看了眼身旁几乎无知无觉的朴森，脚步又顿住了。

他的手微微颤抖，开始按照指示给那个叫崔虎的人打电话。那边应该早就做好了准备，相当干脆地接洽完毕。他又在原地等了几十分钟，让朴森靠在货架上，然后自己大着胆子往外走了几步，朝外望去。

那辆他们刚刚还坐在上面的丰田打横被抛在了路上，车头已有大半撞进街边的公用电话亭，驾驶座上似乎有新鲜的血迹，人却早已不见踪影。

杨继文刚要松口气，却见那"娃娃脸"和几个彪形大汉正怒气冲冲地朝对面的巷子里追去。他吓得立刻整个人都缩了回去。

02

二月二十一日下午三点五十一分，市局审讯室里的关宏宇抬起头，端详墙面上的钟表，判断自己前后大约眯了不到十分钟。没做什么传统意义上的噩梦，就是迷迷糊糊好似回到了小时候，自己不知道是嚷着要喝汽水还是吃肯德基，但还没等跟爸妈开口，他那要命的亲哥就板着和他一模一样的脸，毫不客气地一巴掌招呼在他手心上。

他被这感觉触了一下，睁开眼低头一看，原来是他睡梦里手握得太紧，又抵着手铐，血液流通有些不畅。审讯室很宽敞，也还算明亮，面前的桌子后面不知道什么时候坐了两个人，他一个都没见过。

他调整了一下坐姿，目光迎了上去。其中一个年龄略大的警员看了他一会儿，说："我们是北京市公安局刑侦总队的刑警。我叫王公平，记录人是谢之然。被询问人，说一下你的姓名和出生年月。"

关宏宇眼睛都不眨，说道："关宏峰，一九七七年十一月二十号……下半夜出生。"

一旁的记录人接着问："知道为什么传唤你来这儿吗？"

他的声音明显有些紧张。关宏宇瞥了眼这小子，揶揄道："小同志，这不叫传唤，叫'拘传'。你刚参加工作啊？笔录严谨点儿，别写错了。"

年轻警察谢之然讪讪地瞥了眼身旁的王公平。王公平摆摆手，说："就是问你，知不知道为什么来这儿接受询问。"

关宏宇"哦"了一声，微微一挑眉。"不好意思，我确认一下，是'询问'还是'讯问'？是二声呢，还是四声啊？"

王公平一脸不悦地长出了口气，往椅背上一靠。"关宏峰，我知道你原来是丰台的支队长，但现在不是你摆老资格的时候。赶紧回答问题。"

关宏宇当然不吃他这一套，不愠不恼地看着他说："如果是'讯问'，你们应该向我明示权利和义务，以及对我采取强制措施的事由。如果是'询问'——"

他说着，抬起双手，给他们看自己戴着的手铐。"这又算怎么回事儿啊？"

两名刑警对视一眼，一时语塞。

"咱们说点儿明白话吧。"关宏宇把戴着戒具的双手"哗啦"一声撂在桌子上，"既然你们知道我也是刑侦口出来的，就别拿糊弄法盲这一套跟我讲话。你们,到底,想问什么?"

王公平又盯着他看了一会儿,说道:"好,那就说点儿明白的。关宏峰,你作为警队顾问,在协助丰台支队查案期间,都隐瞒了什么事儿?"

关宏宇沉默了片刻,莞尔一笑道:"您这话问得,那多了去了,看您指的是哪方面。是我后脚跟长的那个鸡眼,还是春心萌动、暗恋支队对面花店那个女店员的事儿?"

王公平再也绷不住,怒声道:"别避重就轻!你很清楚我们问的是与支队和你个人都有很大干系的重要事实!你到现在还要隐瞒吗?你知不知道你的隐瞒会连累多少人?现在人命关天,你最好有个配合的态度!"

如果是有关两人的身份和吴征的灭门案,那现在面前的人应当强调的就绝不是"隐瞒"那么简单。

还有什么别的他不知道的事?

关宏宇内里抓心挠肝,表面却还是摆出一副满不在乎的姿态。"二位同志,绕了这么半天圈儿,你们就不能直说我到底涉嫌什么行为或案件吗?这种问案方式在改革开放以后就不流行了。你们的师父谁呀?来,我和他聊聊,办事老一套、做事没进步,是要被人民公仆队伍淘汰的……"

他这话还没说完,审讯室的门开了,一个同样面生、身穿制服、气质沉稳的中年男人走了进来。他的眉宇紧锁,一进来就极自然地摆手,示意想要站起来的两名刑警坐下。

关宏宇脑子飞速转动,从这人的年龄、样貌和屋内人的反应来看,他哥讲过的一个人基本符合所有标准。他站起身,吼了一嗓子:"路局好!"

谢之然没忍住,翻了个白眼。王公平瞟了眼关宏宇,有些为难地说道:"路局,关宏峰他——"

路局——市局刑侦总队主管局长路正刚,摆摆手。"人家话也没说错,哪儿有你这么问案的?小关是老刑警了,我了解他的为人,还是有话直说吧。"

说着,他走到关宏宇对面。谢之然起身,将位子让给了他。

关宏宇头一回接触职级这么高的领导,地点还是在审讯室,心里不由得有些打鼓。

幸好路正刚明显对"关宏峰"印象还不错,没有为难他的意思,沉吟片刻,说道:"去年,你们队协同市局专案和国安专案共同破获了孟仲谋、金山集团军火走私这一特大案件。行动中,你还冒险在金山团伙卧底了好几天。这你有印象吧?"

关宏宇不敢贸然搭话,只能不动声色地点点头。

路正刚接着说:"那你还记得,丰台支队为什么会牵扯进这个案子里吗?"

关宏宇心头猛然一跳。"林佳音?"

"对,林佳音。"路正刚疲倦地点了点头,"从履历上看,她最早是给你做助理,由于在多次外勤行动中表现出色,经常被市局各专案组抽调去做'牧羊犬',最后干脆删除记录,当了专案卧底警员。"

他说到这里,顿了一顿,苦笑道:"坦白地讲,就算是在你打入金山团伙之后,专案组也不确定她当时是否真的变节了。而你似乎百分之百地信任她。"

关宏宇低下头,轻声说道:"是的。"

路正刚说:"虽说当时意见不统一,但我们也倾向于选择相信她还在继续执行任务。你想过这是为什么吗?"

关宏宇实在不知如何作答,抬眼看着对方,没吭声。

路正刚盯着他看了好一会儿，才轻声叹了口气。"那是因为有人告诉我们，你关宏峰教出来的徒弟，绝对不可能成为叛徒。"

说到这儿，他向后靠了靠。"当然，事实也证明，咱们的判断都是对的。她贯彻始终，一直到最后都在想方设法地完成任务。行动结束后，现场发现了一具被强酸严重腐蚀的女性尸骸，我们当时都以为是殉职的林佳音。我看过勘验笔录，林佳音牺牲的时候你也在场，笔录里面详细记录了你陈述的事件全过程。"

听到这儿，关宏宇终于明白此次谈话的目的与方向了。他冷静下来，调整情绪，努力做出一个隐忍却又悲伤的表情，道："是的。"

路正刚站了起来，靠近他，沉静地说道："那么，我现在想问你，小关，林佳音这个人，真的死在那次行动中了吗？"

"当然。"关宏宇几乎是不假思索地点头，"我亲眼看见的，她牺牲时情况十分惨烈。"

路正刚沉默了片刻，从刑警王公平面前拿过案卷，抽出一张照片来，直接丢到关宏宇面前。他再没掩饰略带嘲讽的语气："有一点你没说错，她牺牲时情况确实十分惨烈，只不过，不是在你说的那个时候。"

关宏宇低头，目光刚刚接触到照片，就彻底愣住了。

一股寒意瞬间直冲四肢百骸。

他忘记自己仍旧是被铐住的，猛地站了起来。

照片上的显然正是林佳音本人。她仰躺在地上，卷发凌乱地披散开来，汩汩的鲜血在她身下流淌，那双明媚又坚毅的眼睛，现在已经永远地合上。

路正刚无视他的失态，继续说："我来告诉你她是怎么死的。昨天晚上八点多，她的车和一辆黑色大众帕萨特在钱粮胡同发生碰撞，车头当场冲撞到路边的一个电话亭。之后有目击者看到，至少五六名男子尾随她进入小巷。之后一小段时间，没人知道发生了什么。七八分钟之后，她被另一辆车撞击，当场碾压致死。你知道在哪儿吗？"

关宏宇已经呆滞，木然地抬起头。

"就在你脚下，就在这栋楼前，市公安局刑侦总队门口！关宏峰，我们找到她的时候，她除了第一次车祸造成的擦伤和碰撞伤、第二次车祸的碾压伤，脖子上还有一道勒痕，骨头都快露出来了。我到的时候，她身上那些大大小小的打斗瘀痕刚刚开始在皮肤上显露出来。"路正刚的声音听起来仍旧冷静，尾音却在细微地颤抖，"她死之前一定经历过一场殊死搏斗，最后拼尽全力，就只差那么一点点……就差那么几步，她或许就能安全了。关宏峰，一个应该已经殉职的卧底警员，惨死在公安局门口，这件事，你难道不应该给我们所有人一个清清楚楚的交代吗？"

关宏宇很久都没有说话。

他和林佳音……算不上有什么特殊的交情，但这女人有股劲儿，不讲话的时候，身上会散发出一种又倔又硬的气场来，很像……像她的恩师。基于这种奇特的认知与联系，当他凝视着那张照片的时候，画面里凝固的血液忽然变作活物，细密地、迅疾地缠绕上来，缠住了他的脖子，使得他呼吸骤然间急促了几分。

过了许久，他才重新开口，声音嘶哑："好吧，我交代。诈死这件事，是我和林佳音共同策划的，目的是迷惑金山集团背后真正的黑手，让她作为一个暗桩，准备出其不意地打击对手……"

"林佳音已经死了。"路正刚死死地盯着他，低声问，"谁能证明？"

03

关宏宇"身陷囹圄"的关键时刻,周舒桐和赵茜被周巡支使去了法医办公室。高亚楠休产假,法医队今天会过来个新的副主任医师,法医室的小徐要去总队做汇报,说是让这俩姑娘帮这位新同事交接工作。

周舒桐不干了,临走还拖住周巡问:"周队,关老师没事吧?总队的人铐他干什么呀?"

太没眼力见儿了。

周巡皮笑肉不笑地说:"别叫队长,我没恢复职务呢。"

他转身要走,周舒桐毫不客气,一把拉住他的袖子,从善如流地接了句:"好的,周哥。请问关老师到底怎么了?"

周巡看着这诚恳又无耻的表情,也蒙了,下意识地说:"我怎么知道?"

周舒桐一双大眼睛闪着光,不依不饶地说:"关老师刚被带走,我看您就开着车跟出去了。我猜,您大概不是正好那会儿去查案吧。您英明神武,肯定知道点儿内情,跟我们说说呗。"

周巡要走,周舒桐不让。赵茜站在一旁,肚子里的叹气声都连成咏叹调了,伸手去拉周舒桐的胳膊,但根本拉不动。

幸好这会儿有个同事经过,瞧见周巡,笑着说:"周队在这儿啊?支队那头正找你呢。"

周巡如蒙大赦,趁机挣脱这一根筋下属的桎梏,一溜烟儿跑了。

剩下周舒桐与赵茜面面相觑。

赵茜又默默地叹了口气,摊了摊手,说:"走吧,女霸王,交接去。"

这力道、这下盘、这核心、这死犟脾气，不举鼎真乃暴殄天物。"

周舒桐没怎么听明白，自然而然地跟在了后面。

新来的副主任法医师是个瘦高个儿，挺年轻，戴一副没有镜片的黑框眼镜，手上拿着一摞交接清单，正在飞快地翻阅。

在他身后不远处，赵茜低声对周舒桐说："这姓挺生僻呀，郜什么？郜君然，对吧？这么年轻，能接亚楠姐的活儿？"

周舒桐直视前方，也压低了声音。"别看他年轻，周队说从履历上看他就是个人才。去年一年，他连续被三个地区法医队和一家物证鉴定中心先后开除，其中在宣武支队那里，他好像只待了一天。"

赵茜微微皱眉，小声说："不是说智商高达一百四十九吗？"

周舒桐也有点儿哭笑不得。"据说他在面试的时候，用一个不知道是三棱镜还是什么的玩意儿把女面试官的裙底打在了巨幕投影上，所以门萨俱乐部没收他，只能算是中华野生田园版的天才。一百四十九真的还是假的，咱也不知道。"

赵茜咋舌。

被议论了半天的"天才"似乎对这俩人的窃窃私语毫无察觉，这时慢悠悠转过身，把手上的交接清单递还给她俩，熟练地点燃了办公桌上的一盏酒精灯，往上放了个金属支架，语气平淡而快速地说："这上面漏记了一宗体表验尸记录，就是四号拉过来那个疑似盲流儿的。还有，器材登记里面USR玻片旋转振荡器不是进口品牌的，生产厂商是在国外注册的广州公司。四十多个烧杯里能用的只有二十八个。椎板咬骨钳都生锈了，按规定应该报废。消毒锅的垫圈儿老化了。非一次性医用无菌服也少了一套……记完了没？总之，你们把硬件儿情况尽快反映一下。这里好歹也是刑侦法医实验室,配套设施还赶不上我家隔壁的社区宠物医院。"

说完,他特意瞟了眼周舒桐:"还有,我当时用的是分光镜,不是三棱镜。以后再传这种小道儿消息的时候,注意一下科学原理与基本逻辑,三棱镜是根本不符合投影原理的。"

周舒桐呆住了:"呃……"

郜君然丝毫不在乎她的尴尬,拿过一个大烧杯,一边往里倒消毒液一边把一把医用手术钳放进烧杯里消毒。

毕竟是同事,周舒桐硬着头皮想要开口解释两句。郜君然半转过身,又对她笑了笑:"哦,对了,补充一句,去年辞退我的地区法医队一共有四家,其中一家大概是时效过短,压根儿就没上记录。"

说着,他径直走到办公桌旁坐下,从挂在椅背的背包里拿出自带的全套吃饭家伙,铺上餐布,摆好盘子和刀叉,拿出一盒切好的蔬菜摆盘。他把一个金属托盘放在酒精灯的支架上,又打开一个保温冰桶,露出里面放置的一块冰牛排。

周舒桐和赵茜看着他的怪异举动,对视一眼。

周舒桐小心翼翼地问:"那个,郜、郜法医,关于现在亟待处理的几宗尸检申请……"

郜君然从冰桶里取出牛排,小心翼翼地在上面裹了一层混合着蛋白粉的面包渣,头也不抬地说:"我知道了,那两宗我吃完饭就处理。"

周舒桐看了看手里的交接清单,疑惑道:"不是三宗吗?"

郜君然把牛排放进金属托盘开始煎,又慢条斯理抻出一张纸巾,把泡在烧杯里的手术钳取出来拭净,用手术钳翻动煎烤着的牛排,说道:"两宗。七十一号和六十九号是重复登记。"

周舒桐听完愣了一下。赵茜低头看了会儿资料。"不可能啊。六十九号是一二〇送来的常规程序尸检，七十一号的现场我去过，这是两起完全不同的案件申请。"

郜君然还是没抬头，全部心神似乎都在面前的牛排上。"仔细看看申请记录里的勘验描述。两具尸体的身高、体重、年龄、外貌及体表特征一模一样。如果不是那家伙死了两次的话，就肯定是你们的交接程序出了问题。"

说着，他把一勺植物油在酒精灯上点燃，泼在了牛排上。挂着明火煎烤的牛排吱吱作响。

"都说到这份儿上了，查查去吧。"天才朝两人眨眨眼，下了逐客令，"我要吃饭了。"

半个小时后，周巡就被叫到了施广陵的办公室。敲完门，他探头进去一看，发现里面还站着周舒桐和赵茜，略微一愣，继而笑道："施局，您找我吗？"

凭良心讲，周巡和这位忽然空降的领导实在不熟，只知道他原来是市局总管装备与财物的，这会儿暂调来丰台管刑侦，估计也留不长。

施广陵冲他摆摆手，示意他进来，对他说："我在这儿待不了几天。既然在之前发生的事情里，你既没有违反什么纪律，也谈不上有什么过错，上面的决定应该很快就会下来，支队一把手的位置还是你的。所以现在有什么工作，我就直接跟你说了，人员和资源的调配你自行处理。"

周巡扫了眼俩小姑娘，心说：这是碰上什么案子了？撂我回来干活呢？

他心里门儿清，但还是挠着后脑勺说："哎呀，这个……没有市局正式的书面决定，我……不太合适吧。"

施广陵瞪了他一眼。"甭假装自己不是支队长。你丰台这么烂的摊子，想甩给我？没门儿！"

周巡听得有些不明就里，斜眼去看周舒桐和赵茜，发现她俩也在看他。

施广陵说："总队前两天出的事儿就够蹊跷的，那事儿还跟关宏峰有关。你们自己队里闹的这个乌龙更夸张！"

周巡左看右看，试探性地问道："领导，啥事儿啊到底？"

柜门打开，停尸台被缓缓拉了出来，周舒桐、赵茜和周巡凑上去围了一圈。过了几秒，郜君然嚼着牛排，也凑过来看。

空的。

周巡有点儿蒙，又左右看了看，回过头用手指着停尸台说："这个……原来放这儿的……人呢？"

周舒桐小声接道："我打电话问过徐哥了。他说三天前接收的时候，是他亲自把尸体推进来的，否则也不可能做过体表特征记录。"

赵茜也说："只是当时队里正一片混乱，亚楠姐又不在，就没来得及做尸检。"

周巡盯着空荡荡的停尸台愣了好一会儿，扭头去看郜君然，却发现郜君然正上下打量着自己的身体，眼神颇为炙热。

周巡皱眉，说道："你干什么？"

郜君然忙转移开视线，推了下鼻梁上的眼镜。"没……没什么。"

周巡问赵茜和周舒桐："那这怎么个意思？诈尸了？"

两个姑娘对视一眼。周舒桐往旁边走了两步，拉开了冷藏柜的另外一个停尸台，上面停放着一具三十岁上下的男性尸体。她小声说："周哥，这个距离，是不是说'时空穿越'更恰当一些？"

周巡眉头紧皱，又开始左右查看。

郗君然那语速超快的碎嘴子在一旁开始念叨："目前对这类超距作用的开发研究还停留在自由空间量子态隐形传输的阶段，而且是基于摧毁与重构的原理，跟时空穿越还不是一码事儿……"

周巡扭头瞪他，却发现郗君然一边讲话，一边正要伸手摸自己的肩膀。

看到周巡的目光，他忙把手缩了回去，谄媚地笑着说："周队，您体脂多少？"

"小子，把你的手管好了。"周巡冷笑，"再敢碰我一下，我就让你坐着轮椅去下一个地区支队上班！"

郗君然翻了个白眼，垂头悻悻地走回办公桌旁。

周巡没工夫搭理他，一脸严肃地问："是不是小徐装柜的时候搞错了？"

赵茜很肯定地说："不可能。七十一号是我昨天和汪哥他们一起出的现场，在十号线地铁草桥站东向西沿线的隧道处发现的。"

周巡看了看那空的停尸台，眨眨眼问："那……这俩确定是同一个人？"

赵茜说："这……尸源信息里，死者的身份还没搞清楚。"

周巡摸了摸鼻子，意有所指地说道："也就是说，不确定是不是同一个人,对吧?"

周舒桐没忍住翻了个白眼。"周队……不是,周哥,这摆明着少了一具尸体好不好?不管是不是同一个人,现在六十九号柜就是空的呀。"

周巡一脸焦虑地沉吟半晌,说道:"如果说,勘验描述里两具尸体的身高、体重、年龄及体表特征都一样,也不排除……嗯……孪生兄弟?而且你们不是说,六十九号是一二〇送来的吗?会不会是一二〇又给拉走了?前几天兵荒马乱,也可能一二〇没跟小徐说,或是跟队里其他什么人打了招呼?"

赵茜小心翼翼地问:"您说的是不是也太凑巧了?"

周巡拍着冷藏柜的门道:"甭管凑巧不凑巧,同一个人总不可能死两次吧。"

几人说话也没避着人,不远处办公桌旁坐着的郜君然小声嘀咕着:"有可能。"

周巡猛地回过头。"你说什么?"

郜君然仍旧没抬头,用他那独特的语气和语速说道:"六十九号柜的台子上没有水渍压痕,柜门卡扣又是可以从里面推开的,交接清单里还少了一套无菌服。剩下的调监控看看不就结了?"

周巡挑了挑眉,从上至下又打量了这眼镜小子一遍,然后走到办公桌旁,指着桌上他那堆吃午餐的家什。"第一,把这堆乱七八糟的东西给我收了。第二,把你刚才的话给我翻译成普通话。"

郜君然这回总算有了反应,抬眼看了看周巡,再度露出一个谄媚的笑容。"周队,那您的 BMI 指数是多少?"

还来劲了是吧!

周巡心说，你们这帮浑蛋玩意儿，扯袖子、乱摸什么都来，女娃子我不能动手，你我还收拾不了吗？

他又看了郜君然一眼，咧嘴笑了笑，俯身笑着把办公桌上吃饭的东西全都胡噜到地上，然后单手就把办公桌横着推开数米，上前两步，走到郜法医面前，皮笑肉不笑地对他说："好了，现在没第一了。第二，赶紧说。"

郜君然瞧也没瞧那一地狼藉，也没有生气，反而颇为赞许欣赏地看着周巡。他扬了扬眉毛，说道："记录上显示，一二〇送来尸体时，对死者死亡时间的初步推断是在之前的六小时内。而人体在生物机能停止运作的情形下，体温逐渐丧失需要一个过程。也就是说，在尸体置放于冷库内的一段时间里，由于冷藏柜内部温度和尸体的温度存在温差，会导致人体细胞的一部分细胞液渗出体表，在停尸台上形成水渍或水渍压痕。但我说了，这是在人体生物机能停摆的情况下才会发生的。如果没有类似的痕迹，很可能说明……"

周舒桐听明白了，失声道："这个人当时根本就没有死？！"

周巡眉头又皱了起来。"没死，那一二〇送来做什么尸检？"

"嗐，一二〇在生命体征上的常规性检测误判又不是一次两次了。我们假设这个人当时没有死，而冷藏柜的低温环境促使他自体的生命系统加速运作……"郜君然看着周巡一脸蒙的表情，大发慈悲地插进一句解释，"在周围温度发生急剧下降的初期，我们进化出来的生存系统会使血液循环加快，以维持体温。简单来说就是，他之前可能短暂死机了，人被塞进冷柜里后呢，系统又重启了。而且柜子门是可以从里面推开的。然后他光着腚爬出来，偷了一套无菌服穿在身上，自己走出去了。两天以后，他锲而不舍地死在了地铁隧道里，也算是初心不改，功德圆满。而你们只需要调取监控看一看，就能证实我的推断。"

周巡消化了好一阵儿，回头去看赵茜和周舒桐，发现这两个人都在朝他微微点头，表示这推断靠谱。

周巡回过头，看了眼郜君然，不冷不热地说道："可以呀，小子，什么时候推断出来的？"

郜君然说："这两位美女跟我交接的时候。"

"那你不早说。"

郜君然咕哝道："也没人问我呀。"

周巡揉了揉眉心，收掉怒气，转身往外走，边走边吩咐周舒桐和赵茜去调监控。

走到门口，他突然停下脚步，回头对郜君然说："二十五点七，中国标准里应该算过重。"

郜君然眼睛一亮，咧开嘴笑了。"在国际标准中，二十五到二十八之间都被定义为'强壮'。我就觉得我没看错，目测你的体脂应该不超过百分之十八。"

周巡冷哼一声："差不多得了。"

施广陵的反应和周巡差不多，就差把"你们要不要听听自己在说什么"写在脸上了。他看着手上的监控截图以及尸检申请，又看了看好整以暇的周巡和神情严肃、半点儿不像在开玩笑的周舒桐和赵茜，敲了敲桌子，说道："你们是在和我说，一二〇送了一个被误判死亡的……该怎么叫他？就'这个倒霉蛋'吧。结果他在当天晚上十点十六分的时候恢复意识了，自己爬出冷藏柜，套了一件法医队的衣服，大摇大摆走出去了。两天之后，很可能是同一个人，这个倒霉蛋，死在了十号线的地铁隧道里？"

赵茜轻声说："从两份尸检申请的体表特征记录以及监控画面上看，应该可以确定是同一个人。"

施广陵只觉得头都大了。"这人……在地铁里死的那次……有他杀嫌疑吗？"

赵茜说："目前现场勘验还没有完成，尸检也还没有做。初步看，死者好像是遭到行驶的地铁剐蹭，撞在了隧道墙壁上，导致头部或脏器内出血。不过现场已经保护起来了，随时可以组织二次进场勘查。"

这时，一旁的周舒桐小声嘀咕道："应该是他杀……"

所有人都望向了她。

周舒桐淡定地回望，不慌不忙地说："你们想啊，这人就算真的被一二〇误判了死亡，然后从冷柜里爬出来，也没声张，就自己偷偷摸摸溜了。这里面肯定有事儿啊。要说过了两天，他在地铁隧道的死是意外，我觉得，过于巧合。"

施广陵听完，看着周巡问："你觉得呢？"

周巡沉思片刻，说道："他杀或者受胁迫自杀。我同意小周说的，这里面肯定有事儿。"

施广陵把手上的监控照片和其他文件往桌上一扔："那还不赶紧给我去查明白是怎么回事儿！"

周巡"哦"了一声："那施局，是让我……"

施广陵一摆手："之前都跟你说了，赶紧调配资源查案，别跟我搞这套。"

三人走了几步，施广陵喊道："回来。"

几个人一起回头，施广陵点了点周巡："你回来。小周小赵，带上门。"

周巡走回来，往办公桌前的椅子上一坐，安静地等着。他其实早就知道施广陵大约要和他说什么，事实上，就算施广陵不说，他自己也会想办法打听的。

果然，施广陵叹了口气，说："这个事儿还在保密阶段，你也别到处声张。刚才我跟总队通过电话，原本被记录殉职的前卧底警员林佳音，昨晚被一辆奥迪车撞死在刑侦总队的院门口。肇事车辆逃逸——好吧，从监控画面上看恐怕不是简单的交通肇事，而林佳音的殉职是当初经关宏峰做过现场陈述确认的。"

周巡想了又想："也就是说，老关是因为这事儿被总队带走的？"

施广陵点头："他目前对这事儿的解释是，这是他和林佳音共同策划好，为了查出叶方舟犯罪团伙幕后的操纵者而实施的'骗局'。不过空口无凭，所以他一时半会儿恐怕还出不来。扯远了，我想跟你说的就是，总队门口死了个已经殉职的警察，你们队的法医实验室又出了个死了两回的死者，这俩事儿一个比一个难看。如果不想跟总队比比谁的家丑更夸张，你最好尽快把案件给我破了。"

周巡琢磨着施广陵的话，心头一动，笑道："施局，不是我念秧儿。您肯定也很清楚现在队里还没有恢复正常运作，如果必须短时间突击破案，我需要一切可供调配的资源。我的意思是说，包括支队以外的资源。"

施广陵心领神会地看着他："支队的资源随你调配，支队以外的……你自己想办法去，别太过分就行，我不管。"

周巡点头，往外走了两步，又问道："那如果这个过程中有什么阻力或者麻烦的话……"

"我给你兜着行了吧？"施广陵摆手，"赶紧滚蛋，干活儿去！"

周巡"得了"一声,麻溜儿地走出办公室,关上门的一瞬间,脸上露出了今天第一个真诚的笑容。

三人小组即将出发。赵茜去备车,周舒桐去物证科拿证物箱。

登记的时候,刑警小刘语重心长地嘱咐:"小周啊,这回小心点儿,别再把胶水洒了。像这种未结案的物证要是被污染了,你至少得落个处分。"

周舒桐愣了愣,停下笔问:"什么?"

小刘继续絮叨:"上回你刚还物证,关队就跑过来,说是胶水洒了。他把物证袋挨个儿检查了一遍,好在没出事儿。你们这些孩子,办事怎么老毛手毛脚的……"

周舒桐略一沉吟,露出了个笑容来:"哦,是是是。放心,我以后肯定会很注意的。"

她拎着证物箱一边往外走,一边思索:关老师……为什么?

王志革一案,她一时冲动制造假证据用以定罪的事,关宏峰难道其实很早就知道了?不但知道,还了解所有细节,并且……还在替她掩饰?

她呆站在原地,想起当时关宏峰似有若无的那几句警告,彻底迷惘了。

04

二月二十二日,总局审讯室里,经过一整夜的问询,面容有些憔悴的关宏宇靠在椅背上。他向后仰着脖子,对对面的两名市局刑警说:"这一遍又一遍地车轱辘话来回问,你们复制笔录不就完了吗，非折腾我干什么？"

王公平耐着性子说："你只说你们有计划，却没有任何具体细节，也没有任何文字记录，让我们怎么相信？如果不能验证你的说法是真实的，如何进一步确认你和林佳音的死无关，甚至你在这起案件中没有嫌疑呢？"

关宏宇抹了把脸："我有什么嫌疑？按你们说的时间，林佳音出事前后，我和支队的人在一起，他们全都可以给我提供不在场证明。"

王公平叹了口气："关宏峰，抛开证据不讲，我个人是相信的。你既没有动机，也不可能下手杀害自己的徒弟。但这不代表她的死就一定与你无关。这样一遍遍地问，我们和你一样烦，但你必须提供出更加具体、有细节的情况说明，才有可能让我们找到她遇害的原因，甚至缩小排查范围……"

关宏宇心想：具体细节老子是真不知道，有本事问我哥去呗。

他有些疲惫地活动了一下肩膀，说道："我不是不想配合你们的工作，但我一时也想不出来任何有价值的线索。再说了，有时间耽误在这儿，难道我们不应该想办法全力侦破这个案件，把杀害她的凶手揪出来？你说呢？"

审讯室的门忽然开了，路正刚走了进来。房间里的三个人都站起身打招呼。路正刚摆手示意他们坐下，同时对谢之然指了一下关宏宇，说："把手铐打开。"

三个人都略感诧异。谢之然愣了愣，但很快反应过来，急忙过去打开了手铐。

路正刚对几人说："小关的说法得到印证了。这件事儿是他和支队长周巡还有林佳音三个人共同策划的……"

关宏宇抬起头，与正走进来的周巡打了个照面。

周巡脸上虽然不见明显的笑容，眼神却在笑。他只看了关宏宇一眼就转开了视线，走进来在他身边的空椅子上坐下。

路正刚指着周巡，对王公平他们说："你们接下来给他也做一下笔录。如果他们的说辞都对得上，就可以让他们走了。"

周巡正襟危坐，煞有其事地说道："谢谢路局，给路局您添麻烦了！"

"打住！"路正刚没好气地指着他的鼻子，"你小子不是说这事儿当时报呈了主管卧底行动的领导吗？我现在就去给广陵打电话。要是没这么八宗事儿，就把你俩连窝铐了！"

总局核实情况的效率很高。

老油条施广陵这会儿总算明白过来周巡那句"你得兜着"具体是什么意思，被打了个猝不及防，逼着说胡话给二人圆谎，怒气值飙升。关宏宇终于走出总局大门的时候，跟着他一块儿出来的周队把手机举得离耳朵三尺远，听了足足五分钟对方的咆哮，这才得以将电话挂断。他瞥了眼身旁一脸没事人一样、正在活络筋骨的关宏宇，叹了口气："我为了你们哥儿俩哦，我真的是……"

这句话关宏宇也没听见，他走到台阶前，忽然顿住了脚步。台阶与门前的马路都很干净，他却好像忽然没法向前走了。

周巡没留意，越过他径直上车，发动，回头见他还没有要挪动一下的意思，反而整个人蹲了下来，很快也就明白了。周巡叹口气，也下了车，走到他身旁问："看什么呢？"

"清理得很干净，两天不到，就什么都没了。"关宏宇整理好思绪，"她……就是死在这儿的？"

他没说名字,但周巡当然知道他说的肯定是林佳音。这位堪称传奇的卧底女警,在生命的最后一刻里,在她日夜想要接近又畏惧接近的这个地方彻底闭起双眼的时候,会想起些什么呢?

周巡深吸了口气:"这案子归总队,我手上也没有任何材料。大概差不多就这儿吧。老实说,这事儿我也想找个机会再问问你。林佳音假死的事儿,算你们哥儿俩蒙了我们所有人一道。不说这些,那天晚上她为什么会在这儿?"

关宏宇沉默了一会儿,低声说:"之前我和我哥去长春,找到了可以继续追查叶方舟的两名重要证人。由于刘长永的死,我哥判断叶方舟一伙已经开始疯狂扑杀涉案的相关侦查人员以及证人,所以他派林佳音去长春,把这两个人接回来。就在快抵达安全地点的时候,他们遭到追杀。逃跑过程中,为了保护两名证人,林佳音和他们分开。我们的人接到那两名证人,随后和林佳音失去了联系。紧接着,我就忙活着怎么把我哥换出来,就……没再顾上跟进这事儿。"

周巡眨眨眼:"说到这儿,我有件事一直挺好奇。你们这是……我的意思是说,上车的那个是你哥吧?但这会儿是你坐在审讯室里,你们怎么办到的?押运程序咱们都懂,这中间不可能有什么漏洞。"

关宏宇板起了脸:"商业机密,最好别问。你要是实在好奇,我可以现场瞎掰一段给你听?"

"行,行。"周巡高举双手,"我老实,我闭嘴,我不问。"他说着,拉开车门催促,"赶紧走吧,队里出了事儿,施局要求尽快破案呢。没你,我一个人玩儿不转。"

关宏宇斜瞥了他一眼,冷笑道:"是没我不行,还是没我哥不行?"

周巡无所谓地说道:"管他谁呢,能破案就行。我说二爷,不是我吹捧您,我现在仔细回忆起来,感觉这半年来,您和您家关大确实差不多。哦对,您家关大现在在哪儿呢?"

关宏宇被他这神来一笔的称呼噎了一下,过了半天,才故作神秘地说:"在我要去见他的地方。地址发我,我等会儿自己过去。"

周巡问:"怎么了?"

关宏宇随口搪塞:"你车技不行,我坐着头晕。"

周巡骂骂咧咧地把车开走了。

关宏峰蜷缩在望京仓库的角落里,还是一脸疲惫迷离的样子。一旁的杨继文检查了他的心率和血压,又拨开眼睑,看了看他的瞳孔反应。然后杨继文摇了摇头,低声对刘音说:"除了血压有些过高以外,他身体上倒看不出有什么严重的损伤,可能更多是精神状况导致的……你们说的这种感光性癫痫的逆反应,对我这么个江湖游医而言已经有点儿超纲了。先让他缓一缓。如果有必要可以给他吃一些降压药。你们有降压药吗?"

刘音点头。两人正往外走,角落里的关宏峰用虚弱的声音说道:"佳音……"

刘音回过头。关宏峰勉力睁开眼,红血丝几乎布满整个眼白。"佳音还没有消息吗?"

杨继文不好意思地说:"那个,她把手机给……给我了。"

刘音叹了口气:"没法定位,崔虎在找附近的监控,你先好好休息。"

关宏峰听了,重新蜷缩到角落里,脑袋里仿佛有针在刺,那细密而尖锐的疼痛感来得如此迅疾。也不知道过了多久，当他正企图强忍住呕吐的冲动时，仓库的门开了，一个人走进来。

关宏峰看到一张和自己一模一样但面无表情的脸，是关宏宇。关宏宇冷冷地瞥了一眼狼狈的亲哥，开始旁若无人地换衣、洗漱。他做这些事的时候刘音拿了份三明治进来，看到哥儿俩之间怪异的气氛，把三明治放在桌子上，悄无声息地溜了。

关宏宇收拾得差不多，一边系着衬衫扣子一边坐到桌旁，吃起三明治，开口就说："我回来告诉你一声，林佳音死了。"

关宏峰睁大了眼睛，抬起头。

关宏宇嚼着三明治，不急不慢地说："就是那天晚上，我还在和你置气，而你在化工厂附近追叶方舟的那个晚上。她在护送朴森和杨继文的路上遭遇追杀，最后在刑侦总队的门口被一辆车撞了，当场死亡。"

关宏峰感到一阵天旋地转，过了好一会儿，才哑声道："总队……门口？"

"对，总队门口。"关宏宇自嘲地笑笑，"她一定是走投无路了，才宁可暴露自己假死的事实，去总队求助。我承认，那天晚上她给我打了电话，我还在气头上，没说两句就给挂了。她联络过你吗？"

关宏峰愣了。

他那时候的状态……他确实不知道。

关宏宇低声说："那个时间，天早就黑了，你如果意识还清醒的话，应该会接到电话。"

那股尖锐的头痛又来了，关宏峰努力回忆着。"我当时……可能已经休克了。"

关宏宇步步紧逼："那你怎么能安然无恙地离开现场？"

关宏峰说:"我不是自己离开的……我找了人帮忙。"

关宏宇把吃剩的半个三明治扔到盘子上,站起身,绕过桌子站到关宏峰面前,居高临下地盯着他。从小到大,兄弟俩鲜少以这样的姿态面对彼此。

关宏峰和弟弟对视片刻,冷静了下来,低声说:"我找的韩彬。是他把我背出去的。"

也不知道这句话哪里又惹到了关宏宇,他发出一声嗤笑,道:"那家伙敌友不明,立场也摸不清楚,你还真喜欢找他帮忙……他给你喂迷魂药了还是怎么?"

关宏峰没说话。

他犹如一块海绵,再多的水和怒火,吸进去了,就不见了。

关宏宇尤其厌恶他这种平静,蹲下身,一把抓住关宏峰脖子上的围巾,把他从墙角拽了起来。"打电话给这个……下药的韩彬,约他今天晚上九点在支队门口,就说你要见他。"

见关宏峰没有回应,关宏宇勒紧围巾使劲晃了晃。"回答我!听清楚没有?"

关宏峰低着头,还是没说话。

关宏宇咬着牙,恶狠狠地说:"还有,从此以后,咱俩不再是合作关系,不再有什么交接了。你,不再是关宏峰,当然你也不是我,你不是关宏宇,我是关宏宇,我也是关宏峰。"

说完,他将关宏峰脖子上的围巾扯下来,泄愤般地盘到了自己脖子上,拿起外套就走。

关宏峰忽然低声叫:"宏宇。"

关宏宇回过头,冷冷地盯着他。

关宏峰深深地看了弟弟一会儿,说道:"北京银行,8272号储物保险柜。你记得,带我的身份证去取。"

门"砰"地关上了。

关宏峰望着弟弟的背影，微微喘息两声，靠着角落渐渐地坐直了。

05

地铁口，关宏宇双手插在口袋里走下楼梯，来到安检口。没等他接受安检，远处站台里的周巡边打着电话边向安检员摆了摆手，示意放他进来。

关宏宇走进站台，发现支队的警员和技术队的技侦人员都在站台，没人动。

他微微皱眉，问周舒桐："都跟这儿磨粉什呢？"

周舒桐把一本案卷递给关宏宇，指着不远处正在打电话的周巡说道："据地铁运营公司的巡道工描述，尸体是在草桥站东向西沿线大约一百七十米的隧道处发现的。如果要进行现场勘验，就必须把整个十号线地铁停下来。周哥正在协调这事儿。"

关宏宇一边翻阅案卷一边看了她一眼，揶揄地一笑："周哥？怎么不叫宏哥呢？再不济，猴哥？"

周舒桐扑哧一笑，没说话。

关宏宇朝周巡走过去，后者刚好挂断电话，对他抱怨道："我没法儿让十号线停运，施局说他也做不到。刚才打电话，他说得协调交通部、规划委、新闻署和地铁运营公司的上级单位，好像是国资委，没准儿还有计生委……总之，这是个很大的举动。施局说他去努努力，但让咱们别抱太大希望。"

说着，他看着一列刚进站的地铁列车，说："这几分钟一班的，让技术队直接进隧道，等同于玩命。"

关宏宇低头翻着案卷道："地铁十一点停运，让队里开个夜班呗。尸体不是已经拉回队里了吗？我先回去看看尸检情况。"

周巡说："那、那我们呢？"

关宏宇扫了一圈支队的人马以及大包小包的各类器材，对他说："来来回回，当拉练呢？你们就甭折腾了，跟这儿待着吧。"这话也不是和谁商量的语气，他说完拿着案卷就往外走。周舒桐眼珠子转了转，忙上前两步。"我陪关老师回队里！"

周巡见她又跟上了，欲言又止，转头看到关宏宇对此没什么反应，只好摸了摸鼻子，说："行吧，你去吧，顺便给老关介绍一下咱们新来的法医。哦对，老关，新来的那个法医可能还要多熟悉一下情况，不知道验尸工作有没有完成，要是……"

这时周舒桐已经去开车了。周巡凑了半个身体过去，接着小声说："新来的那小子，据说有一百四十九的智商，我打了一照面儿，基本上属于低情商、无节操、组织纪律性很差的那种。如果有可能，最好给他个下马威，省得以后拿不住他。"

关宏宇摆摆手。"知道了。你追个电话，让他在我回去之前完成验尸。"

"好、好么秧儿的，你、你、你非回、回酒吧取、取什么东西呀？"崔虎这一嗓门声音挺大。他这毛病改不了，越急音量越大，结巴得就越厉害。

"你小声点儿。"刘音抱着手臂，满不在乎地说，"转移得这么匆忙，我什么都没带。"

崔虎急道："也不、不需要带什么呀。洗、洗、洗漱用品，床单被、被罩什么的，我这儿不都有吗？"

刘音被他气笑了。"你没女朋友吧？女生是有很多生活必需品的，何况我连换洗衣服都没拿。不是每个人都像你一样一周才换一次衣服的。"

崔虎真急了。"不行！那……他弟说、说了，如果林、林佳音是在酒、酒、酒吧附近遭、遭遇的追杀，很、很可能那、那伙儿人一开始是奔着你、你去的，你回去太危、危险了。"

刘音摊摊手，说道："我能有什么危险？他们就算去，要找的也是关宏峰。"

崔虎说："对、对呀，他要找不到关、关宏峰，不就得跟、跟你打听了吗？那、那、那些家伙穷、穷、穷凶极恶，林佳音都没闹、闹过他们，你掂、掂量着自己能顶得住吗？"

两人颇有点儿互不相让的架势。冷不防一旁有人低声说："我陪她去。"

声音虚弱，沙哑，疲倦。

所有人都一愣，崔虎和刘音一起回头，这才注意到关宏峰已经从仓库里面走出来了。

崔虎吓了一跳，连连摆手道："不行，不行。那、那谁他叮嘱了，你、你、你现在身体不好，精、精神也不好，总之就是什、什么都不好，而且还有暴、暴、暴露的风险，你不、不能离开这儿。是不是，杨大夫？"

坐在一旁的杨继文刚想开口，看到关宏峰意味深长地瞥了他一眼，没敢说话。

刘音抬起手，冲两边往下压了压，颇有大姐风范地说："都给我歇着！我自己去就行。"

崔虎连忙说："我说了，太、太危险，你不、不能自己去。实在不行，我、我陪你去。"

关宏峰在一旁幽幽地插了一句："那不行，你要是陪她去了，谁看着我啊？"

崔虎顺势点头道："对……对、对，有道理……等等，谁、谁、谁、谁、谁说我是看着你的？"

关宏峰没说话，苦笑了一下，扭头去看杨继文，意味深长地问道："杨医生，你能陪她去吗？"

杨继文盯着关宏峰的双眼，斟词酌句地说："不瞒二位说，我是个路痴，出门五百米就找不到回来的路了。而且——"说着，他指了指轮椅上的朴森，"他这儿……总得有人照顾吧。"

事成僵局，刘音不耐烦地甩了甩手，赌气往旁边一坐。"怕这怕那的，算了算了算了，我不去了，就在这儿腌咸菜行了吧！"

崔虎讷讷地还想说什么，又不敢说。

关宏峰叹了口气，上前两步，拿出劝诫的语气对崔胖子说："女孩子不比咱们，肯定有很多生活用品甚至私人物品需要随时取用的。再说，她本就是因为我们哥儿俩的事儿受牵连，我陪她去也算应当应分的。至于我弟让你看着我那一部分，你委托她替你看着点儿我不就完了？现在佳音不在了，你又是我弟的死党，亚楠刚生完孩子，宏宇已经彻头彻尾顶替了我的身份，我在这个世界上已经没有什么同伴了，还能跑哪儿去？是吧？"

崔虎看了看关宏峰，又看了看刘音，彻底犯了难。

尸检台前，关宏宇翻阅着验尸的临时笔记，周舒桐站在他身旁，对尸检台上还没有缝合的尸体已经习以为常。倒是郜君然，上上下下反复打量着关宏宇，掩不住好奇。

看完笔记，关宏宇一转头，正好迎上郜君然的目光。他把笔记还给郜君然，淡淡地总结："我是不是可以理解为'遭外力冲击导致肋骨骨折，并在二次碰撞中扎破左侧肺上叶及心包'这一结论符合被地铁车厢剐蹭然后撞到墙上的推断，而无法分辨出有没有人为的外力侵害？"

郜君然点点头。

关宏宇接着说道："至于'颈椎的轻度错位及枕骨骨裂导致颅内出现血肿'，是诱发他生命体征停止乃至被一二〇误判死亡的直接原因。只是同样无法判断与人为加害有无关联，对吧？"

郜君然再度点头。

关宏宇扭头看向周舒桐问："调查方向是谁定的？周巡吗？"

周舒桐忐忑地回答："是的。"

关宏宇从周舒桐手上拿过案卷，翻开，说道："一二〇发现被害人坠落的位置，是在卢沟桥附近的射击场路西侧的山坡脚下。那是个典型的户外开放现场，为什么不先查那儿？地铁隧道是封闭的，没那么多神经病跑去搞破坏。顺序都搞反了。"

周舒桐愣了愣，说道："可毕竟死者的真正死亡地点是在地铁隧道啊。按照现场处置原则，不管是不是他杀，那里都是第一现场……对吧？"

关宏宇合上案卷，摇了摇头。"无论这家伙是怎么摔到山脚下的，能从冷藏柜的停尸台里爬出来，偷了件衣服就跑，还逃掉了，这就不是平常人能做出来的事儿。然后呢，他隔了两天就死在地铁隧道了。要说这两件事儿之间没关联，我不信，劝你们也别信。"

说着，他扭头看郜君然，问："小郜，你的意见呢？"

郜君然耸耸肩，没接话。

关宏宇于是问:"被害人的衣物和随身物品在哪里?"

郜君然指了指旁边试验台上的一堆物证袋。关宏宇看了他一眼,走过去戴上手套,逐一检查。

郜君然在一旁饶有兴致地观察,故作不经意地问:"关队,你一直在用'被害人'这个称谓,是不是……"

关宏宇头都没抬:"他杀。"

郜君然若有所思。周舒桐在一旁看到关宏宇拿起被害人的外套,解释道:"这是死者……是被害人第一次被一二○送来的时候身上穿的衣服。由于徐哥把它直接封存装箱了,所以被害人苏醒后没有找到,大概是因为这样才去偷无菌服的。不过蹊跷的是,他两次的随身物品只有些零钱,既没有钱包、信用卡或身份证件,也没有驾照和车钥匙。再加上他最终是在地铁十号线死亡的,我们推测他很可能平时乘坐——"

关宏宇毫不客气地打断了她:"别在那儿瞎推测了,被害人有辆车。"

周舒桐愣了。她无意中抬头瞟了眼郜君然,发现这小子眼睛都亮了。

关宏宇随手拿过一双套着物证袋的皮鞋,往周舒桐面前一扔。"好好想想平时我怎么教你的,看看鞋底儿的磨损部位和鞋头的褶皱,再就是被害人脚底胼胝的分布。这像是一个总走路出行的人吗?而且射击场路以西那片山既不通车,也没什么三蹦子愿意去,你当他穿着这双三接头皮鞋是为了去跑越野马拉松吗?"

周舒桐看了看鞋底,又瞥了眼尸检台上还没缝合的尸体,嗫嚅道:"可……即便如此,也不能确认……"

关宏宇没好气地说道:"一个人出门不带钱包,难道连家门钥匙都不带?手机呢?好,就算第一次他跌落在山脚下的时候这些东西被别人拿走了,或是跌落过程当中遗失了,第二次那地铁站可应该是他自己走进去的,他身上也什么东西都不带?现代社会,这种可能性你觉得有多高?"

"所以,您觉得……"周舒桐想了想,"这人把钱包、钥匙和手机之类的东西……都放在车上了?不会不方便吗?"

郜君然没忍住笑出了声。

关宏宇叹了口气。"是放在包里!放包里!他明显是把手包放在车上了好吗,祖宗!"

周舒桐没想到还有手包这么老派的玩意儿,愣住了。

关宏宇指了下被害人的西装外套,说道:"自己检查他外套左腋下和左胸侧的磨损。"

周舒桐乖乖地检查完,然后若有所悟地说:"有车,西装革履,还有这种夹着手包的习惯。那被害人是经商的老板?"

"您见过大老板自己拿包的吗?有司机,有秘书,用不着自己费劲。"关宏宇只好又叹口气,"你再看看那双巴利的鞋,还有这身儿金都牌儿的西装,两者的价差得有十倍都不止。这说明什么?"

周舒桐想了想,总算是明白过来了。"鞋——自己买的,西装——不是。是工作制服?"

关宏宇继续引导她:"好,再往下想。一个三十多岁的男性,非体力劳动者,夹着手包却不是大老板,穿着几千块钱的皮鞋却不是商人。他的西装很廉价,有车。这是个什么人?"

周舒桐正在思索,关宏宇身后的郜君然已经偷偷举起一个小白板,上面潦草至极地写着"国企或事业单位的中管"。

周舒桐飞快地瞥了一眼,忙说:"国企或事业单位的中层管理人员。"

关宏宇似乎没想到周舒桐反应这么快，微微一愣，继续问道："还有呢？"

周舒桐又卡住了。

关宏宇身后，郜君然又举起小白板，上面写着"工作或居住地点在丰台区"。

周舒桐一字一句地说："由于被害人……嗯……先后两次'死亡'都是在咱们的辖区内，可以推测他的工作或居住地点就在丰台区。"

关宏宇察觉到了什么，微微一眯眼，道："好，有了这些初步推测，那我们现在第一步要做的应该是什么？"

郜君然第三次在他身后欢快地举起白板，这回上头写着"找到被害人的车（手包）"。

周舒桐说："我们应该先找到被害人的车以及……"不等她说完，关宏宇头也没回地回手一把抢过郜君然手上的白板，举到周舒桐的面前，说："对！车和手包！"

周舒桐一时无言。

关宏宇冲着她耳朵吼："所以，还愣在这儿干什么？"

周舒桐猛然惊醒，站直身体。"我立刻安排探组同时去查射击场路西侧的现场以及地铁草桥站周围的停车场！"

她说完，一溜烟儿跑出了法医实验室。

关宏宇转身把手上的小白板往郜君然怀里一扔，冷淡地说："光耍这点儿小聪明可看不出来你有一百四十九的智商。想在丰台混，不怕你聪明，也不拦着你卖弄，下次记得有屁直接放。"

他往外走了两步，回过头来指了指郜君然的脑袋，说道："补充一点，我不管你是什么劳什子天才，支队的规定，工作期间不允许喝酒。再让我闻着,我让你立刻打包滚蛋。"

郜君然"啊"了一声,推了推鼻梁上的眼镜,一脸无辜地说:"关队,你错怪我了,这是消毒酒精味儿。"

关宏宇冷笑:"大麦口味的酒精?什么牌子的你说出来我闻闻去?"

他这会儿实在没心情观摩这位奇葩现场开花,掉头就走,没再给他说话的机会。

在音素酒吧对面的路口,关宏峰戴着帽子和口罩,靠在墙边仔细观察了一阵子周围的情况,扭头嘱咐跟在他身后的刘音:"好像没什么情况。应该是安全的。"

刘音点点头,往酒吧方向走了两步,回身看关宏峰,问:"你呢,不跟我过去吗?"

关宏峰侧头看了看正在西沉的太阳。"我还是待在外面吧。"

"随你。"刘音不置可否地笑了一下,"别乱跑啊,到时候我回去没法交代。"

关宏峰点头:"放心,肯定不跑。"

刘音微微点头,轻快地穿过马路,熟练地打开酒吧门上的锁,钻了进去。

关宏峰没挪地儿,继续守在墙角四处观望。没过多会儿,他的手机响了一声,他低头看了眼上面的信息,当机立断地转身走开。

街道另一侧,一辆黑色的大众轿车缓缓驶过,经过酒吧门口的时候,车里的人似乎发现门上的锁打开了。车子快速在前面掉了个头,停在马路对面。

车门打开后,几个人下了车,其中一个人从衣袖里抻出一节钢弦。

月光落下来，照亮了那人一张清秀的娃娃脸。

关宏峰并不知道此刻发生的一切。他的衣服里捂着一个手机，是林佳音留下的那个。临出门，杨继文将手机塞还给了他，颇有些不知道怎么开口，嗫嚅了半天，才说："开机密码0220，就是她被撞死的那天。这姑娘……不会正好是那天生日吧？这也太惨了。"

关宏峰摇了摇头。

"不是生日。"他低声，清晰却平静地说，"是她第一天来警局报道的日子。"

也不知道是不是巧合，从那一天，到这一天，恰好过去了十年。

当初梳着马尾的少女早已消失不见，而现在，那个坚毅而无畏的人终于也彻底从这个世界上消失了——她后悔过吗？

关宏峰不知道。

没有人会知道了。

贰 暗夜囚龙

01

当天晚上七点多,关宏宇和周舒桐以及十几名刑警到达射击场路的事发地点。二月的北京,这时候天已经完全暗了下来,他们搜索的时候只能打着手电,缓慢进行。

周舒桐挂上电话,小跑到山坡上,找到正蹲在地上观察路面的关宏宇,弯下腰,微微喘着气说:"关老师,我问过了,地铁站附近一共有三个收费停车场,这还不算路边画线的停车位以及居民小区里的车位。周队问,有没有对目标车辆更具体的描述,可以用于排查的?"

关宏宇示意她把手电递过来,同时说道:"应该是一辆价格在二十万元以内的中小型SUV,很可能是日本或韩国的合资品牌,别的我暂时也看不出什么来了。"

周舒桐看关宏宇正用手电照着地上的车辙印,试探地问道:"轿车的爬坡最大仰角只有三十度,这个坡度都超过四十五度了,确实应该只有SUV或者越野车才能爬上来。可您是如何推断出这辆车的品牌和价格区间的呢?"

关宏宇指了指车辙印尽头杂乱的痕迹,说:"仰角虽然够,但是到这个位置就怎么踩油门都爬不上去了,显然不是辆四驱车。两驱的ＳＵＶ大概都在二十多万以下的价格区间里。你要说一个会穿巴利牌皮鞋的中管非要买辆长城赛弗……也不是不可以，但我更倾向于是日、韩系的合资品牌。"

他说着看了看表，站起身对周舒桐说："拉上封锁线，保护现场。你先在这儿盯着，我回队里看能不能安排技术队调几个人过来。估计今天晚上得两头儿跑，准备开大夜班儿吧。"

他顺手把手电递还给周舒桐。"走了。"

月光实在不算明亮，又是开放的郊外，四周黑黢黢的。周舒桐心头一动，叫住了他："关老师，您还是照着点儿吧，挺黑的。"

关宏宇没多想，朝她摆摆手说："不用，眼神儿没那么差。"

周舒桐握着手电的手又收了回来，她目不转睛地盯着关宏宇走下山坡的背影，没再说什么。

而此刻，关宏峰已经在音素酒吧后方的巷子里找到了韩彬的车。

他上车，韩彬的车开了出去，开始绕着附近兜圈子。

"林佳音遇害的调查进展？"韩彬说，"我可以试试，但不敢保证什么。"

关宏峰也无奈，低声说："这个忙你一定要帮。而且我现在基本上算被宏宇软禁了，想联系外界都很困难。"

韩彬嗤笑了一声："你们兄弟还真是有意思……你觉得你弟一会儿约我见面，想和我谈点儿什么？"

关宏峰摇头道："我不知道。但他不是我，你最好妥善应对，而且不要有什么过激的反应。"

韩彬笑了。"这你放心，我对事情向来都喜欢温和处理。"

关宏峰冷眼瞟他。"叶方舟和那个制毒师黄山，都是被你温和处理的？"

"这屎盆子扣上来我可不接啊。"韩彬笑了笑，"叶方舟那是狡兔死走狗烹，内部矛盾，和我没关系。黄山嘛……我倒是想替你拿住他来着，结果这货四体不勤，跑得急，自己从安全梯上摔下去了，我没来得及……"

他这话没说完，忽然刹住了车。就在前方不远处，音素酒吧对面停了辆黑色大众轿车，周围站着几个人高马大的大汉。

他耸了耸肩，压低了声音说："你看，有时候情势所逼，就是不让你做绅士，对吧？"

关宏峰看到前方的情况后，脸色立刻沉了下来。"刘音还没出来……"

韩彬示意他别轻举妄动。他把白色SUV拐进路旁的小巷里，停车熄火后，问道："这个酒吧还有其他出入口吗？"

关宏峰说："这边绕过去还有个后门。"

韩彬点点头，果断地推门下了车。"我进去，你留下。"

关宏峰没忍住。"你可别……"

韩彬朝他露出个标准的迎宾笑容道："我知道，温和处理，保证温和。"

音响里播放着曲调明快的音乐，刘音在吧台里动作熟练地拿杯子、切火腿片、用微波炉解冻薯条、切面包、切生菜、调酒、炸薯条、做三明治、薯条出锅、摆盘。

这一切都做完后，她把餐盘和酒杯放在吧台上。她的对面坐着一个男人，看不出具体年龄，生了一张很讨喜的"娃娃脸"，仿佛天生没有除了微笑之外的表情。

"咔"的一声，不知道是不是唱片机出了问题，音乐戛然而止。

"娃娃脸"不以为然，接过餐盘，彬彬有礼地说："谢谢。"

刘音勉强扯出一个笑容来。

她转身想去调整唱片机，"娃娃脸"叫住她，轻声细语地说："没事儿，不用管它。"

刘音不敢轻举妄动，停住动作。她走回吧台，垂下头。

"娃娃脸"掀开一片面包，看了看里面夹的火腿和生菜等配料，从吧台上拿过一瓶椒盐，刚要往里撒，似乎想到了什么，柔声说："你……不会介意吧？按照老规矩，食客自己加料，相当于骂厨子。但我不是这个意思，我真的非常非常尊重你，也非常尊重你为我准备的这份佳肴。这只是……个人的坏习惯。"

刘音没有说话。

"娃娃脸"举着椒盐的瓶子，用请示的语气说："那我是不是可以……"

刘音僵硬地点点头，朝他做了个"随意"的手势。

"娃娃脸"说了句"谢谢"，撒上椒盐，重新盖上面包，拿起三明治咬了一口，边嚼边说："其实这样挺好的，你能够看到我满怀诚意地把这些东西全部吃完，一点儿都不剩，还能够完全感受到我对你烹调技艺的享受和尊重。不仅能看到，没有那些嘈杂的音乐，你还能听到我咀嚼的声音。"

他继续边吃边用一只手比画着说："你懂吧，我的嘴唇、我的舌背与腭骨接触的声音。你甚至可以感受到舌根到咽峡间吞咽的那种愉悦。"

他说到这里，拿起旁边的酒杯抿了一口，一脸惊喜与享受的表情，语调也拖得更长、更轻柔："也许有人认为这是缺乏用餐礼仪的表现，但我不这么想。再美的曲调也比不上人体发出的声音——就像现在，你能听到吗？"

刘音的目光无助地四下游走，但对方一直执拗地等待她的回答。最后，她不得不抬起双眼看着对方，缓缓地点了下头。

"娃娃脸"欣慰地笑了，又咬了一口三明治。"完美！我也能听得到。"

紧接着，他声音很大地嘬了下右手拇指，笑眯眯地盯着吧台内的女人，梦呓般道："我也能听到你的声音。"

刘音僵在原地。因为紧张和恐惧，她沉重的呼吸声、吞咽口水的声音，甚至身体因颤抖而和衣服摩擦发出的簌簌声都被无限放大。

也不知道过了多久，"娃娃脸"终于吃完了那个可怜的三明治。他用手指拈起一根薯条，冲刘音比画一下。"为了感激你带给我的双重享受，我会继续陪着你，直到你等的人出现。"

刘音心头犹如鼓擂。她觉得口干舌燥，下意识舔了下嘴唇，轻声说："我……我没有等人。"

"娃娃脸"笑着指了下角落的两个大旅行包，柔声道："没有等人吗？那你一个人怎么搬这么多东西呀？"

刘音没说话，身体抖得更厉害了。

"娃娃脸"往嘴里丢着薯条，满不在乎地笑了笑，慢慢贴近她，声音轻柔，如同一阵春风："要不然，就让我帮你吧？嗯？"

他越靠越近。就在这时，后方库房忽然发出了"乓"的一声。紧接着，有个中等身材、三十多岁的男人快步走了进来，脱下外套自然地往吧凳上一搭，疑惑地看着刘音，嘴里抱怨："怎么还没把桌子摆好？这都几点了？订桌儿的客人马上就到了，外面的灯箱怎么也没开啊？老板娘，你还做不做生意呀？"

吧台内外的两人都愣住了。这人他们都不认识，"娃娃脸"本能地把右手伸进左手的袖口。

中年人——韩彬仿佛完全没有注意到"娃娃脸"，见刘音没反应，绕过吧台走到吧台内，掀起墙上的闸盒，依次打开了电闸开关。开完灯，他又挽起袖子，从刘音手上抢过盘子和百洁布，语气熟稔地说："我来吧，你赶紧把桌子摆了。馨诚告诉我，可能南部地区队的一些同事也一起来，不知道凳子够不够，不行的话就拿吧凳凑吧。"

刘音被他说得恍惚了一下，怀疑起自己难道真的认识眼前的人。她慌乱地应了一声，拿起旁边的毛巾擦了擦手，绕出吧台去摆桌子。

韩彬一边手脚利索地洗盘子，一边不时提醒："把圆桌先立墙角，对对对。你把方桌拼起来就行，这样挺好，开阔。"

"娃娃脸"笑吟吟，聚精会神地盯着两人的互动，但右手始终放在左手袖口里。

韩彬装作没瞧见，把洗好的盘子一一放到碗架上，这才抬头看了眼"娃娃脸"面前的空酒杯，笑道："哟，怠慢了。这个……您还用吗？"

"娃娃脸"嘴角的笑容不曾消失，眼神却冷得像冰。"再来一杯。"

韩彬拿过杯子，闻了一下问："自由古巴？"

"娃娃脸"点了点头。

韩彬又问："Virgin（不含酒精）的？"

"娃娃脸"愣了一下。

"开玩笑,一看哥们儿你就不喝那个。"韩彬笑了,"那还不如直接来杯可乐呢,是吧?"

他悠闲地开着玩笑,从冰柜里拿出可乐和伏特加,熟练地调了一杯鸡尾酒,装模作样地用一根手指推到"娃娃脸"面前。

"娃娃脸"垂下目光看了看酒杯,又瞟了眼斜后方正在摆桌子的刘音,身体绷紧,拽着袖口里钢弦的右手刚要有所动作,韩彬忽然抬手一拦:"稍等。"

"娃娃脸"略微迟疑了一下。只见韩彬慢条斯理地给左手戴上手套,然后隔着手套拿起一块形状不规则的冰块,右手从吧台下抽出一把锐利的冰锥,开始修凿手上的冰块。

他的手指无比灵活却又有力,冰锥扎下去,几乎没有发出什么声音,一个整角就被修了出来。他凿着冰,朝"娃娃脸"笑了笑:"'自由古巴'不加冰,简直就和'B-52'不点火一样是罪过,你说是吧?"

"娃娃脸"的手定住了,他看着韩彬手上的冰锥,又仔细端详着这个人的动作和表情,将手慢慢地缩了回去。

这时,韩彬衬衫口袋里的手机忽然响了起来。

他很自然地低头瞟了眼,有些为难地向前倾了倾身子,对"娃娃脸"说:"不好意思,能不能帮忙……"

"娃娃脸"盯着韩彬衣服胸口口袋里的手机,又看了看他手上的冰锥,笑着从袖口里伸出右手,微微探身过去,把手伸向韩彬左胸侧的衬衫口袋。

短短的几秒钟,他和韩彬互相笑着看着对方,韩彬的目光在"娃娃脸"右手的一道伤痕上轻轻掠过,手上的冰锥一直没停。

几分钟之后,那个冰块逐渐被修凿成了一个球形。

最终,"娃娃脸"妥协了,他的右手完全缩了回去,从韩彬的口袋里拿出手机,屏幕上显示着"馨诚"。他举着手机,探询着朝韩彬晃了晃。

韩彬说:"哦,谢谢啊,麻烦帮忙开一下免提。"

"娃娃脸"摁下免提接听键,把手机放在吧台上。

下一刻,电话里传出赵馨诚的声音:"老韩,你说的那酒吧……在岳各庄哪边儿来着?"

韩彬瞭了眼"娃娃脸",笑道:"岳各庄桥桥东两百米路北,很明显。不过门口不太好停车。"

电话那边的赵馨诚说:"哦,没事儿。这不要喝酒吗,谁没事开车来啊?东派的弟兄开车给我们带过来,马上到。"

"行。"韩彬答道,"哦,对了,告诉你那伙儿兄弟,虽然不是在岗时间了,可也别穿制服,省得明天你们上热搜。"

赵馨诚说:"放心。"

电话挂断,韩彬笑着对"娃娃脸"说:"不好意思,谢谢了。"

"娃娃脸"似笑非笑地想了想,右手的手指轻轻弹了下酒杯:"能不能……我有点儿赶时间。"

韩彬一边凿着冰块一边瞭了眼手表。"说起来,我一会儿也有约……"说完,他把凿好的冰球小心翼翼地放进那杯"自由古巴"里,随后摘下手套,把冰锥直接放在吧台上,拿起毛巾擦着手,意味深长地说道:"恐怕咱们都得快点儿。"

"娃娃脸"微微咬牙,目光在酒杯、冰锥以及左手袖口里的钢弦之间逡巡了一阵子。末了,他拿起酒杯,一饮而尽,然后放下杯子,笑着说:"结账吧。"

"不用,今天实在是不好意思,这次算我的。"韩彬低声笑道,"下次……下次再跟你算账。"

"娃娃脸"笑得有点儿僵硬。他一边慢慢离开吧凳一边缓缓地说:"好,那就下次。"

随后,他倒退几步,转身快步从正门离开了酒吧。

刘音如释重负,两手撑在桌子上,大口喘着气。缓了一会儿之后,她抬起头看韩彬,发现韩彬正打开冰柜,同时对她说:"老板娘,啤酒够不够啊?他们七八个人呢。要不要再给你搬两箱出来?"

02

关宏峰独自走进仓库。

"这么快?"崔虎从电脑前站起身,这才看清他身后,焦急地问道,"怎、怎么就、就你回来了?刘音呢?"

关宏峰面色略有些尴尬地说:"没事,开店营业呢。"

"啥?"

崔虎再要多问几句,关宏峰已经径直走向仓库后面的房间。

同一时间,关宏宇站在支队门口的一盏路灯下,不时抬手腕看表。没过几分钟,一辆白色SUV停在路旁。关宏宇低头看了眼驾驶席,拉开车门,毫不客气地坐进副驾驶的位置。

韩彬摇下车窗,掏出烟,朝关宏宇的方向递了一根。

关宏宇压根儿没理他。

韩彬摇摇头,自己点上烟,长出了口气道:"真是忙碌的一晚。你找我?"

关宏宇盯着他看了一会儿,冷冷地问道:"你为什么要掺和我们哥儿俩的事儿?"

"这个嘛,个人兴趣爱好。"韩彬朝车窗外吐了口烟,琢磨着,"确实很难和你说清楚。呃,你要不就当我是闲得慌吧。"

关宏宇却没给他什么好脸色。"叶方舟死的那晚,你和我哥可能都在现场。是你,还是我哥杀的叶方舟?"

这问题有些过于直接,韩彬微微顿了一下,表情自然地回答道:"据我所知,你哥应该没杀人。"

关宏宇继续步步紧逼:"那就是你干的?黄山也是你杀的,对吧?你承认了?"

"你们哥儿俩怎么回事?一个屎盆子还带扣两回的?我都说了不是我。"韩彬失笑,"我纯粹就是……闲得没事儿愿意偶尔帮老朋友个小忙啥的,但还不至于把自己也折进去。"

关宏宇隐隐已经带了怒气:"我现在手上一堆事儿,你以为我在这儿跟你聊闲天儿呢?"

韩彬朝他眨眨眼道:"你是怀疑我杀了叶方舟和黄山,我图什么?难不成你觉得我和他们本是一伙儿,杀了他们灭口?"

关宏宇问道:"你不是?"

韩彬叹了口气:"得,随便你怎么想吧。你连你哥都不信,我多余跟你在这儿多费口舌。"

不提关宏峰还好,一提这个"哥"字,关宏宇语气更为咬牙切齿:"你别再蹚这摊浑水,离我离他都远点儿,咱俩今后就万事大吉。如果再让我知道你插手这些事儿,甭管你是哪头儿的,我都当你是敌人!"

他说完推门下车,车门"啪"的一声扇得震山响。

韩彬心痛地"哎哟"一下,想了想,还是叫住他:"哎,你等等。身高一米七八左右,体型微胖,从身材比例上来讲胳膊和腿都略短。年龄在三十到三十五岁之间，外貌看上去比实际年龄年轻。胡子的痕迹很淡。细眉毛，平头短发，有一点儿白头发，不多，发质带一点儿自来卷。薄嘴唇，细鼻梁，眼睛是正常比例，但眼角的皱纹线略长，带一点儿上扬的角度，眼袋不重。颧骨平滑。整个人肤色很白，皮肤细腻。手指修长并且瘦，不太像一个胖子的手。右撇子，喜欢把凶器类的物品藏在左边的袖筒里。暂时不清楚是什么类型的武器。衣着得体，色调单一。爱笑。给人的感觉普通且无害……"

关宏宇回过头。

韩彬笑了笑："我是说，如果见到这么一个人，加倍小心。"

关宏宇琢磨着这番描述，正想再问什么，一抬头，韩彬已经把车开走了。

临近末班地铁，站口外各种违章停车的、开黑车拉活儿的、摆摊儿卖东西的乱成一团。周巡正带人把站口周围的区域清出来。

周巡瞧见他，上来就说："末班地铁刚到，只要等所有的车都归站就可以进现场了。停车场方面还在查。我知道你给出了一个尽可能小的排查范围，但拜托，这类车还是太多了。真是不查不知道啊，现如今居民的生活水平普遍都这么高。"

关宏宇想了想，问："小周那边有什么进展了吗？"

周巡挠了挠头："那边乡……荒山野岭的也不比城里，加上这黑灯瞎火的，怎么继续勘查呀？我让他们把现场保护好，留下两组人看着，剩下的人都调到这边来。等明天天亮了再说。"

关宏宇琢磨了一下，好像也没什么不妥，就摆摆手，两个人并肩走进地铁站。

　　隧道内，技术队已经架起了数盏照灯，四周亮如白昼。隧道一侧的铁轨旁，地上用粉笔画了一个尸体的轮廓。

　　关宏宇转了一圈，看着光溜溜的地面和整洁有序的铁轨，发现现场既没有血迹，也没有什么其他明显的痕迹遗留，一时间有些作难。

　　周巡注意到他脸上的表情，轻轻地叹了口气，刚想说什么，有个技侦人员叫道："周队！这儿有张地铁票！"

　　他用镊子从铁轨下的缝隙里夹出一张地铁票，放进了物证袋里。

　　周巡摆摆手，物证袋立刻递到关宏宇手上。

　　关宏宇匆匆扫了一眼，把物证袋递还了回去："核对一下这上面的指纹是不是和被害人的指纹一致。他买的是地铁票，而不是公交一卡通，也证实了他是一个平时开车而不怎么使用公共交通工具出行的人。扫完之后，再找地铁系统的查一下这张票是不是单程票。"

　　周巡在一旁提醒道："是不是单程票，有什么特别的指向吗？"

　　关宏宇有些不耐烦地皱了下眉："先别管有没有指向，查清楚再说。"他说着抬起头，看着隧道的顶部，轻声问："隧道里没有监控吗？"

　　周围的人摇摇头。

　　赵茜答道："除了巡道工需要巡道以外，地铁隧道里平时不走人，灯光又很暗，安了监控也拍不到东西吧。"

关宏宇手心已经渗出了冷汗。他色厉内荏地吼道:"一厘米一厘米给我再仔细找痕迹!地上有根汗毛也要给我找出来!"

吼完,他转身朝站台的方向走去。

赵茜略有些疑惑,抬起头探询地看着周巡,发现周队长的面色也挺忧愁的。他发现了赵茜的目光,没给回应,朝技术队摆了摆手:"都听见了吧?别愣着,开工!"

关宏宇已经走到站台,周巡等人跟着爬上去。关宏宇注意到站台上有监控,扭头说:"法医那边的验尸显示,被害人的死亡时间应该在案发当晚的九点到十点之间。我们假设他是从这个位置下去的话,上面这个探头很有可能拍到过他——以及尾随他进入隧道的凶手。"

赵茜仔细地盯着屋顶上的监控装置,看了好一阵子,有些犹豫地说:"可是,关队,这个探头似乎并不能直接拍到有人跳下站台走进隧道啊,这个角度不大对。"

关宏宇略一思忖,补充道:"被害人不会是一路闲逛走到这儿,然后突然跳下去的。他很有可能是遭到凶手追逐,或是因为看到凶手,觉得紧张、害怕,一时慌不择路。因此,通过筛选这个时间段站台里所有监控的人流情况,一定会找出行为明显反常的人,甚至应该是能直接发现被害人的。"

这话倒是切中重点了。

周巡点了点头,扫了一圈站台里的探头数量后,头皮一麻,苦笑道:"我说老关哪,这么多探头,再加上十号线的人流量。这得筛到什么时候?"

关宏宇心里其实也七上八下,但场子不能输。他神情严肃,表情笃定地说:"增派人手,通宵筛查。一旦有所发现,我们就离破案不远了!"

周巡还想再说什么,关宏宇已经走到一边,拿出手机装模作样地给周舒桐打电话。

铃声响了几下,那边接了起来。

关宏宇说:"周巡不是调你过来吗,你人呢?"

周舒桐按住了电话,压低声音,表情略显不自然:"我回队里来收拾点儿东西,这就过去。"

关宏宇没好气儿地说:"麻利儿的,这边筛监控正缺人呢!"

那边正要挂电话,关宏宇似乎又想起了什么:"哎,对,你人是在队里?"

周舒桐微微一惊:"是啊。"

关宏宇接着说:"去趟法医那边儿,看看姓郜那小子书面验尸报告有没有出来。没出来就催一下,出来了就顺手带过来。"

周舒桐轻声说:"好的。"

她挂了电话,转过身。方才她同关老师撒了谎,她并不在队里,而是去了彩虹城四区——吴征灭门案的案发地。此刻,她正直愣愣地看着吴征家门口贴的封条和拉的警戒线,大约是发呆的时间有点儿长,过了一会儿,楼道里的灯忽然自己灭了。

周舒桐愣了愣,在黑暗中拍了一下手,声控灯又亮了。

她想了想,转身走出楼道,开始巡视楼层,并检查楼道、楼梯间、楼下大堂和楼门口的每一盏灯。

来到楼下的时候,一名物业工作人员气喘吁吁地跑过来打招呼:"周警官,您好,您好。这么晚了……"

周舒桐没跟他客套，直接问："四号楼的照明情况一直是这样吗？"

物业人员眨了眨眼："是啊。这都是建筑结构原配置里就有的，得符合安全标准。"

周舒桐又问："楼道里的灯有损坏吗？"

物业人员迟疑了一下，赔笑道："灯泡这东西是个消耗品，损耗肯定有……哪个灯坏了？我现在就让电工换去。"

周舒桐摆摆手，径自往小区门口的方向走去。物业工作人员不知周舒桐的用意，莫名其妙地跟在后面。

周舒桐一路走一路检查路灯等照明设施，同时对物业人员发问，物业人员频频点头。

到了小区门口，周舒桐望向两边灯火通明的道路，想了想，低头看了眼手表的时间，匆匆离开了。

关宏宇挂了电话，一脸烦躁地看着调度中心里十几名地铁工作人员以及数量更多的支队刑警，他们在盯着大小不同的屏幕筛选监控视频。

大大小小的屏幕，他多瞧一眼都头晕，侧过头，发现周巡正直愣愣地盯着自己。

关宏宇没好气儿地瞪了他一眼。周巡挠着后脑勺，闪开目光，立刻岔开话题："小高，你们那边儿怎么样了……欸，我来替你会儿。"

差不多同时，周舒桐走进法医实验室，发现实验室灯光大亮，屋里的家具器材等陈设的位置已经变了。助理小徐正往一面墙的墙角下搬哑铃片，旁边还放着各种健身器材。

周舒桐皱了皱眉，身后忽然有人走过，吓了她一跳。

"干吗一惊一乍的？"郜君然有气无力地说，"见鬼了？"

周舒桐无奈上前两步，说道："关老师让我问一下……"

话没说完，郜君然从桌上抄起一个文件夹扔了过来。周舒桐一把接住，打开一看，正是被害人的书面验尸报告。

周舒桐略感诧异，笑了。

郜君然一边指挥小徐如何摆放健身器材，一边摘下黑色镜框，问周舒桐："身份确认出来了吗？"

"还没。"周舒桐说，"不过关老师正带着队里的人筛查尸体发现现场周围的监控录像。应该……就快有结果了。"

郜君然解开扣子，脱下白大褂——里面是一套美国超级英雄系列的运动紧身衣和健身压缩裤，衬得他本就瘦弱的身材看上去更单薄了。"来之前我耳朵里灌满了你们关宏峰队长，个个都说得神乎其神的。就查个尸源这点儿事儿，效率有点儿低了吧？"

周舒桐看着郜君然这身儿不甚协调的装扮，哑然失笑，揶揄道："郜法医总能料事在先，有什么建设性意见吗？"

郜君然利落地脱下皮鞋，换上一双分趾的运动鞋，嘴里嘀咕着："好歹也是个失踪人口，查查有没有人报案不就完了。"

周舒桐白了他一眼："一开始就查过辖区的报案情况了，近期没有类似的失踪案。"

整装以毕，郜君然站起来开始做准备活动。他一边押胳膊压腿一边说："拜托，既然推测被害人应该工作或居住在丰台辖区，就存在人在丰台工作但居住在其他区的可能性。"

说着,他走到一个杠铃架子旁边,往杠铃两边各加了一个杠铃片,蹲下身,表情扭曲地用肩膀往上扛,嘴上半点儿没停:"要——查辖区外的——案件登记——必须得相应职级授权。这事儿——你让——领导办吧——"

周舒桐瞟了眼杠铃两边各显示只有"十公斤"的标识,又有些哭笑不得地看着郜君然扭曲的表情,最终还是真诚地说道:"谢谢你。"

她拿着报告,刚走出屋门,就听到屋里这活宝在喊:"小徐你过来——托我一把——不行了不行了……救命!"

凌晨三点四十。

排查一直进行到现在,从关宏宇到周巡、周舒桐、赵茜,包括所有其他同事,一个不落,都熬了个通宵。周巡看了看进度,把周舒桐等人打发回去休息换班。

他瞧见四下没什么人注意,凑过去拍了拍关宏宇的肩膀,笑道:"我说那个……老……就咱俩的时候叫你老关我咋觉得这么别扭呢?"

关宏宇斜了他一眼:"我跟我哥岁数大小前后差不出一分钟,你有什么见鬼的心理障碍?"

火箭炮一个,一点就炸得稀里哗啦。

周巡无奈地摆摆手:"得,您也回去休息一下吧。如果得机会,顺便问问你哥,看看他有没有什么建议。"

关宏宇盯着他:"你什么意思。"

周巡小声说:"你那事儿上,到底是不是他设计的你还没坐实。抛开这个不讲,查案方面,他好歹经验比你丰富嘛。他手上过的案子那是多不胜数，啥没见过？得了得了，当我没说，行吧。我去给施局打电话，让他帮忙查一下最近全市的人口失踪报案。这点儿，估计他也差不多该起了。"

关宏宇沉默了会儿，终于没忍住说道："你等等——你那事儿，市局到底什么时候给说法？要是不能官复原职，你就这么一直当普通刑警了？"

关于这事儿，周巡倒是真无所谓。他耸了耸肩道："处理决定迟迟没下来，说明肯定有不同意见。等着吧。"

关宏宇焦虑地暗自叹了口气，这时候才感觉到肚子有些不对劲。从昨天晚上开始，他就没吃过东西。他走到路边的煎饼摊，随手买了个煎饼，谁知道刚接过摊好的煎饼，就有交警的清障车开了过来，拖走地铁站口路旁的违章停放车辆。

关宏宇一边啃着煎饼一边若有所思，靠过去状似无意地问那卖煎饼的小贩："欸，哥们儿，不是说现在贴单子就行了吗？"

卖煎饼的头也不抬，习以为常地说道："待会儿一到早高峰，这地儿全是人，车你堵这儿，头五点交警就都给拖走了，还贴什么单子呀？"

关宏宇恍然大悟，忙拿出手机拨打电话："周巡，被害人如果是头天晚上开车过来的，临时下了一趟地铁，他的车很可能就停在门口。交警每天在早班地铁之前会把站口违停的车拖走，被害人的车很可能就扣在辖区交通队的停车场……对，赶紧派人去查。时间只要集中在尸体被发现的当天及第二天就够了！"

他一边讲着电话，一边看着他面前的一辆轿车被拖走。车后面不知道什么时候站着个年轻人，不到三十岁的年纪，却一头灰白的头发，显得很是扎眼。他手上拿着一本明显是公安的案卷，抬头看到关宏宇，笑了笑，迎面走上来打招呼："关队，好久不见，你怎么也在这儿?"

关宏宇一脸疑惑，一句"你小子谁啊"被生生咽回肚子里。

03

熬夜对于周舒桐来说算不了什么，现在更加折磨她的，是一种迫切地想要去验证、确定一件事前的焦虑。

赵茜是和她一起回来的，这会儿已经回宿舍补觉，她却没有回去，也没有去食堂打饭，即使她已经十几个小时不眠不休。

现在时间还早，支队有一半人还在地铁站，另一半轮休回家。她从窗口看着赵茜走回宿舍，这会儿，办公室终于只剩下她一个人了。她没有再犹豫，迅速地回到座位上，从桌子底下的一沓文件下面取出了那个物证箱。

7173号，属于吴征灭门案的那个箱子。

她无声地将箱子打开，从里面拿出那个缺了把手电筒的工具箱，然后坐到办公桌前，定了定神，开始用指纹刷仔细地在工具箱上扫指纹。

"你也没跟我提过这茬儿。"会议室门外，关宏宇压低了声音，"这崽子哪儿冒出来的? 咱们讲过的人里没他，他和周巡也熟!"

会议室的门没关，刚在大街上唬了他一跳的白头发小青年正和周巡相谈甚欢，一副老友相见的模样。

关宏峰轻声说:"那小孩叫路铭嘉，我不知道他现在已经提了地区队的队长。他的父亲是市局总队的主管局长路正刚，我们有过数面之缘，谈不上很熟。他就是自来熟，你叫他小路就行。"

关宏宇听到"路正刚"的名字，微微一惊，压低声音问道："你确定？也就是说，我不用太担心这小子会看破我的身份了？"

关宏峰答道："我们之间确实没什么交往，而且很长时间没见了。上次见他那会儿，我还是支队长，他还是个助理，小孩儿一个。"

关宏宇侧头看里面已经勾肩搭背的两人，皱了皱眉："成，那我知道了。"

他正要挂电话，关宏峰又提醒道："你们过西城那边，肯定要就案件管辖做平级交涉。我不清楚西城那边这段时间有什么人事变动，但如果你看见他们支队长，最好小心一点儿。别多说话。"

关宏宇问："支队长？"

没等关宏峰那边回答，一只手忽然落在关宏宇的肩膀上。

关宏宇吓得一激灵，扭过头，发现是一个皮肤黝黑的胖子，而落在自己肩膀上的那只手，只有拇指、食指和中指三根手指。

这胖子瞧了关宏宇几眼，目光从他脸上的疤上掠过，笑道："小关，有段儿日子没见，你这疤瘌脸看着还越来越顺眼了。"

关宏宇愣了愣，随即明白过来。

提谁见谁，这就是西城那个支队长？关宏峰没提过，但这一年来他有时候看内部文件或者通报，也见过几次这人的名字，好像姓胡，叫胡一彪？

他恍神的这么片刻工夫，胡一彪已经大摇大摆走进会议室。不仅小青年路铭嘉，连周巡都停止嬉笑，站起身恭恭敬敬地打招呼："胡队。"

胡一彪大笑，走过去的时候还顺手胡噜了周巡的脑袋一下：

"你小子，这都混得跟老子平级了，可以呀。"

他也没问谁，径直往会议桌首席位子一坐，不等关宏宇和周巡说话，就直接问路铭嘉："讲讲吧，小路，是说案子管辖区域出现了什么问题？"

路铭嘉客客气气地说道："前天夜里，福绥境派出所接到了人口失踪报案，二十四小时之后立案送到队里。昨天晚上我看了眼卷，根据失踪人——被害人的车辆线索，摸排监控，找到草桥地铁站，碰见关队他们，才知道人已经死了，尸体现在在丰台。"

他停住话头，看向关宏宇和周巡。

胡一彪想了想，问："小关，人是什么时候死的？"

关宏宇说道："验尸结果显示，应该是前天晚上的九点到十点之间。"

胡一彪一拍桌子。"那得了。人家丰台都查了一天一宿了，你这儿刚接着案子，肯定得归人家管。移交了吧，麻利点儿，别耽误人查案。"

路铭嘉笑了一下："当然，我也是尊重关队和周队他们这边的意见。不过像这种情况，肯定需要给总队打报告……"

"那还等什么。"胡一彪摆摆手，"赶紧向你家老爷子请示啊。"

路铭嘉也没反驳，应该已经习以为常，朝各位笑了笑道："好的，我这就去走程序。"

胡一彪站起身，边往外走边说："那就这么着。手上有案子忙，我就不留你们了。下次再来，记得请我吃饭啊。"

这老小子说完就走，也不再寒暄几句，没几秒就没影了。

关宏宇一脸疑惑地瞟了眼周巡，见周巡满脸无奈地苦笑，再去看路铭嘉，这家伙已经拿着手机打电话了。

周巡拍了拍他，低声说："别介意别介意，小插曲，咱继续案情会吧。"

几个人刚刚重新坐定，施广陵走进会议室，同时把手上的一纸文件递给周巡。"总局的意见下来了，你被降职调任副支队长。支队长另行指派，正式指派之前，我还得待在这儿暂时给你们当橡皮图章。"

周巡看了眼那页公函，试探地问："那老关他……"

施广陵往会议桌首席的位置一坐，说道："他又不是在编人员。之前怀疑他有问题，调查也调查了，结论也清楚了，这不已经放人了？"

关、周二人听完，对视一眼。

周巡笑嘻嘻地说："也就是说，咱老关可以继续之前的顾问……"

施广陵不耐烦地摆摆手："业务上的事儿我不管，该怎么着就怎么着，赶紧开会说事儿！我一会儿还有会呢。"

周巡听罢，朝关宏宇递了个眼神。

关宏宇立刻把案卷摊在桌子上，拿起笔，在会议室的白板正中心写下"高磊"这个名字，补充解释道："前天晚上送到咱们队里的尸体，现在已经查明是中国车辆质量检测中心的信息工程部副经理。三十四岁，北京人，住西城区赵登禹路宝产胡同。已婚，没有孩子。他爱人前天晚上在和中车检联络确认丈夫下落不明后，向福绥境派出所报案。依流程，二十四小时后，该失踪案正式立案，并被送至西城支队。现在市局做出指定管辖，案件由咱队继续侦办。被害人失踪当天正常驾驶一辆自己名下的日产

SUV去单位上班。据单位的同事反应,最后见到他是晚上七点半左右,当时,他正在用手机打电话。"

说着,他在白板上围绕"高磊"的名字,拉出了第一条线,末端注明了时间:"19:30"。

"而当晚,地铁停运后,草桥站附近的巡道工在零点前后发现了他的尸体。法医验尸后——"说着,他指着坐在会议桌末席的郜君然,"顺便说一句,这是新调来咱们队的副主任法医师,郜君然。高法医休假期间,那边的工作都由他负责。验尸确认的死亡时间是当晚九点到十点。"

郜君然点了点头,表示确认。

关宏宇接着说道:"我们现在知道,高磊晚上七点半左右在单位停车场——换句话说,这有可能接近他离开的时间——至少一个半小时之后,也就是九点之后遇害。我们还知道,他是驾驶自己的那辆日产SUV去的草桥地铁站,买了一张三块钱的单程票。而他那辆车,当晚就停靠在地铁草桥站的站口路边,属于违章停车,第二天凌晨就被交通队给拖走了。这部分,小周——"

周舒桐站起来发言:"通过协调辖区交通队,已经找到被害人驾驶的那辆日产SUV。清障车的记录是在次日凌晨四点五十四分把车拖走的。由于暂时没有找到车钥匙,所以现在只能拜托交通队把这辆车拖来咱们队。不过就像关老师刚才说过的,从被害人停车的地点以及购买的单程车票推断,他似乎并没有打算乘坐地铁,购票行为更像是为了临时进一下站台。"

关宏宇点点头:"好了。除此之外,还有一个非常特殊的情况,就是高磊在遇害前两天,曾以死者的身份被一二〇送到过咱们队。一二〇发现并误判他死亡的地点,在卢沟桥方向射击场路以西的山脚下。"

说着,他在白板上拉出一条线,标注着"射击场路山脚",继续说:"时间是二十一点三十九分。送到咱们队的时间是二十二点前后。而二十二点十六分,高磊在冷藏柜的停尸台上醒了过来,自己从冷柜里爬了出来,偷了一件法医队的无菌服,没惊动任何人,直接从门口溜了。这一点,我们已经通过监控核实了。"

他总结完毕,施广陵立刻问:"你们打算怎么破案?"

关宏宇回身拿起笔,把白板上围绕高磊标注的几个时间和地点连成一条线,对与会众人说道:"周舒桐,你陪同技术队,想办法打开他的车,他随身的包很可能就在车里。如果车里有车载GPS的话,调一下行车记录。赵茜和外勤探组去他的单位和家里,查一下被害人的社会背景以及社会关系。留守在地铁调度中心的人可以抽一部分回来,其他人继续筛查监控。把高磊的照片发过去,我们现在要最大程度想办法还原他从假死到真死之间这段时间里,到底都发生了些什么。"

说完之后,他看着施广陵。

施广陵过了一会儿才意识到没人说话了,回过头看着关宏宇,一副询问的表情。

关宏宇俯下身,在施广陵的耳旁轻声说:"施局,该由您来说'散会'。"

施广陵恍然大悟,用文件拍了拍面前的桌面,说道:"散会,开工!"

04

关宏宇走进法医实验室,看到郜君然正在他自己设立的"器械区"拿杠铃健身。坐在办公桌旁的小徐瞟了眼关宏宇,摊了摊手,翻了个白眼——周副队长就站在郜君然身旁看着。

关宏宇走到周巡身旁,周巡朝他点了下头。

关宏宇压低声音,皱着眉问:"队里不是有健身房吗?你就由着这小子这么瞎折腾?"

周巡抱着肩膀,也小声说:"其实没大所谓,让这小子有多余的精力搬搬铁,也省得到处给我们作妖。哦,对,我刚听小周和小赵他们说,各方面都有不同的进展。看来,一旦确定被害人身份,事情就明朗多了。"

说着,他朝关宏宇打了个手势,示意到旁边去聊。

郜君然放开哑铃,气喘吁吁地问:"哥——浩克哥,是照这样每组十个,做四组吗?"

周巡不耐烦地侧过头,说:"对对对,就照你这个江湖失传已久的'腰斩式硬拉法',每天四组,半年后,你就可以成功坐上轮椅啦。"

郜君然愣住了。

周巡放平手掌做了个手势,补充道:"把腰绷直了,屁股撅出来。"

他忽悠完傻小子,和关宏宇走到实验室门口附近,正好周舒桐和赵茜也先后到了。

"来得正好。"周巡对关宏宇说,"中车检那边儿,这几天除了信息工程部的副经理高磊以外,还有一个人缺勤,是他们部门的一个女出纳,叫张雅虹。"

赵茜接过话来:"张雅虹,二十八岁,在中车检工作已经三年了。根据向高磊爱人了解的情况,这个张雅虹是高磊的弟弟高栋的未婚妻。"

周巡接着说:"他俩最后在岗时间是同一天,截止到现在,他们也都没再回去上班——当然，高磊是肯定回不去了。"

周舒桐说："就像关老师说的，我们确实在高磊的那辆日产SUV上找到了他本人的手包，里面有他的钱包、手机、钥匙及相关身份证件。而且我们在副驾席的车门位置扫出了几组指纹，不是高磊的。"

关宏宇皱眉问道："是那个张……雅虹的？"

周舒桐摇摇头，看向周巡。

周巡叹了口气："我查过了，张雅虹的家属也报了失踪案，但是是在朝阳报的。我打过去电话，想协调一下，才发现他们支队的一把手是曲弦。你知道的，就那个一天到晚绷着脸的……呃，老大妈。"

关宏宇其实不知道曲弦是谁，但只能附和着周巡做出心有余悸的样子。

周巡又叹了口气："人家现在不愿意把案子送过来，说一切要按流程走。我向总队提了申请，但这恐怕还需要点儿时间。"

关宏宇说："咱们不能派外勤探组直接上门取证吗？"

周巡有点儿为难："人家朝阳那边儿都明摆着不合作了，咱们直接跑人辖区去上门取证，容易引起矛盾。"

关宏宇想了想："那就去中车检，去那个张雅虹的工位上取证，总该能找到可供比对的指纹吧。"

"这倒是个办法。"周巡一拍大腿，"还是关……老关你脑子灵。"

周舒桐插了一句："高磊的手机已经没电了，他用的还是个挺奇怪的品牌，技术队现在去找充电器给手机充电，等开机了才能解锁查询里面的内容。不过，我们在他车子的后备厢里发现了一个纸团。"

说着,她把一个装着一页纸的透明物证袋递给关宏宇。

关宏宇接过来。

纸上手写着几行字:

本人高磊,自愿将名下所有的玉汤山小区C排四栋的部分别墅产权赠予张雅虹,以期解决她和吾弟高栋婚后的居住问题。

下面是高磊的签名和手印。

关宏宇嗤笑一声:"这个高磊,挺大方啊。这别墅是怎么回事儿?"

周舒桐低声说:"由于时间紧迫,我只给建委打了个电话。初步了解到,高磊以及他的弟弟高栋的父母已经过世。玉汤山小区的那个独栋别墅是老人留下的遗产,产权登记是由兄弟两个人共同拥有。"

赵茜接过话来:"奇怪的是,听高磊的爱人讲,高磊一直反对自己弟弟和自己下属之间的婚事,认为张雅虹是意图谋取高家的财产。"

关宏宇来了兴趣:"怎么讲?"

赵茜说:"因为高栋患有霍奇金淋巴瘤,好像是一种癌症。而张雅虹明知道高栋的病情,还执意要和他结婚,这一点令高磊感到很奇怪并且很不舒服。"

"那也说不通。"关宏宇沉吟道,"这栋别墅明显属于婚前财产,张雅虹就算跟他弟结婚,一时半会儿也没法儿把产权划拉到自己名下。这个高栋具体又是个什么情况?"

赵茜解释道:"哦,高栋比他哥哥小三岁,是在首都医科大学研究生毕业后,直接去美国读的博士,没入籍,目前还是中国护照。博士毕业后,他回国工作了不到半年,然后可能是为了治疗,又返回美国了,走的是工作签证。"

关宏宇问道："那这人现在在哪儿呢？"

赵茜一时语塞。

关宏宇也没责备她，略一思忖，说道："行，现在大体情况清楚了，就是哥哥和弟弟家之间可能有点儿什么事儿。这样，小周带人去找这个张雅虹。赵茜查这个高栋，至少给我搞清楚，他现在人是在北京还是在美国。"

说完，他朝周巡递了个眼神，周巡心领神会，两人一起往外走。

周舒桐在后面追问："关老师，还有一个情况，那个车钥匙……"

关宏宇问："什么车钥匙？"

周舒桐说："从高磊的尸体和随身衣物上都没有找到车钥匙，车里也没有。当然，按说也不应该有，可车被拖来的时候是锁着的，技术队费了很大劲才把门弄开。"

关宏宇愣了一下，若有所思："这倒是……而且，高磊两次被拉进支队，身上都没有车钥匙。确实有点儿奇怪。好吧，这事儿我会留意，你们在调查过程当中也都关注一下。"

两个女警都出发了，周巡打趣说："活儿都派出去了，咱俩干什么？"

关宏宇正色道："你看能不能加快进度，协调朝阳那边，把张雅虹失踪的案件移交过来。再就是，我看你跟西城的小路关系不错，想想办法呗？"

"也说不上多熟。"周巡说，"怎么了？"

关宏宇示意："他爹毕竟是总队的主管局长……"

周巡思考了一下:"你是说……让我通过路铭嘉他爹给曲弦施压,搞定朝阳的事儿?"

"不是。"关宏宇平静地说,"我想知道总队调查林佳音遇害一案的情况和进展。"

这话一出,周巡的脸色顿时变了。"不,你这事儿也太过敏感了吧。没错,林佳音的死,咱们肯定不能就这么完了。但眼下这个时机是不是不太合适?就单指林佳音的事儿,我还真不敢说和路铭嘉有这么厚的交情。"

关宏宇沉下脸来,不吭声了。

周巡看他这表情,没忍住笑了:"话说回来,怎么不回去问问你哥呢?林佳音是他一手教出来的,这事儿他应该比你更过不去。"

关宏宇皱眉道:"他现在基本上已经断绝对外联系了。就算再过不去,没有信息渠道,他朝哪儿打听?"

周巡伸出一根手指,在面前摇了摇,说道:"不,以我对你哥的了解,他绝对……绝对有办法。"

关宏宇更不想和他说话了,又没好气儿地瞪了他一眼,径直走向支队楼外。

周巡乐不可支:"哎,关……二爷啊,这是去哪儿?"

关宏宇说:"我回现场去盯着。"

周巡继续乐道:"现场?哪个现场?"

"有你什么事儿?"关宏宇没好气地甩了句,"有本事找你那大爷去。"

05

"关大爷"这会儿正坐在桌旁,仔细阅读关宏宇留下来的高磊被害案件材料。

刘音走过来递给他一杯茶，轻声说："昨天你那位律师朋友特意叫了人送我回家，要是有机会，替我谢谢他。"

她看着关宏峰一脸落寞的表情，又说："你和你弟之间……我不知道是不是有误会，但你们就不能坐下来好好谈谈吗？"

关宏峰叹了口气。

他并不是不想解释，而是……关宏宇的情绪还没有平复下来，还不是时候。

他说："等我想想怎么和他说吧。"

刘音也有些忧虑："那你俩打算……就这样耗下去了？他这样一辈子都扮演你，就能摆脱通缉犯的身份吗？以后工作和生活怎么办？孩子怎么办？"

关宏峰没有答话。

其实，这个选择，这个底牌，他早就已经交到了弟弟的手上，就在不久前。

所有的一切都已经摆在北京银行那个8272号保险柜里，而这个信息，他已经在两个人最后一次交换前非常明确地告知了关宏宇。

刘音的手机铃声打断了两人的对话。老板娘深深地看了一眼关宏峰，接起电话，简短地打了个招呼后，笑了，把手机递给关宏峰："喏，你那个神通广大的律师朋友。"

关宏峰接过手机，朝刘音点了下头。刘音转身正要走开，又回头问道："我懂，别告诉你弟，是吧？"

关宏峰苦笑，没说话。

刘音比了个 OK 的手势，笑着走开了。

关宏峰凑近电话："关宏峰。"

那头韩彬直截了当地说："我看过林佳音的验尸报告和现场勘验记录。验尸显示——"

关宏峰打断他："我看不到第一手材料，你跟我复述也没什么意义，直接告诉我你的推论就好。"

韩彬笑了："这么信任我啊，关队？"

关宏峰说："都到这个地步了，咱俩用不着客套，我知道你有这能耐。林佳音怎么死的？"

电话那边沉默了一会儿，说道："监控显示，林佳音遇害当晚驾驶的车辆至少遭到过两辆车的追踪，一辆黑色的奥迪Q5，还有一辆黑色的大众帕萨特。两辆车都用的是套牌。他们在美术馆后街主干道把林佳音的车逼上路肩，致使她被迫弃车，逃入东厂胡同。我认为，她在进入东厂胡同到逃至刑侦总队门口期间，与追击者发生过多次打斗。因为除了车辆撞击造成的致命伤害外，她身上还有多处防卫伤。其中几处严重的伤口显示，她遭遇的对手持械。这类凶器很少见，我判断，是一根钢弦。"

关宏峰沉默了一会儿，轻声问："除此之外……"

韩彬也有些无奈："毕竟时间很短，能看到的信息只有这些了。"

他顿了顿，又说道："不过有件事……我可以告诉你，昨晚在酒吧的那个家伙，很有可能就是用钢弦的人。我在他的右手掌腕衔接处看到了一道被利器划过的防卫伤，伤口很新。"

关宏峰愣了愣。

这短短的几秒钟之内，他一直压抑的情绪骤然爆发，咬着牙说道："韩彬！既然知道，你为什么……"

"不管你信不信，我当时还没看到档案，是事后回想的时候才确定的。"韩彬轻轻叹了口气，"如果知道，我会尽量想办法把他留下来。"

关宏峰意识到了自己的失态，略微平复了一下呼吸，说道："抱歉，那以后如果你——"

"抱歉啊，今天老是打断你。"那头韩彬语气里也带着歉意，"不过恐怕没有'以后'了。你弟对于我俩这种私下交往的行为非常之不满，已经给我下了最后通牒。他确实挺难搞的，我实在不想惹麻烦上身。换句话说，下次再有事儿就别找我了。你们兄弟阋墙，没理由我老韩倒霉吧？"

关宏峰还想说什么，对方扔下句"自求多福"，不给任何机会地挂断了。

关宏峰一时无言。

给他制造了一堆障碍的关宏宇到这个点儿还没有回来，他动动脚指头也知道这个人这会儿大概是跑去哪儿了，不由得深深地叹了口气。

妇产科医院里，看到关宏宇大摇大摆走进来的高亚楠，显然并不像关宏峰一样了解他的弟弟。她正坐在病床上哄孩子，一时间连轻轻拍打孩子的动作都顿住了。

她很快镇定下来："你怎么大白天的就这么进来了。电话里我不是跟你说……"

关宏宇朝她眨了眨眼，一摆手道："我现在是关队长，你的老上级，过来探望一下刚刚生产的同事，可别叫错了啊。"

说着，他小心翼翼地从高亚楠手里接过孩子，坐在床边，伸手要去摸孩子的脸。

高亚楠在一旁提醒:"没洗手呢吧。"

关宏宇反应过来:"哦哦哦,对对对。"

说着他瞟了眼摆在一旁的无菌箱:"医生说……"

高亚楠看着孩子,轻声说:"一开始是因为有点儿早产,医生怕有状况,现在都检查过了,一切正常。孩子很健康,大概再观察个一两天就可以出院了。"

她从床头柜拿出消毒湿巾递给关宏宇。关宏宇小心翼翼地把孩子送回高亚楠手上,用湿巾擦着手:"唉……都说当爹的跟孩子一开始谈不上有什么感情,可我一看他,就觉得那堆烦心事儿都不叫个事儿,这娃就是我的充电宝。"

"还充电宝呢。"高亚楠没好气地瞟了他一眼,"当人爹那么容易呢?准备好做个受气包吧你。"

关宏宇愣了愣:"呃……没事儿。不是还有你吗?"

他擦完手,兴致勃勃地又把孩子抱了回去。

高亚楠在旁低声说:"总队放你出来后,你几次打电话都没说清楚,到底和你哥那边怎么样了?"

关宏宇神情明显蔫了下来,无精打采地说道:"哎,一言难尽。总之,他现在老老实实待在崔虎那儿,我已经名正言顺彻底成为关宏峰了。"

高亚楠问道:"为什么……你、你行吗?"

怎么人人都跟周巡一个德行?

关宏宇被戳中了心事,从鼻子里哼了一声:"我好歹也前前后后办了那么多案子,支队又不只我一个人,有什么行不行的。咋了,这世界离了关宏峰就不转了啊?"

高亚楠被他这气话逗笑了,干咳两声收住笑,拍了拍关宏宇的手，认真地说道："宏……关队，虽然我只是个法医，但在刑侦方面，光有知识和技巧恐怕是不够的。你在经验上肯定有欠缺，这个是事实，没什么不能承认的。"

关宏宇翻了个白眼："你也向着他是吧？那个谁，你们队调过来的代班副主任，据说智商超高。我看连那小子都能破案，没你说的那么邪乎。"

高亚楠扑哧笑了出来："好了好了，不和你争。不过话说回来，你和你哥，就这么僵下去？"

关宏宇抓着孩子的小手，没说话。

高亚楠凑近了看他："你是不是应该和他好好谈谈，主动点儿？"

"谈个屁。"关宏宇自顾自逗弄着关饕餮，小家伙看见他伸过来的手指，下意识就要咬，"懒得理他。"

高亚楠看着爷儿俩，简直哭笑不得，正想再劝两句，一阵突兀的铃声响起。

高亚楠看着关宏宇，关宏宇当没听见。高亚楠无奈开口："喂，你电话。"

关宏宇专心致志逗着孩子："没事儿，甭管它。"

高亚楠叹了口气："关队，刚还说你要怎么怎么顶替你哥呢。责任、靠谱，这两方面能不能至少学个样子啊？"

关宏宇没词儿了。他眨眨眼，只好把孩子递还给高亚楠，掏出手机，按下了接听键。

打电话来的是周舒桐，她显然完全沉浸在工作里，一上来就说："关老师，我现在和技术队在中车检这边。我们从张雅虹的工位上提取出了几组指纹，其中最像她本人的一组指纹和高磊那辆车副驾席车门上提取到的指纹相同。"

关宏宇皱着眉，语气忽然沉了下来："什么叫'最像张雅虹的一组'？"

那头的周舒桐顿了顿，显然不明白"关老师"的怒火从何而来，磕磕巴巴地解释道："呃……因为张雅虹已经失踪，到目……目前为止，我们都还没有从她本人身上得到过指纹，只能说因为某一组指纹在她工位上分布得最多，推测有可能是她本人的。"

听完解释，关宏宇意识到是自己失言了："行吧，知道了。"

周舒桐接着说："还有就是……在搜查张雅虹工位的时候，我们在她的抽屉里发现了一份经过公证的财产协议。"

关宏宇一愣："什么内容？"

周舒桐说："协议是高栋和张雅虹签订的，内容大概就是，如果他们两个人正式登记结婚的话，高栋自愿把名下的玉汤山小区C排四栋别墅的一半产权赠予张雅虹。签订时间是——"

不等周舒桐说完，关宏宇打断她："哥哥一半，弟弟一半，都给了这个叫张雅虹的，不就等于她一个人把高家兄弟的这栋祖产给吃了吗？"

周舒桐小声说："这个，现在还不好说……"

关宏宇皱了皱眉："告诉周巡……算了，我直接给他打电话。这个张雅虹有重大作案嫌疑！动员支队的所有资源，尽快找到她！"

周舒桐有些迟疑："可关老师……"

没等她把话说完，关宏宇直接挂断了电话。他站在原地深吸几口气，抬起头，看到高亚楠站在床边，哄着怀里的孩子，望着他的目光充满了忧虑。

叁 择日再死

01

关宏宇回到小仓库的时候，夜已经深了。

他换掉了身上的衣服去刷牙，得以正面注视镜子里那个自己的时候，忽然意识到他正处于人生中一个奇妙且不可言说的阶段。

从现实情况来说，他无端被诬陷为杀人凶手，背上五条人命和一张通缉令，但从明面上来看，副队长周巡知道了一切仍旧站在他这边，周舒桐、赵茜这样的年轻警察对他崇拜不已，新来的刺头儿小部法医被他治得服服帖帖，支队人员一切听他调遣，死党崔虎能够解决一切网络问题，连朴森这种老江湖也甘愿信任他、为他冒险。

纵横捭阖，光芒万丈。

他有时候不免觉得，做关宏峰是真的挺不错的，起码比他之前那十几年当物流公司小老板的时候风光、得劲儿得多。这个念头最初像个春天破土的雏苗儿一样突然冒出来的时候，把他自己都吓得够呛。他做人做了三十多年，最辉煌、觉得自己最接近顶峰的一刻，搞半天仍旧与关宏峰这个他既爱又嫌的名字脱不了干系。

真是讽刺味儿十足。

他只得将自己暂时分成两半,一半仍旧享受着这个身份带来的荣誉、尊重与责任,一半却以狰狞的面目对准了始作俑者。他反复对自己强调关宏峰这是活该,关宏峰陷害我、欺骗我、戏耍我,因此我隔离他有什么错呢?

这样的决定是最正确的,得有个人管着关宏峰,这个人只能是我。周巡有私心,韩彬不靠谱,最好谁都不要接近关宏峰。

关宏峰这人,就得在我眼皮子底下才是最安全的。

张雅虹是第二天一大早被找到的,就在射击场路西侧的那片山坡,那天他们一大群人打着手电筒摸黑调查过的那块地儿附近。

周舒桐打电话过来的时候,关宏宇第一反应是这女的跑去那儿干什么?第二反应是让周舒桐尽快把人带回队里。

"一时半会儿还真带不回去。"周舒桐小声解释,"人已经死了。"

尸体在山坡的西侧,关宏宇到的时候,邰君然正和旁边拍照的周舒桐说话。

邰君然说:"有什么可勘查的?你看脖子上的指压痕迹,应该是被掐死的——好吧,专业点儿说,这叫'窒息性死亡'。她的脖子和手背处已经出现微小的腐败绿斑了,说明应该是三到五天之前死的。"

周舒桐显然不太明白:"腐败绿斑不是二十四小时之内就会

出现吗？"

"那是正常情况下。我们这是正常情况下吗？这是你伸舌头舔栏杆需要叫一二〇的季节。"郜君然环视一圈，"你瞅瞅咱们这儿，天然大冰柜。这个地方的夜间温度应该在零度上下，比你的体感温度稍微高一点儿，因为有风。再就是，这儿肯定不是第一现场，但是抛尸时间和她的死亡时间相隔不会超过两三个小时。我知道你还要问为什么，就直接告诉你吧，因为死者可见的裸露皮肤有尸斑移位。你自己看色儿嘛，明显不是一茬儿。"

他日常这个讲话方式已经可以归于暴力输出范畴，周舒桐离得近，大约耳膜都在打战，愣是没能插得上话。

郜君然双手插着兜，刚要走，又想起什么来，回头意犹未尽地追击："这现场不是早就发现了吗，怎么才找着尸体啊？你们瞎啊？"

周舒桐说："之前固定现场的时候，主要是在勘查山坡东侧的车辙印，再加上当时天已经很黑了，确实看不到这一边的情况。"

郜君然接着说："牵只狗来不就完了吗？用不了五分钟就找着尸体了。"

周舒桐没忍住，反驳道："当时也还没想到这儿有可能是个抛尸现场，只是来找车的。"

"这有什么想不到的？"郜君然瞥了眼正在走近的关宏宇，"谁没事儿撑得非把辆两驱的破车开到这么陡的坡上？肯定是拉着东西呢呗。费这么大劲跑这么远，总不能是极端环保主义者扔厨余垃圾呢吧。"

他放完炮拔腿就跑，周舒桐还没来得及还击，一抬头看见山坡上的关宏宇，表情尴尬起来。关宏宇也有点儿尴尬，摆摆手，正巧瞧见周巡也到了。

周巡一见关宏宇，大步流星地上了坡。他看上去挺憔悴的，一上来就愁眉苦脸地问："我说二爷啊，什么情况呢这是？"

关宏宇有些心虚，斟酌着措辞："目前……目前来看呢……我认为很可能是高磊杀人抛尸……当然，没有直接证据的情况下，还不能确定人就是他杀的。但总之，咱们应该先等法医队那边正式的尸检结果出来。你觉着呢？"

他在这儿吞吞吐吐，周巡听得眉头打结："不是，这高磊自己开车爬个坡，是不是就是为了运送尸体来这儿抛尸啊。返回的时候，他有可能失足从山坡上摔下来了？"

关宏宇说："先不要妄下结论，技术队正在做全面的现场勘查。"

周巡叉着腰观察了会儿山坡上的情况，嘴里念叨着："这样的话，也就说得通为什么高磊第一次被一二〇拉到法医队的时候，身上没有车钥匙了。"

关宏宇问："怎么讲？"

周巡用手掌比了比那个坡度，说道："你想啊，他大晚上跑到这个荒山头儿抛尸，车爬一半儿上不去了，只能自己扛着尸体上去，不得用车灯照个亮儿啊。他的车当时肯定没熄火，所以钥匙就没拔。"

关宏宇听完，觉得有道理，但他不能直接说有道理，显得自己很没有判断力。他想了想，只能岔开话题："小赵那边有什么进展吗？"

周巡一拍大腿："这个高栋三天前入的境，还在北京。人没联系到，但我已经做了边控申请。小赵被我派去高磊的家里做回访调查了。我想弄清楚，四天前这小子光着腚、穿着白大褂跑回家,家里人就没觉得有什么异常吗?"

说到这儿,他凑近关宏宇,压低声音说:"我说,不是我找你茬儿啊,咱这调查吧,虽然也的确在往前推,可你有没有觉得……东一榔头,西一棒槌的?乱啊?"

关宏宇一斜眼,冷冷地说道:"你是想关宏峰了吧?"

周巡立刻义正词严地说道:"我是想破案!"

他说着,走向山坡去指挥现场勘查了。

关宏宇嘬着牙花子,丝毫不掩饰自己的不爽。

下午他回到小仓库,急匆匆地换了身衣服,又在水池边洗了把脸,可以说身心俱疲。他一抬头,正瞧见崔虎遥控打开了卷帘门,杨继文推着轮椅和朴森回到仓库。

关宏宇抹了把脸,愣了愣:"你们……就这么大摇大摆地出门了?"

朴森看不见也听不见,没办法给什么反应。杨继文心平气和地反问道:"难道出门晒晒太阳还要鬼鬼祟祟?"

关宏宇没词儿了,转而瞪了崔虎一眼。但崔虎好像也不买账,耸耸肩,满不在乎地说:"别……别太敏感哈,就在旁边的街心花园,应该没事儿。"

又是个粗线条。

倒是刘音似乎看出了点儿端倪,轻声问:"是不是公安那边的工作不顺利?看你这弦儿绷得,逮谁怼谁。"

关宏宇反问:"有什么可不顺的?从案发到现在没两天,尸体也找到了,嫌疑范围也确定了,估计等找到那个得什么霍奇……金淋巴瘤的弟弟,应该就可以结案了。"

刘音说:"你说的这个弟弟是凶手吗?"

关宏宇语塞。

过了会儿,他才想起给自己找补:"呃……我没说他是凶手。"

"不是你说找着这人就能结案吗?"

"凶手……凶手不需要找,凶手已经死亡了。"

刘音又问:"那谁杀的凶手?"

"现在还不好确认凶手是他杀还是意外死亡。"

崔虎在旁边看了半天,不客气地朝仓库后方递了个眼神,诚恳建议:"要不要跟你哥商量商量?"

没完没了啊这是!

"商量商量,商量个屁。"关宏宇憋着一肚子的气,把手里的毛巾一摔,怒气冲冲地往外走,"我晚上可能去医院陪亚楠,不见得回这边儿,有事儿给我打电话,没事儿别找我!谢谢!"

他说着还不忘指了下杨继文和朴森:"您二位,晚上就尽量别往外跑了。"

杨继文愣了愣,随即走上前去,低声对关宏宇说道:"方便的话,能单独聊两句吗?"

两人一起走到仓库外。杨继文叹了口气,低声说道:"我很感谢你们兄弟,因为挂念我和老朴的安全,特地把我们接到北京来。只是不知道我们在这里能帮上什么忙吗?或者说,我们要在这里躲到什么时候?"

关宏宇沉默了会儿,表情也松弛下来,疲倦地说:"对不住,杨医生,我这两天……确实忙活得有点儿晕,刚才话说得也不合适，你别误会。不是说你们来我这儿就失去人身自由了……"

杨继文连忙说道："我们当然没这么想，只是来了之后我注意到，你们兄弟之间好像有分歧。所以我和老朴都想问问，对我俩的安排，到底由你们谁做决定？"

说到这儿，他苦笑了一下："不瞒你说，老朴的牵挂已经都在国外了，我在长春可还有家有业。一直这么躲下去，似乎不是长久之计。"

关宏宇左思右想，知道自己实在没办法这时候给个说法，只能说道："等忙完手头的案子，我跟我哥商量一下。不过，也请你们二位放心，在这里，你们绝对是来去自由的。但那天晚上的情形，你们也亲眼看到了。对你们人身安全的顾虑，应该不是臆想。"

杨继文听完，点点头，刚要返回仓库，又对关宏宇说："对了，刚才听你说，你要找的那个人患有霍奇金淋巴瘤。早期还是晚期？"

"还不清楚。"关宏宇敏锐地问，"怎么了？"

杨继文提醒道："虽然我不是肿瘤医生，但对于这类肿瘤病变，无论是早期或晚期，都需要进行定期的放、化疗，甚至有可能需要进行全淋巴照射。如果能够查到这名患者的病历，也许对寻找他有所帮助。"

02

法医室里，郜君然正和周舒桐以及助理小徐讨论案情。

关宏宇急匆匆走了进来，不等大家开口，直接问郜君然："高栋患有霍奇金淋巴瘤，具体是什么情况？你能不能查到他的病历?"

郜君然一挑眉毛,没说话。

周舒桐提醒道:"师姐那边询问到的情况,不是说高栋是在美国治的病……"

郜君然点点头:"对,退一万步讲,即使我们能找到他就诊的医院,基于医患保密原则,咱这电话就算真打到大洋彼岸去,人家也不会把具体情况透露给我们。"

关宏宇低声说:"那假设他回国之后也需要定期治疗呢?"

"不用假设,他肯定在接受治疗。这个高栋,在国内有固定的居住地点吗?"郜君然问。

关宏宇瞟了眼周舒桐。

周舒桐立刻答道:"有。他名下的房子一直对外出租,他并没有回过家。玉汤山的别墅我们也查过了,没有人。同时我们把高栋的身份信息送到治安支队,已经录入系统。如果他持身份证入住酒店的话,我们肯定会得到反馈。但是都没有。"

郜君然朝两人一摊手:"瞧,既没回家,也没住酒店,他在身份证登记的联网信息里根本就没露过头。这说明什么?"

关宏宇恍然大悟,朝周舒桐一招手,边往外走边说:"筛查全市所有三级甲等医院以及拥有这个级别治疗条件的私立医院……"

郜君然在后面喊道:"不用从三甲里找,他要真信得过国内的器材,还用得着大老远跑去美国治病?"

关宏宇伸手一指郜君然:"别老说半截儿话!"

郜君然满不在乎地说:"如果他需要做精密放疗,对器材的要求会比较高。我知道有一些私立医院进口了 GE 和 MAQUET 的设备,可以列个单子给你们。"

关宏宇又警告性地看了郜君然一眼,朝周舒桐点了下头:"按他拉下来的单子,我们优先排查!"

关宏宇辗转来到证物室,赵茜等人正在忙碌。他看到桌上摆放的一堆物证袋里,分装了不同的手机碎片,随口问:"这是在射击场路山坡东侧发现的?"

赵茜点头:"从 SIM 卡上初步核实,已经确认是张雅虹的手机。但由于内存卡和手机内置硬盘都损坏了,高哥他们正在尝试进行数据恢复。"

关宏宇看着在电脑前忙碌的小高等技侦人员,嘱咐赵茜:"让他们尽力。毕竟从高磊的通话记录上看,张雅虹遇害当晚七点多,他俩通过电话。对了,你去回访高磊的家属,有什么新发现吗?"

据赵茜描述,就在高磊被一二〇误判死亡送来队里的那晚,他事先给爱人打过电话,说有事晚一点儿回来。高磊的爱人十点多就睡了,所以不清楚高磊几点回来的。第二天一早,两个人都急急忙忙去上班,她也没发现丈夫有什么异常。

"这心也够大的。高磊摔得鼻青脸肿,他老婆愣没注意!"关宏宇说道。

赵茜说道:"我也奇怪这事儿,所以特意问过她。她说她起床的时候高磊还没起,等她做了早饭收拾好,高磊就一直在厕所,所以其实两人都没真正见过面。话里话外我听着,他俩也谈不上什么夫妻感情,就是个搭伙过日子。虽然睡一张床,清醒的时候见不着面也很正常。倒是中车检那边,信息工程部的一些员工提到看见过高磊脸上有伤,但人家是领导,他们也不好问什么。"

关宏宇听完，想了想，继续问道："那高磊爱人知道自己小叔子要回国的事儿吗？"

赵茜回答："听高磊提到过，而且据说这次高栋回国是为了和张雅虹登记结婚。"

关宏宇一边琢磨一边念叨："登记结婚？这未婚妻都死了，准新郎又找不着，几个意思？"

赵茜试探着问："关队，您的意思是说……"

关宏宇已经吃过几次亏，连忙说道："不是不是，关于嫌疑对象方面，咱们还是要谨慎一点儿。我已经让小周去高栋可能接受治疗的医院进行搜索排查了。你重点盯好这头儿就行。"

他这边正说话呢，看到周巡在门口探头探脑。

他略微犹豫了一下，交代好赵茜，出了门。

两人来到楼道的僻静处，彼此沉默了一会儿。周巡突然说道："朝阳支队的曲弦刚才来了，把我堵在办公室，训了个狗血淋头。"

"她是来移送张雅虹的档案的？"关宏宇对这个名字印象深刻，但不太理解，"一个案子，犯得着吗？"

周巡苦笑："没那么简单。移交案卷是一回事，她这回训我，我只能听着。"

曲弦总被他们叫得很老，但其实也就三十多岁，面容清瘦，留着半长的短发，眼神时时刻刻都像是掺了冰碴子，能现场把人给冻上。她对周巡说那段话的时候，周巡不敢看她的眼睛，只注意到了她略微凹陷的脸颊。他还发现这位年龄比自己大不了多少的同事，已经有了白头发。"佳音是死在总队门口的。你——还有那个关宏峰，人你们保护不着，出了事儿我也不赖你们。但现在人没了，你们最好找着抵偿兑命的。找不出来趁早吭声，我去总队把案子要过来，也省得你们这群废物点心在这儿瞎耽误工夫！"

"你知道吗？曲弦和林佳音当初都是做卧底的，她应该比林佳音大半辈儿。她刚跟我说，别以为自己当了几天'牧羊犬'接头人，就不把卧底当回事儿了。她说，林佳音当了卧底，就清楚自己是在冒什么样的风险。她还说，林佳音的死不赖我们，但如果我们不死磕出个结果来，她头一个不会放过我们。"周巡说，"她都快把我训成狗了，但我一句都不想辩驳，也不能辩驳……关……哎，我知道和你哥不一样，你跟林佳音之间谈不上有什么情谊，但她是为你们兄弟死的，你们哥儿俩对这个事儿得有个担待。"

关宏宇郑重地点点头。

他与林佳音确实没有过多接触，对峙过、讲过几句话、合作过，仅此而已。但很奇特，他至今仍能清晰地记得最危急的时候她的表情与眼神。那东西很难解释，他明白，本质上自己与林佳音是同一种人。

不知道过了多久，他才找回了自己的声音："我知道。"

周巡接着说："再就是，之前我跟你说的，既然林佳音遇害了，就说明叶方舟背后还有势力，甚至你哥很可能是有苦衷的——不管是不是他栽赃陷害的你。我现在看你一个人连队里的案子都忙不过来，根本没精力追查下去。"

关宏宇皱眉道："你以为是我想拖着不查吗？"

周巡盯着他看了一会儿，说道："我劝你还是要跟你哥谈谈，而且越早越好。这么置气不是办法。继续下去的话，你迟早会应付不过来。"

关宏宇冷笑了一声："当初是谁告诉我，我跟我哥感觉差不多来着？"

周巡朝他微微一眯眼："甭跟我抬杠。你哥在的时候，他能给所有人托底，包括你。当大家把希望寄托在他身上的时候，他没有辜负过谁。他的技术、经验和判断力，是远远超过大多数刑侦人员的。你之前能破案，是因为有他在后面撑着。"

关宏宇咬牙说道："这个支队没有关宏峰在，一样破案，也不会因为这个关宏峰现在换成了我，就破不了案。"

两个人都沉默了一会儿。

周巡略微顿了顿，拍了拍他的肩膀，低声说："关宏宇，在吴征全家被害的案子上，我确实愿意相信你是被冤枉的，我也确实怀疑过你哥。我愿意帮你，是因为我相信这是追查真相的更好方式。在你看来可能无伤大雅，但对我而言是冒着丢官罢职甚至坐牢的风险。你能明白吗？"

关宏宇问："你到底想说什么？"

周巡盯着他，一字一顿地说："我是希望你明白，无论咱们做什么，都是为了能尽早查出真相。你别一副没有天敌无人能奈我何的样子。还真不拿老子当公安啊！"

中午，办公室里没有人，周舒桐想了想，抱着物证箱刚走出办公室，就迎面碰上了赵茜。

赵茜大约是回来拿东西的，打眼瞧见周舒桐手里这么大个证物箱，也挺疑惑。她本来就记忆力惊人，多看了两眼，立刻认出了这是什么,惊疑不定地看着周舒桐,低声问:"这个是吴征那个案子……舒桐,发生什么事了吗?"

周舒桐知道这事没法隐瞒,示意赵茜和她一起走。两人一同登记归还了那个证物箱,出了长廊,她压低了声音说:"你记得那个……缺了一把手电的工具箱吗?我拿指纹刷又扫了一遍,上面真的连一个指纹都没有。"

赵茜不解:"你说过那个工具箱是磨砂面的硬塑料材质,理论上来说,这种材质本就不容易留下指纹。"

"可那里面不是磨砂面的,也一个指纹都没有,这可说不过去吧?"

赵茜愣了:"就算是这样,要说一定是凶手拿走了那把手电,总还觉得有些牵强。而且你想啊,就说是凶手拿的吧,拿走把手电有什么值得隐瞒的……这手电还能暴露他的身份?"

周舒桐忽然不说话了。

两人一路说着,来到法医实验室。

郜君然又换了身美国超级英雄的紧身衣,正在做准备活动。小徐见两人进来,把一个文件夹递给周舒桐:"关队要的验尸报告。"

周舒桐顺手接过来,还在小声对赵茜说:"最让人费解的是,我去现场周围看过了,彩虹城四区从吴征家门口到小区外,一路灯火通明,视野良好,感觉完全用不到手电的样子。再加上案发那晚是大年夜,你想,哪个大年夜路面上会黑灯瞎火的……"

赵茜琢磨着:"这倒是,还真是挺蹊跷的。哎呀,我都快被你带沟里去了。这事儿本来就不该你管,而且你现在瞒着……"

站在不远处的郜君然似乎听到了两人的对话,一边压着腿一边随口说道:"没准儿有人就是'不见光就死'。"

周舒桐没料到他会突然插话,一脸诧异地扭头看着他,眨了眨眼。

"有这个病症的,"邰君然不以为然地随口解释道,"好像叫什么'感光性癫痫的逆反应',应该属于额叶癫痫的一种。上网一查就知道了。"

周舒桐低声重复了一遍:"感光性癫痫的逆反应?"

03

北京地铁人流量极大,因此对于地铁监控画面的排查持续了十几个小时。关宏宇和周巡赶回调度中心的时候,一名技侦人员已经整理好相关画面。显示器里的画面,是正奔向东侧出口的人流。

两人盯着密密麻麻的人头看了很久,最后还是在技侦人员的指点下,才勉强分辨出高磊的身影。

画面中的高磊似乎被什么人追逐着,一边向后看一边被人流裹挟着跑向东侧出口。刚上了没两级台阶,他不知为什么又改变主意,转身跑向站台,消失在了监控画面里。

技侦人员说道:"这是当晚九点二十七分的画面。高磊消失的站台方向,离他尸体被发现的位置只有不到两百米。"

关宏宇问:"是谁在追他?能看到吗?"

"这个……我们还在继续找。"技侦人员回答。

周巡点点头,压低声音对关宏宇说:"咱现在拍脑门儿瞎说啊,要说张雅虹有可能是被高磊杀害的话——先不管动机是什么,那这个高栋很可能有重大嫌疑。如果能在监控里筛出他就是在后面追高磊的人,这一切是不是就说得通了?"

关宏宇微微皱眉,伸手指着监控画面:"就算是,他从东边地铁口跑出去不就完了吗?为什么非往隧道方向跑?"

周巡没词儿了。

关宏宇的手机及时响起,周舒桐的声音传了过来。

"关老师,周哥!"她说,"找到高栋了。地址我刚发到你们手机上了。"

这个开场白令关宏宇心头一跳,他下意识问道:"活着吗?"同时低头看手机,发过来的信息里写着:

朗文斯汀医院住院部。

高栋确实还活着,但是躺在病床上,吊着点滴,浑身插着各种监控设备,看样子正在昏迷。关宏宇和周巡没想到他的"活着"是这么个"活着",彼此都有些无奈。他俩在旁边杵了会儿,不久就引起了别人的注意——一个穿着整洁、看起来非常专业的男护工进来替高栋换了尿袋,见几人还没有走,向他们招招手,示意他们先出来。

医院看起来条件很好,规矩也多,走廊里安安静静。男护工约莫三十岁,周正,整洁,态度也很客气。他轻声说:"病人现在需要休息,卢医生他们现在应该在查房,你们可以去护士站那边等一下。我这会儿挨个儿病房给你去找人也不太合适,几位多担待。"

关宏宇微微皱眉,回头瞟了眼房内昏迷着的高栋,问道:"他这是……"

男护工说:"高先生在飞机上就感觉不太好。他好像是下飞机后直接就来了这里,因为事先有预约,所以立刻安排了治疗。不过他显然对放疗的反应非常大,不但呕吐不止,而且伴随一些惊厥症状。医生没办法,只好给他用镇静剂。现在他的状况已经基本稳定了,昨晚一度比较危急,连升压泵都上了。"

"他是哪天入的院?"关宏宇问,"我是说具体时间。"

"稍等。"

男护工轻手轻脚走进病房,从床尾拿了病历过来,翻了翻,递给关宏宇。关宏宇和周巡同时看了病历,又互相对视一眼。

还真是一下飞机就住进来了。

一旁的周舒桐有些好奇地问道:"霍奇金淋巴瘤这种病是不是很罕见?"

男护工轻声叹了口气:"已有的事,必再有;已行的事,必再行。"

周舒桐愣了一下。

关宏宇伸手引周舒桐看楼道里教会的标志,接道:"日光之下,并无新事。"

男护工笑了笑,右手习惯性地在左手手背上轻轻敲了几下。

"你们这儿照顾得倒是挺周全啊。"关宏宇看在眼里,借机又问,"二十四小时不离人的吧?那他接受治疗这几天,一直没离开过医院吗?"

男护工说:"这个我就不清楚了。教会医院,做护理的都是教会的志愿者,公益性质的。谁有时间谁就来,也没准儿会被分派去照顾哪位患者。反正……高先生入院那天,肯定不是我。前天我也只当了半天班,因为还得接孩子下课……"

他们正说着话,那男护工朝远处招了招手:"卢医生。"

走廊那头走过来个穿着白大褂的男人,之前他已被告知三人组的来意,看了他们一眼,指了指楼梯间:"去那边谈吧。"

卢医生看上去四十多岁,先跟他们交代了高栋的具体情况:"他这个病,绝症中的绝症,最多也就还有一两个月到半年吧?得亏他年轻,生命力还算顽强,要是老年患者,早就撑不住了。"

周舒桐轻声说:"我们能看下他的随身衣物吗?"

"这个,恐怕需要征得患者本人的同意。"卢医生说,"等镇痛剂的效力过了,你们可以亲自问一问。"

他犹豫了一下,又低声问:"你们难道怀疑,是高先生他本人……就算他的哥哥和未婚妻在他回国后先后身亡,这也有点儿匪夷所思了……介意我抽根烟吗?"

说着,他仔细扫了一圈,确认楼梯间里没有其他人,终于点着了烟。抽了口烟之后,他转而问关宏宇:"这位高姓患者,还有其他直系亲属吗?因为不排除我们可能需要采取急救措施或是……的时候。"

关宏宇瞟了眼周舒桐,周舒桐摇摇头。

卢医生叹了口气:"大老远回来一趟,哥哥没了,未婚妻也没了。也好,倒是了无牵挂了。"

大约是陷入僵局的时间过长,高栋这边暂时碰壁后,新的关键线索又出现了——张雅虹手机的修复工作进展得比较顺利,其中一段电话录音的信息量可以说极大。

录音的背景声很小,显然是在相对安静的环境下录制的,里面是一男一女的对话。两人的声音压得很低,但仍录得很清楚。

男人说:"雅虹,我求你不要冲动好不好?这件事说出去对谁都没有好处。而且时间过去这么久,你没有证据,如果我真就不承认,警察也不能把我怎么样。"

女人的声音略有些呜咽:"高磊,那个时候你欺负我小,连唬带骗。好,为了高栋,这口气我忍了。但我们很快就要登记成为一家人,是否再隐瞒这件事已经不仅仅是我一个人的决定。我必须对他坦白,然后我们再共同判断今后怎么办。"

男人的声音又说道:"我那天晚上喝多了……事后我和你道过多少次歉,在中心里里外外又格外关照你,你怎么就念念不忘那点儿旧怨呢!没错儿,就像你说的,你和小栋就要登记结婚了。小栋的身体状况你也知道,为什么在他离开这个世界之前还要把这种事情告诉他?他可能会恨我,他还有可能会嫌弃你,你这样会毁了所有人!没有一个人会受益的!"

女人惨笑道:"没错,我知道高栋的身体情况。但之所以在知道的情况下我还愿意嫁给他,而他也允许我嫁给他,就是因为我们之间有这份信任和理解。我不知道他到时候会不会恨你,但他会理解我,也会理解我为什么要把这件事说出来。"

男人的声音陡然拔高,显然也有些不耐烦了:"雅虹,你这人实在太偏执了!这样,现在不方便说。晚上下班我再约你见面,咱们当面谈谈好吗?"

女人低声说:"我没什么可跟你谈的。而且这两年多来,你每次靠近我,我都会觉得害怕,我更不可能单独跟你出去谈。"

男人的声音放柔了:"你放心,咱们找个人多的公共场所谈,只是别在中心就好。你可以觉得我是为了自保,你也可以坚持你的固执,但就当是为了小栋着想,在他明天下飞机之前,咱们总该把事情商量个大概。就算你要说,咱们可以一起和他说。那样当面锣,对面鼓,就不存在什么一面之词了。"

录音呈现的内容已经很明显。男人(即高磊)两年前对女人

(即手机的主人张雅虹）实施了强奸或者猥亵，两人当时都没有将这件事告知高栋。而现在，当高栋决意回来与张雅虹登记结婚时，矛盾爆发了。

很明显，张雅虹不想再保守这个秘密，高磊却不这么想，决定在弟弟回国之前拦下张雅虹的这个念头。这也就解释了为什么在高磊那辆车的后备厢里，会发现被团成一团儿的房产赠予承诺书。

周舒桐低声说："所以，当晚高磊还是把张雅虹约了出来，就开着他那辆日产SUV。在车上，高磊拿出了他的那份转让书，企图说服张雅虹闭嘴。但从纸团的状况来看，张雅虹应该对此非常不屑。她拒绝了？"

关宏宇和周巡没有插话，用眼神鼓励她说下去。

周舒桐深吸一口气，回忆郜君然所说的死因推断，继续说："谈判破裂，争吵发生了。从口角到肢体接触，最后高磊把张雅虹摁在地上，掐死了她，可能是失手，也可能是主观故意造成的，总之，张雅虹死后，高磊驾车去了射击场路附近的山坡，意图抛尸。但是车开到半山腰就开不上去了，他只能把车停在原地。车子没熄火，开着车灯照着亮，他从后备厢里扛着张雅虹的尸体，走向坡顶，打算找个隐蔽的地方抛尸。

"但是抛尸的时候出现了意外。他抛完尸下坡的时候，可能是踩空了，也可能是滑倒了，不慎从东坡滚落至坡底，当时就昏迷了。然后，路旁开过的车可能看到后停了下来，就打电话叫了一二〇。

"所以第一次一二〇误判死亡，把高磊送来的时候，他的身上一无长物。没有身份证明，没有钱包，没有手机，也没有车钥匙。因为他所有的东西都留在了那辆没熄火的车里。一圈折腾下来，就和队里的监控视频连上了——他醒了，爬出冷藏柜，因为很清楚自己刚刚杀了人，所以不想惊动任何人，悄悄地回了家。

"再往后……基本就只能靠推测了。我们假设高磊返回射击场路，找回了自己的车和手包，在后半夜回到家，天亮之后并没有去上班。说起来，高磊这夫妻俩也说不上谁的心态更好一些。高磊摔得遍体鳞伤，他爱人竟然毫无所觉。而杀人、抛尸、一二〇、停尸房走了一圈的高磊，第二天继续回单位上班，就跟什么都没发生一样。直到第三天晚上，他忽然跑去了草桥地铁站，然后死在了那里。没有任何直接证据表明他当晚在地铁隧道的死亡到底是意外还是他杀。"

周巡听完她的一长串分析，扭头看了看关宏宇："如果说是高磊杀了张雅虹，而现在高磊又死了，从动机上来说，嫌疑最大的就是高磊的爱人和他弟弟高栋了。老关，你觉得这两个嫌疑对象……"

他没说完这句话，因为发现面前的关宏宇似乎正在走神，完全没听他说话。关宏宇自顾自地摇了摇头，随后站起身，拍了下周巡的肩膀，郑重其事地说："你说得对，是有点儿乱。"

说着，没给周巡反应的时间，关宏宇径直走出了会议室。

确实有什么东西不对，关宏宇明白，他有这个直觉。

但是到底是哪里不对？他却说不出来。

他心里明确地知道他的疑问应当由谁解答，他的困境应该如何解决，但要迈出这一步，对现在的关宏宇来说，实在是太难太难了。

他只能反复地研究尸检报告、观看监控、做各种笔记，但最终还是没有踏出那一步,没有寻求最容易得到的帮助。有一次他顺了郜君然的酒,在仓库那道狭小的门前站了很久,最后还是没有推门。

另外一件令他烦恼的事是周舒桐的异常表现。案件胶着的过程中,这个小姑娘的表现一直不太对劲,直到有一次赵茜找到了他,间接地表达了自己的忧虑。

"小周对于7173吴征的那个案子似乎有些过分关心。她反复查证相关物证,已经有些魔怔,我很担心她的状况……"

关宏宇并没有时间或精力去处理这种情绪上的问题,但周舒桐这样的状态又很危险。她是在怀疑什么?或者是已经发现了什么?无论是哪种情况,都必须采取一些措施。他或许没有能力解决,但他现在还有周巡。

04

天性更加敏锐却也更加内敛的关宏峰是否早已意识到胞弟面临的窘境?没有人确切地知道答案。或许,因为自己的境遇更加复杂尴尬,所以他临时忽略了很多事。

其实,仓库这个小团体本质上对他的"监管"谈不上多严密,而关宏宇的拥趸个个都具有旗帜鲜明的不同态度。刘音完全是睁一只眼闭一只眼,崔虎是醒着的时候顺便看一下(而他白天的睡眠时间惊人地长),在此处做客的朴森字面意义上的什么都看不见,杨继文……非但不会持反对意见,顺道还能帮忙开个门。

这种情况下,关宏峰溜出去见个把人,其实非常容易。

他就挑了这么个关宏宇不在的平常下午。崔虎刚刚睡着,刘音在玩手机，趁杨继文打开大门将轮椅推出去的时候，他静静地跟了出去，却在路过门口花园后，走向了另一个方向。

他一路都很小心，西城支队离这里不远，他在停车场里等了一会儿，终于等来了自己的目标。青年正从支队所里走出来，神情很放松，发顶有些发白，在阳光下十分显眼。他手里拿着车钥匙，看上去是要出外勤。此人正是西城支队年轻的副队长路铭嘉。

他朝车这边走了两步，猛然看到站在自己车旁的关宏峰，愣住了。

"关队？"他诧异地叫出了声，"你怎么上咱们这儿来了？"

关宏峰脸上的表情很凝重。路铭嘉认识他多年，一直觉得这位传奇队长应对万事游刃有余、胜券在握，如今这样忧虑、慎重，甚至有些谨慎过头的神态，鲜少在他身上出现。

只听关宏峰低声说："小路，我有个不情之请，请你务必……务必要帮我这个忙。"

路铭嘉愣住了。

关宏峰接着低声说道："我能……看看她的尸体吗？"

关宏宇的危机并没有马上得到解决，但周巡觉得，他似乎有了一定的思路。因为在观看过无数次站内的监控录像之后，他忽然开始要求提取特定时间段站外的监控。

在此之后，搜证人员在他的指示下掀开了站口路旁的下水道栅栏，将最后一件证物握在手里的关宏宇并没有再多说什么，而是直接给施广陵打了案件报告。

"就是说这个……有强奸嫌疑的罪犯，掐死被害人之后，畏罪自杀？搞这么热闹，连一二〇都出了岔子，到头来这么简单？"

关宏宇面色如常："高磊是不是畏罪自杀也只是推断，不排除就是个意外。他之前受过伤，昏迷过，意外失足跌落其实是合理的。"

施广陵想了想，说："甭管自杀还是意外，他没事儿跑草桥站干什么去？"

"我们认为，高磊从停尸房出来后太过平静了，很可能是一种应激反应。"关宏宇摇摇头，"我们推测，其实他的心理早已处于崩溃状态，不见得每一个行为都有合理解释。"

施广陵深深地看了他一会儿，又转向另一边："结了可就是死案。周巡，你也觉得没问题吗？"

周巡点头："还真没什么问题。老关说的我同意，杀人之后失心疯的大有人在，不缺这一个。"

施广陵点点头，把案卷往外一推："那好，就这样。"

关宏宇转身走出办公室。周巡从桌上拿起案卷，又递过去另外一张纸："施局，接下来队里可能有些简单的人事调整，您看……"

施广陵摆摆手："人员调配是你的权力，自己安排去。"

周巡笑着应道："好！谢谢施局信任！"

朗文斯汀医院住院部，下午两点四十分。

高栋睁开了眼睛，镇痛剂的药效已经快要过了，他感觉到了在四肢百骸中流窜着的尖锐刺痛感。他挣扎着想要坐起来，侧过头，却看到身旁的椅子上坐着一个陌生的男人。

男人穿着普通的夹克衫,三十多岁,脸颊上有一道刀疤。他好像已经在这里坐了很久,看到高栋醒来后迷惘的神情,笑了笑,按了下调节按钮,把床的上半部分抬起一个角度。

两个人的视线正好平齐。

高栋不认识这个人,却发现对方手里拿着自己的手机,朝他晃了晃,极其坦然地问:"密码能给我吗?"

高栋舔了舔嘴唇,用虚弱的声音问道:"你是谁?"

男人意味深长地看着他:"我的身份对你而言其实根本无所谓,对吧?但我可以告诉你,我要做的是还原事实真相。你把你知道的告诉我,我把你不知道的都告诉你,我们各取所需。"

高栋盯着关宏宇看了一会儿,转而面向天花板:"她的生日……"

男人说:"我试过你未婚妻的生日了,0319,打不开。"

"倒过来。"

男人哑然失笑,在手机上输入"9130"。手机解锁,他边翻看手机里的信息和内容,边对高栋说:"两年多以前,应该是在你未婚妻刚入职中车检不久,我们推测你哥哥高磊对她实施过某种侵害行为。当时迫于各种压力,她没有告发你哥。等到这次你回来跟她登记结婚,她才敢把这事儿和盘托出。你哥为了阻止她,把她单独约出去谈,争执之下,掐死了她。"

说着,他抬眼看着高栋,高栋面带悲伤但表情平静。

"果然。"男人叹了口气,"看来你已经知道了。"

说着,他掏出另外一个手机,打开了手机的短信记录,轻声说:"我们恢复了张雅虹的电话卡。从短信记录上看,你们俩由于时差关系,每天的下午和后半夜都要发短信道'早安''晚安'。但从她遇害那天起,你就再也没收到过短信了,所以你应该很早就知道她出事了,对吧?"

高栋的喉结动了一下,没说话。

男人又掏出一部被透明物证袋包着的手机。他在手机上摁了一下,高栋的手机紧接着响了。

男人挂了电话:"在高磊杀害张雅虹的第二天,你回来了。你很震惊为什么与未婚妻失去了联系,前前后后给你哥打了十几个电话。这就是调查你哥手机的时候,我们最想知道的一个陌生号码。就在你回来的第二天晚上九点多,你哥去了草桥地铁站。他买了一张单程地铁票,两个小时以后,他的尸体在草桥站不远处的隧道里被发现。"

听到这儿,高栋侧过头,微微动容:"他死了?"

"通话记录显示,那天晚上最有可能把他约到那儿去的就是你。"男人点点头,边说边翻看高栋的手机,随后,他在相册中看到一张有张雅虹和高栋的照片,拍摄地点是草桥地铁站,"现在我好像明白为什么要去草桥站了。你俩是在那儿认识的吗?"

高栋苦笑着说:"大约是命运吧。我认识她几个月后,才发现之前一张在草桥站拍的照片,竟然无意中也拍到了她。"

"那你把你哥约到草桥地铁站的时候,怎么知道你未婚妻的失踪中他嫌疑最大呢?"

高栋侧过头看着他,表情显得有些疑惑。

男人愣了愣,然后立刻打开高栋手机的短信记录,看到其中一条短信后恍然大悟:"原来是她最后去见高磊之前跟你联系过,就在我们还没能恢复的那部分数据里……高磊向你坦白了吗?"

高栋苦笑着说:"他不需要说什么。雅虹都那么说了,她又已经不见了,我还有什么不明白的?"

男人同情地点点头:"我们在监控画面里发现了你,不过由于你穿着连帽卫衣,所以看不到面孔。直到,我找到了这个。"

说着,他掏出一个物证袋,里面是高磊那辆日产SUV的车钥匙。

"你在和你哥争执的时候,为了不让他逃跑,所以抢走了他的钥匙。而你在离开地铁站的时候,把钥匙随手往路边一扔,它就卡在下水道的栅栏里,被我们发现了。这上面有你的指纹,说明你很可能是高磊生前最后一个和他有过肢体接触的人。"

高栋回过味儿来,一脸惨然,并多少有些哭笑不得:"你是想说……随便吧,反正大家都不在了,我一个人活着还有什么意思?"

男人叹了口气,把高栋的手机放回床头柜,低声说:"高栋,案子已经结了。你哥是误入地铁隧道,遭车厢撞击以及二次伤害波及,导致多处脏器破裂,大面积内出血死亡。这件事算得上是个意外。他死的时候,你在旁边看着呢吗?"

"不。"高栋疲倦地摇了摇头,"你来告诉我,我才知道他死了。"

男人站起身:"就你现在这个状况,连羁押措施都采取不了。说实话吧,大家也都敞亮点儿,省很多事儿。"

高栋抬起头,冷笑了一声:"你觉得我还需要说假话?他跑了,我追不上他,我就走了。我既没亲手杀死他,也没有逼死他,他死的时候我不在场。不错,我哥是个畜生,但我不是。任何情况下,我都不会逼死自己的亲人。"

他俩正说着,一名护工走了进来,看了眼关宏宇,又看着醒过来的高栋,上前说道:"哎,醒了啊。别把床支这么高。"

说着,他一边把病床上半部分放低了一些,一边给高栋换尿袋。掀开被子的时候,关宏宇注意到高栋的左腿上打着钢钉,膝关节以下还固定着牵引的脚撑。回想起监控中高栋一瘸一拐的步伐，他忽然意识到，这个左膝不能弯曲的绝症患者不可能直接威胁逼迫到高磊，更不可能在地铁站台爬上爬下。

不对！这一切背后还有他没有意识到的问题！

05

关宏宇坐在会议桌旁，在电脑上一遍一遍反复观看高磊跑向东侧出口又中途折返跑向站台的监控视频。

周舒桐从会议室门口路过，探头说道："关老师，您还没回去呀？"

关宏宇有些无精打采地"嗯"了一声。

周舒桐正要走，关宏宇叫住了她，瞧了她一会儿，轻声说："这段时间各种乱七八糟的事儿太多了，我脑子有点儿转不过来，查案上，偶尔会出现错手。其实在你告诉我张雅虹的工位上发现了那份婚前财产协议的时候，我就应该先问你是从哪儿找到的。她是个出纳，这么重要的东西，她既没有拿回家，也没有锁在保险箱里，就说明她根本不在意这份房产。如果不图他们高家的祖产，她又怎么可能有任何嫌疑呢？这事儿怨我。"

周舒桐有些不好意思地摆摆手："关老师也是太忙了，而且当时我确实没把情况说全面……"

关宏宇朝她抬了下手，说道："不用替我圆了。错就是错了。"

说着，他从旁边的箱子里拎出之前从郗君然办公桌没收的半瓶洋酒，四下张望："帮我找个杯子成不？"

周舒桐一怔，但表情自然地走过去，从旁边的柜子里拿出个杯子，递给关宏宇。

关宏宇倒了半杯酒，对周舒桐说："你是在编刑警，酒就不请你喝了。都挺辛苦的，别多想了，回去好好休息，调整调整。"

关宏宇目送着她离开，一边喝着杯中酒，一边盯着监控画面。他敲下回车键，暂停了画面。电脑屏幕上，监控画面固定在一个从地铁东侧出入口走下来的男性身上。他戴着黑口罩，穿着一件皮衣。

关宏宇的眉头皱了起来，将画面放至最大。

周舒桐没想到他说的"休息"，是这种休息。

那次夜谈之后不久，她就接到了一纸调令。把这个信息传达给她的人是周巡，周巡告诉她，从下周一起，她不用再跟着关宏峰了，而是要去东部地区队的二探组报道。

周舒桐听了一愣，怔住了："我……可……周队，为什么？"

周巡摆摆手："下探组多历练历练。老关说你们这茬儿孩子就是缺练，我觉得也是。再说，跟哪儿不是办案子啊？记得下周一去报道啊。"

周舒桐满脸震惊，她回过头去看赵茜。赵茜伏案疾书，并不敢抬头看她。

此刻，支队调查过的朗文斯汀医院住院部的走廊仍旧宽敞明亮，因为是私立医院，这个时间人不多。

空无一人的走廊角落，从墙后清晰地传出一个男人的声音。他似乎在和谁通话，声音里充满了恐惧，不住地颤抖着："求求你,别再让我做这种事儿了……我如果事先知道他会死,绝对不会把这事儿告诉你的!警察来过,来过好几次……那我怎么知道……万一哪天查到我身上……求求你放过我吧……"

对面似乎挂断了电话。良久,墙后面传来一声叹息,一个穿着护工衣物的人转了出来。他应该已经调整过情绪,脸上又恢复了以往的平静,穿过楼道,右手下意识地在左手手背上敲击着。

他神色如常地和迎面走过来的医生打招呼:"卢医生,下午好啊。"

音素酒吧已经不复往日的热闹。刘音当然不敢再回来开门营业,酒吧的门上直接挂着锁。街道的另一边,俨然站着那个神秘的杀手"娃娃脸"。他看了几眼酒吧的大门,慢慢走回比较隐蔽的阴影里,和人打着电话:"上回那个女的就是来收拾东西的,我感觉他们这伙儿人短时间不会再回这个酒吧了。"

电话那边的人低声说:"不行的话,就回丰台支队继续盯着关宏峰,他迟早要跟这些同伙儿联络和接触。盯住了他,朴森他们几个,一个都跑不了。"

"娃娃脸"说道:"上次我说的,忽然出现的那几个人……"

对面说:"我跟大哥问了一下,手机上显示'馨诚'那个名字的应该叫赵馨诚,是海淀支队的一个地区队的副队长。至于酒吧里那个姓韩的,很可能是一个叫韩彬的律师。那小子本身没什么威胁,不过他爹同时挂着海淀分局顾问和怀柔检察院副检的衔儿。大哥的意思是,没有特殊情况,就不要去招惹这些人。而且据了解,他们都不像是跟关宏峰有深交的样子,有可能只是凑巧路过。"

"可我觉得……那好，就按原来说的，继续剪除关宏峰那些躲在暗处的党羽，彻底把他孤立起来，对吧？"

对方说："对，这个姓关的毕竟没有现职的公安身份，一失去背后的支持，迟早会铤而走险。到时候，就好按大哥的意思来了。"

"娃娃脸"神色阴鸷地点点头："好，我知道了。"

他正要挂电话，对面又说道："对了，七里庄那边儿两片回迁区有很多房屋出租的……"他话还没说完，"娃娃脸"一脸不耐烦地打断了他："我靠，又他妈这种烂事儿。"

电话那头的人笑道："有两家中介公司挺不讲究的。他们底下的人，今天来明天走，租户报了案，往往也抓不着人。前前后后已经发生十几起伤人的治安案件了。"

"娃娃脸"没好气地说道："是让我过去给他们讲规矩吗？"

"大哥的意思是，跟盲流儿就不用说教了，你看情况处理一下吧。"

"娃娃脸"朝地上啐了一口痰，语气阴沉地说道："地址发我。"

他挂掉电话，从阴影里转出来。路灯下，他的面部和手部的皮肤一样白皙。他将手掌缓缓张开，又合上，表情讽刺地笑了一下，又将手放了回去。那根钢弦就静静地躺在他的口袋夹层里，像一位嗜血而共生的友人。

肆 失子疑云

01

大红门桥附近,下午一点二十分。

关宏峰费力地挤下公交车。他原本齐整地戴着帽子和口罩,但是口罩右侧的挂绳在车上被挤掉了,露出了脸上的刀疤。他有些狼狈,重新整理好口罩与身上的衣物,观察了一下附近情况,很快根据地址走进附近一家汽修店。

这个时间店里没有什么客人,只有几名员工正在拿着喷头洗车。

关宏峰将手插在口袋里,神态自然地走了进去,和一名员工打了个招呼,问:"您好,咱们这儿能修奥迪车吗?"

由于水龙头的声音太大以及关宏峰隔着口罩说话,对方根本没听清,不得不吼道:"什么?"

关宏峰把口罩往下拉了一点儿,大声说:"您这儿能修奥迪吗?"

员工关上水龙头,问:"奥迪什么车?"

"哦,Q5。"关宏峰说,"前杠撞了,走不了保险。"

员工爽快地说:"能修啊,车开来了吗?"

关宏峰说:"今儿限行。不过我那车撞得挺厉害,可能得换杠。"

员工笑道："您回头把车开过来，我们看看到底需不需要换。那一杠也不便宜呢。"

"行，你们肯定能给弄好是吧？"关宏峰似乎有些犹豫的样子，"你们这儿修过类似情况的奥迪车吗？"

员工朝后面指了指："那可不，常修。刚修了两辆，喏，那儿不还停着一辆呢吗？都是 A6。Q5 的杠子可能得等两天。不过肯定有，放一百个心。"

关宏峰扫了一眼停在修车铺外面的一辆 A6，笑道："成，那这两天我把车开过来。"

他说完拉上口罩，走出修车铺，来到路边的公交站，一边等车，一边从兜里掏出一张地图，地图上用黑笔密密麻麻地标注了几十个修车网点，其中有三五个已经用红笔打了叉。关宏峰掏出红笔，又在其中一个黑点上打了个叉，看着剩下那一堆密密麻麻的黑点叹了口气。

同一天一大早，东部地区队有个市局调职的女警过来报道，姓周，刚毕业不久，大眼睛，长得挺漂亮。她被归派在二组。这组有几个老人，合称"刘王张"，早先就知道这姑娘是什么人——市局刚刚殉职的那位刘副队长的亲闺女，调她过来的人是现任队长周巡，话里话外早交代了不少，听说带她的师父还是关宏峰。

系统里哪个不知道关宏峰？能让关队亲自带的徒弟，甭管明面上怎么走，实际上可见有多重视。几个老刑警私底下交流过，一致敲定这姑娘是公主出巡，来基层积累经验镀金来了。

老刘话多爱管事儿,姑娘一来,他就挺实诚地跟她科普地区队的工作:"探组干的都是碎事儿,大方向也不归我们管,主要就是走访啊,摸排啊,蹲守啊,追赃啊……反正上面让干什么,就去干。干好了,不一定有奖;干不好,铁定挨骂……你叫……舒桐对吧?以后我们就叫你小周?"

姑娘点点头。

他俩正说着,身后宿舍门外的楼道里一阵闹腾,直接将两人的对话打断。

有人在大喊"追上他!""一卖光盘的谁上的铐子?"

周舒桐原本安安静静地听着,这会儿好奇瞥了一眼,只见走廊上两个警员摁住了个小贩。有人笑骂道:"没想上铐子,老孙他们屋的门是坏的……"

她又朝另一边望去,看到楼道里还有其他刑警正押着一名犯罪嫌疑人经过。这里和市局或刑警队确实完全不一样,嘈杂,喧闹,充满了弥漫不去的烟火气。

老刘大约读懂了她的眼神,语重心长地说道:"别看事儿都是小事儿,可不能松懈,保不齐哪条重大线索就是打你那儿查出来的。包括像'蹲守'这样的活儿,你可能跟草棵子里蹲一个星期都没见着人,但是就可以排查嫌疑人不在这个区域活动啊……"

他见周舒桐出神地瞧着外面走廊不说话,自我进行了一番解读,用眼色示意旁边的老王。

刑警老王立刻接道:"那个,小周啊,蹲守这类事儿,你不用有顾虑,不会让你去干的。又苦又累不说,也确实不方便。夏天被咬一身包,冬天能冻成冰坨,想撒泡尿只能就地来……听说去年,西部队有兄弟在绿化带撒尿,还让居委会给逮了。"

老张赶紧说道："哎，甭提这个。老刘的意思就是说，探组的工作事儿不大，但任务不轻，要有吃苦的心理准备。"

老刘接着说："吃苦都好说，关键是没时没晌。外勤任务还一般都不许接私人电话，事先最好跟家里人打好招呼，别到时候联系不上你，真以为你失踪了……"

"也没那么夸张……"

"我夸张了吗？上次俩星期都没信儿，我老婆差点儿直接改嫁了。"

两个人一唱一和，周舒桐没忍住笑了出来，一直紧绷着的神经略微放松。两个老刑警领着她去看宿舍楼，结果刚一进门，大厅另一侧的宿舍楼道里就传来一阵怒吼声："我靠！怎么又他妈停水了！"

紧接着，一个头上顶着泡沫的裸男大刺刺地从楼道走过来，目不斜视地路过几人，朝另一侧走廊走去。

吼声再次远远传来："是不是水房的闸又崩了？"

老王摸摸口袋，掏出一根烟，刚想点上，周舒桐的笑容微微收了收，眼睛晶晶亮亮的，认真但柔声细气地说："王哥，宿舍不许抽烟的。"

老王尴尬一笑，将手放了下来。

他叹了口气，轻声对周舒桐说道："小周，你爹那个事儿，哥儿几个都没机会亲口跟你说……节哀，节哀啊。打我刚从警校毕业那会儿，刘队就是领导了。我们也明白，周队这次让你来探组，肯定就是锻炼锻炼。你跟这儿也待不长……"

他这句话还没说完，外头有个年轻刑警风风火火地冲了进来。周舒桐一眼就瞧见他左侧小臂的袖子上有个破口，周围都是血迹，血还在顺着左手手腕往下滴。

老王显然也瞧见了，叫住他："小陈？你这怎么弄的？赶紧去医务室收拾一下。"

"小伤！破皮而已！"刑警小陈冲他一笑，露出一排大白牙，"吃饭要紧啊。咱这食堂得供多少人的伙食啊，再晚点儿就没菜了！"

确实到了饭点儿，大伙儿这会儿都回宿舍来拿饭盒打饭，老王落在最后面，还在对周舒桐循循善诱："总之，周队把你安排过来，我们肯定不能让你在这期间出什么事儿……咱就不提周队，真要出点儿什么状况，哥儿几个也对不起刘队不是？再说了，正好咱们探组大多是警校侦查那边儿毕业的，文墨上都不太好，办案说明和结案材料被上面打回来是常事儿，有你这么个高才生可解决大问题了。今后内勤和案头的事儿，都由你来，好吧？"

周舒桐既插不上嘴也回不上话。热情的老王已经拎起饭盒，关切地说："走走走，带你吃好吃的去，先给你找个饭盒，好吧？"

周舒桐在心里叹了一百口气，跟着她的新任饭搭子走了。

周舒桐这一整天都在小组里待着，真的就像老王说的，被安排做文案工作。周舒桐对文案工作并不完全陌生，主要是修改、整理案卷。这工作不难，但费时间费工夫，需要前后核实比对、梳理内容、斟酌语句，是个磨心性的活儿。尴尬的是，她还得去丰台支队一趟，搬一部分结案发回的资料。到了之后发现东西还挺多，于是她去借了个小推车，一次一次地来回运，路上就遇见赵茜了。

赵茜略有些不自在，问她探组怎么样，辛不辛苦。

周舒桐能理解她的尴尬，赶紧说："都是老警员，很照顾我，工作清闲。"

赵茜走得很匆忙，周舒桐能看出来是又有重要的案件发生。要说她完全不失落是假的，但是周巡做得也没有错，她还是经验不足、阅历不够。她难道能永远傍着关宏峰吗？

她叹了口气，推车上已经堆了不少资料，还有更多的等着她去处理。

而就在几分钟前，楼上的丰台支队办公室里。

关宏宇仍在和那段监控视频较劲。他把关键片段拷贝了出来，放在自己的笔记本电脑里，反反复复看了几乎一整天，最后确定不是自己多疑。高磊走向地铁隧道的时候，确实有个人一直尾随着他。

这人显然不是高栋，高栋走路的方式很好认，并且这时候他应该已经出站了。从监控画面上来看，跟着高磊的人戴口罩，穿皮衣，从体型与体态大致来看，是个男人。他走路的时候两只手搭在一块儿，瞧不清手上动作。

赵茜也被叫来帮忙，关宏宇问她："调度中心那边，就没有其他角度的探头了吗？"

赵茜回答："有的都筛查过了，没有别的拍到过这个人。"

关宏宇指着监控截图问："这个……能不能通过锐化和调整解析度，弄得更清楚一些？"

赵茜看了看，轻声道："我可以问问高哥，能处理的很有限，毕竟监控摄像头本身的解析度就不太好。怎么了，关队？这个人是……"

两人说话的时候,周巡往会议室里探了下头,随后走了进来:"赵茜在这儿呢?"

赵茜转头说道:"周队早。"

关宏宇问:"怎么了?"

"哦,玉泉营派出所刚接到报案,说和泉里小区有个三岁的孩子走失了。我派了东部队的探组过去和派出所一起了解情况,正琢磨着要不要让技术队跟个人过去。正好,赵茜,你直接去车队那边儿找他们吧。"

"好的,周队。"赵茜应了下来,又反应过来,"失踪案不都是报案之后二十四小时才立案吗?怎么刚接到报案就通知咱们了?"

周巡叹了口气:"这些年对打拐越来越重视,公安部要求涉未成年人的失踪报案在第一时间就要呈报,哪怕只是通个气儿。话说回来,甭管什么规定不规定,咱们辖区多少年没出过拐卖儿童的事儿了。万一要是真的失踪了,咱们可得提前就盯着点儿。"

赵茜听完连连点头。

关宏宇冷不防抬眼问了句:"你派了哪个探组?"

周巡正往外走,也没当回事儿,随口说:"我哪儿知道,地区队自己安排的。怎么了?"

关宏宇摆了摆手:"没事儿,随便问问。"

周巡也没在意,转身走了。

赵茜却没走,她看着关宏宇若有所思的表情,心里也叹了口气,犹豫了会儿,才低声问:"您是不是有点儿担心舒桐……"

这名字现在和关宏峰一样,也是个能点上炮仗的引线。

关宏宇抬眼瞪她:"她怎么了?"

"没……没什么。"赵茜表情显得有些不自然,"我就是听您问周队……说实话,自从上次和您汇报完情况,我也没想到您会把舒桐沉到探组去。我……"

关宏宇耷拉着眼,没好气儿地说:"又不是我沉的她,人员指派是周巡的决定。"

赵茜赶紧说道:"我没那个意思,就是、就是觉得基层探组挺辛苦的,也不知道舒桐她能不能……"

"基层探组怎么了?"关宏宇板起了脸,"这行儿有几个不是从基层工作干起的?再说了,待遇、装备、技术支持一样儿都不缺,还有经验丰富的探长带队,苦能苦哪儿去?"

赵茜发了一身冷汗,低着头,说不出话。

02

辖区内失踪了个孩子不是件小事,队里晚上连夜开案情会,施广陵亲自到场。老头儿是来施压的,但也是真着急,沉着脸坐在一旁听案情。

现在已经过了午夜十二点,前一天的下午三点左右,玉泉营派出所接到和泉里小区的儿童失踪报案,报案人是失踪人的母亲李雪。据李雪描述,当天下午她和她的母亲带着三岁的儿子姚飞以及一只金毛寻回宠物犬来到小区花园里遛弯。李雪的母亲随后去物业公司那边反映家里的供暖问题,李雪和其他同在小区花园的儿童家长聊天。据李雪回忆,姚飞一直在和她家的宠物犬玩儿玩具球,后来球不小心滚得比较远,宠物犬去追,姚飞又去追宠物犬,短暂离开了母亲的视线。

过了没两分钟,宠物犬独自跑回来了。李雪大吃一惊,当时立刻顺着姚飞跑开的方向寻找，没找到人，打电话给她母亲以及物业公司。物业公司立刻组织小区的工作人员和保安一同寻找，在没有结果的情况下报了案。

赵茜汇报说："咱们队和派出所在现场勘查和走访的基础上，从狗队那边调了嗅探犬。

"嗅探犬循着姚飞的气味，追至小区东门。经调取和筛查东门的监控录像，发现姚飞在两点三十七分和宠物犬跑到东门附近。当时由于正在进洒水车，东门的停车杆是抬起来的，一名四十岁左右的女性似乎用零食将姚飞诱骗至东门外，随后抱起姚飞离开……"

她在投影屏幕上播放了这段录像，接着说："至此，基本可以确定姚飞遭到诱拐。玉泉营派出所当即正式立案，并将案件移交给咱们队。"

施广陵听完，和赵茜大眼瞪小眼地对视了片刻，问道："这就完了？"

赵茜瞟着关宏宇和周巡，低声说："完……完了。"

施广陵又问："没了？案件进展呢？"

赵茜不敢吭声。

施广陵扭头瞪着周巡和关宏宇。

周巡也冤枉："案件送过来不到一个小时。我这也是大半夜的现把各个地区队动员起来，确实还没有进展。"

施广陵瞪了周巡一会儿，回过头对与会的众人说："你们都是一直盯着自己辖区抓人的，也许不知道。我在市局年年都能看到各分院局的结案统计，这些年来，全市基本上已见不到儿童拐卖的案子了！没错，你们阻止不了某个缺心眼儿的二百五跑到辖区内诱拐儿童，但务必要把人找回来！这是底线，没得商量!"

说完,他意味深长地看着关宏宇:"小关,这是要紧的事儿。你得上心,加油。"

等到施广陵离开后,各地区队队长和其他刑警都把目光投向关宏宇和周巡。周巡苦笑了一下,扭头去看关宏宇,发现对方已经转过身去看白板上的地图了。他走到关宏宇身旁,压低声音说:"赶紧安排查案吧。"

关宏宇借着角度,龇牙咧嘴地低声回答:"我没办过这种案子,从哪儿开始查啊……"

周巡也瞪着他。

关宏宇无奈,从口袋里掏出了电话:"喂,老崔?"

崔虎接起了电话。

对面又说了几句,崔虎应了两声,打开了免提。

关宏宇的声音从手机里传出来:"杨医生和老朴都在吧?"

崔虎回头看了一眼,杨继文会意,推着轮椅上的朴森走到手机旁,提高声音说:"我们都在。"

关宏宇说道:"是这样,辖区内发生了一起儿童被诱拐案件,失踪的是个三岁的男孩儿,失踪地点是在自家小区门口。监控里能发现的嫌疑人是一名四十岁上下的女性,身材矮小,体态微胖,穿一件灰色的外套,染成黄色的半长头发扎了马尾,可能带自来卷或是烫过头,其他特征看不清楚。失踪时间是昨天下午两点三十七分。在没有已知的拐卖妇女儿童的团伙可供排查的情况下,现在怎么办?你们哪位能给我点儿启发,找一个入手方向。"

他连珠炮似的讲完这番话,崔、杨二人面面相觑。

"这事儿，呃……"崔虎小心翼翼地插嘴，"不……不是问你、你哥更合适吗？"

几个人不约而同地瞟向仓库角落台灯下假寐的关宏峰。关宏峰盖着一件外套，躺在躺椅上，似乎毫无反应。

关宏宇那边似乎噎了一下："我现在问的又不是他，别说这没用的！"

崔虎没话了，扭头去看杨继文。

杨继文说："稍等。"

他蹲下身，拉着朴森的一只手在他手上写字。过了一会儿，朴森也在杨继文的手上写字。

几番往来沟通后，杨继文对着电话说："老朴说，人口拐卖这部分是挂着黑标签儿的，行里行外，一般没人走这种消息，损阴德。而且他的情报覆盖主要还是北方三省，如果是在这周围活动的人口拐卖团伙，他恐怕帮不上什么忙。"

关宏宇若有所思地说："团伙？那……如果老朴不了解这边，他认不认识什么了解这边信息的同行呢？"

"稍等。"

这边的交流还在继续。

远处的角落里，关宏峰睁开双眼，眯着条缝，状似无意地朝这边看了一眼，最终还是没有出声。他当然明白关宏宇这个时候打这个电话是什么意思，这是焦虑，是反复，是犹疑。他太清楚关宏宇了，甚至能够明确想象到他打电话时候的表情。

但这个时候最不能轻举妄动，不然大型猛兽的毛会立刻炸起来，扎你一手。

电话几分钟后就挂断了。关宏峰在椅子上躺着,一直等到天亮。其他人似乎都睡了,他慢慢地站起来,把仓库的卷帘门打开一半,躬身走了出去。

他迎着阳光眯了眯眼,整理了一下口罩和帽子,刚要回身关上卷帘门,刘音一闪身钻了出来,笑着说:"你走着去啊?要不要搭便车?"

"不用了,我就是……"

"我知道啊。"刘音打断他,"你就是去附近的公园草地遛遛弯、晒晒皮,这理由应付那个死宅肯定是够用了。"

关宏峰似乎自嘲地笑了下,没再说什么。

刘音走在前面,说道:"跟你声明,我的立场可是中立的。"

关宏峰想了又想,缓缓地说:"上次……总还是搞得有点儿危险。我是怕再遇上什么情况。不是每回都恰好有朋友在身旁帮忙的。"

刘音耸耸肩,掏出车钥匙,一边向空中抛着一边说:"无所谓啦,也挺刺激的。再说,天天窝在这个垃圾堆里,我觉得自己都快发霉了。"

关宏峰没再说什么,两人关上卷帘门,一同离开。

凌晨,周舒桐睡着了。

文案工作需要大量的精力与体力。她在整理的过程中越来越专注,完全忘记了时间,最后实在架不住,脑袋枕在资料堆上趴下了。

也不知道过了多久,旁边忽然伸过来一只手,轻轻推了推她。

周舒桐本来就睡得不沉,被这么一碰,猛地惊醒,一抬头,眼前的人是老刘。

老刘的声音也有些疲惫："小周啊，别睡了别睡了，赶紧拿着东西去南站。出个小差。"

周舒桐还没醒过神儿来："出……出差？"

"快点儿哈。"老刘一边穿着外套一边催促她，"赶紧下楼，再晚就蹭不上车队的车了。"

在他身后，老王和老张已经穿好衣服，一边吃着油条一边往外赶。

周舒桐迷迷糊糊地站起身，随便抹了把脸，拿上挂在椅背上的外套，跟着老刘往外走。她走到一半想起来，开口说："我……我得刷个牙。"

话音刚落，一块口香糖扔到了她手上。

她半睡半醒，灰头土脸地跟着大部队跑向停车场。一名刑警在警车旁冲他们招着手："快点儿快点儿！一会儿该晚了！"

周舒桐又走了两步，忽然注意到院内集结了多辆警车和数十名刑警。她居然还在其中看到了周巡。

周队长正在指挥车队集合。

她有些好奇地眨了眨眼，一转头，又看到关宏宇和赵茜一前一后朝这个方向走来。

丰台支队这是倾巢出动了？

周舒桐忍了忍，没忍住，还是在几人擦肩而过的时候出了声："关老师！"

这样嘈杂的环境里她的声音并不算大，但关宏宇听到了，匆匆瞥了她一眼，很冷淡地点了下头，直接走过去了。跟在后面的赵茜拍了拍周舒桐的肩膀，快步跟了上去。

微凉的晨风吹拂在她的脸上，周舒桐这下完全清醒了，摇了摇头,与二人走向不同方向,随着二探组上了警车。

她坐在警车后座的正中间,一左一右的老刘和老张都仰着脖子在打盹,只有坐在副驾席上的老王还醒着,正和她交代事由。

"头几天啊,有一群什么小动物关爱协会的在京石高速上拦下两辆狗厂的车。双方都报了警。派出所的到场一了解,发现车上除了他们自己饲养、销售的肉犬外,居然真有不少是从无证照狗贩子手里收购的,其中包括一部分被偷、拐的宠物犬。后来治安和狗队查封了狗厂,控制了相关人员。初步查证,他们收购的无证犬只里属于被偷、拐的赃物犬加在一起,案值相当高,就送咱们这儿了。狗厂大概属于收赃、销赃……怎么定罪名是预审的事儿,现在知道有一批——好像是十二只宠物犬,被这个狗厂卖给了武清那边的一家宠物店。本着'追赃减损'的原则,咱们现在去那家宠物店,查抄他们购买的赃物犬。队长盼咐快去快回,现在还有儿童失踪案正在查,全队都不能休息。"

"既然有儿童失踪这种要案……"周舒桐微微皱眉,有些不解,"追赃的事儿不能先放一放吗?"

老王挠了挠头,说道:"严格意义上,狗这玩意儿没什么身份权可言,就是个财产。可你也知道,现在的人,家家户户都拿宠物当儿子闺女亲宝贝儿似的养。再加上有那个没事儿就上高速去当人肉栅栏的什么保护组织,咱们追得晚了,狗被卖了或者死了……那帮志愿者能每天跑到支队门口拉横幅。反正就是情理上和舆论上咱都遭不住,还是尽快办了吧。老实说,也不是不能理解,我妈家就养了只'西施',那小玩意儿在她心中的分量跟我儿子大概是持平的,比我还高那么一点点。"

听到这儿，周舒桐有些无奈地叹了口气。

随着车子的颠簸，坐在她右边睡觉的老刘脑袋一歪，无声无息地倒在了她肩上。周舒桐淡定地将他的脑袋扶正，掏出口香糖塞进嘴里。

下了车之后，他们坐上城际特快，三个老刑警争分夺秒蹲下吃方便面，周舒桐受不了那味道，站起来走向车厢衔接处，准备去倒点儿开水。

突然，车上警铃大作，坐着的旅客纷纷停下动作，四处张望。一名乘警和一名列车员急匆匆地经过周舒桐身旁，跑向前方。

周舒桐跟过去，发现列车员在和一名男乘客争吵。她在旁边听了会儿，发现是因为这名男旅客在卫生间内偷偷吸烟，触发了烟控警报。两名列车员赶到，敲开卫生间门后，双方就争执不下，吵了起来。

眼看两边越吵越厉害，男乘客先是和一名列车员互相推搡了两把，随后一脚把另一名列车员踹了出去。

双方就这样扭打在一起。

男旅客一边殴打另一名列车员，一边还中气十足地大喊："铁路的打人啦！"

这不要脸的程度世上罕见。周舒桐看了一会儿，淡定地上前两步，把列车员往后一扒拉，抬手把保温杯朝男旅客的怀里一扔："接着！"

男旅客本能地伸手去接保温杯，谁知下一秒，对面秀秀气气、漂漂亮亮的小姑娘脸色一沉，上前动作极其熟练地别住他一条胳膊，面朝车厢一把摁住。

男旅客憋红了脸，还想挣脱，却听那小姑娘同样冰冷的声音在身后说道："警察，劝你别动。"

乘警和列车长等人也相继赶到。控制住男旅客后，周舒桐向他们出示了证件。一干乘务人员纷纷向她表示感谢。

刚才被一脚踹倒的列车员一直捂着肚子，周舒桐关切地问："没事儿吧？"

列车员苦笑道："没事儿。"

他一抬头，周舒桐看清这是个二十多岁的小伙子，长相白净秀气，有点儿眯缝眼。他从地上捡起周舒桐的保温杯，递还给她，轻声说："谢谢你啊。"

周舒桐摆了摆手，接过保温杯去装了水，又回到原来的车厢。三个正在吃方便面的刑警似乎全然没理会刚才车厢衔接处发生了什么。老王边吃边含糊地问："那边儿闹腾什么呢？"

周舒桐耸耸肩，吹了吹保温杯里的开水，一脸无辜："不知道。"

03

早上十点多，关宏峰和刘音已经一起跑了地图上好几个地点，排查到了木樨园桥附近有个叫捷通的汽修行。他雷厉风行，照例问完问题，走了出去。

刘音的橘色POLO车就停在转角处等他，他朝着那个方向走去。

汽修行里刚才那个和他说过话的员工一直目送着他离开，等瞧见关宏峰钻进那辆车，才匆匆走到里面，拿出手机，拨了个电话。对面很快就接了起来。

那员工眼睛仍旧盯着街角，十分警惕地压低了声音："郭哥，有个情况。刚才有个人来咱们店里，说是要修奥迪车，戴帽子戴口罩，捂得很严实，有点儿奇怪。"

对面那个被称作"郭哥"的人有点儿不耐烦："人要修车就给他修呗？露不露脸儿关你屁事儿！"

员工小声说："不是，真有点儿奇怪。他也没把车开来，就说是一辆Q5的前杠坏了，还说走不了保险，撞得挺厉害，可能得换杠。我就觉得吧……也可能是我多心啊郭哥，可我老觉得那家伙话里话外想套我的话。"

郭哥问："套你什么话？"

员工说："他好像要打听咱们最近修没修过前杠被撞的Q5。郭哥，你要不要……亲自来看看？"

对于失踪案，周巡丝毫不敢怠慢，在发车前迅速布置任务："以案发地点为中心，各探组依预案上的街道分配走访排查。除了监控截图里的犯罪嫌疑人以及姚飞以外，附近有没有奇怪的租户，出租车、黑车还有三蹦子有没有运载过类似的嫌疑目标。巡查支队已经配合咱们尽可能封锁地面出京路线，当然，这也只限于高速路、长途客运站和火车站之类的。那家伙真要背着孩子翻过西山往外跑，咱也没辙。从昨天下午到现在，姚飞已经失踪十六个小时了，而这类失踪案理论上的黄金时间不超过七十二小时。你们当中不少都是有儿有女的人，应该明白我什么意思。干活儿吧。"

周巡说完，深吸口气，望着警车一辆接着一辆驶离停车场，低声问身旁的关宏宇："这常规打法太耗时间，不见得好使。你之前跟我说有个什么歪招邪招，要怎么整？"

关宏宇瞟了眼旁边的赵茜，使眼色示意他单独聊。

两人走开几步，关宏宇低声说："潘家园古玩市场那边有个商铺小老板，叫徐赫，另一重身份是个情报掮客。据说这个人六亲不认，什么消息都敢卖。我会安排人和他会面，看看能不能问出有价值的线索。"

周巡皱眉，说道："等等。都知道是谁了，直接带回来问不就完了？"

关宏宇摇头："如果见着穿官衣儿的就知无不言，能当得了情报掮客吗？你动动脑子。"

"那你……"周巡乐了，"不对，你'安排的人'去了，他就能开口？"

"不敢保证。我安排的人去了，最多让他愿意以另一重身份来谈话。至于他是否掌握有价值的线索，或是愿不愿意说，就是另外一回事了。"

周巡皱着眉想了想："你安排的什么人？"

"这个问题之前咱俩聊过，我不能说。特别是这次我安排的人本身曾是叶方舟团伙的加害目标，我不能冒险暴露他。"

周巡盯着他："你已经在冒险了。要我说，你应该找你哥帮忙。"

"哦。"关宏宇冷笑，"你确定他一定比我稳妥？很多时候，他的做法都比我疯狂得多。你兜得住我，有信心能兜住他吗？"

周巡抹了把不存在的冷汗，想了会儿："好吧，那你需要我做什么？"

关宏宇又低声说："我需要你带一个探组在外围支援。我会进场策应我的人，如果出了什么情况，你们再以公安的身份抓人。当然，最好别有什么情况。"

周巡低头略一思忖："你要搞清楚，我现在每抽调一个探组，相当于调走一条街道的警力。你确定有效？"

关宏宇点点头。

周巡凑近了，捏了捏他的肩膀，低声说："这次我就听你的。不过关宏宇，咱俩丑话说前头，儿童失踪案不比别的事儿。如果你这个小伎俩套不出来有价值的线索，马上就去找你哥。你要是还梗着脖子闹这种莫名其妙的别扭……"

关宏宇抬起头来望着他。

周巡却半点儿不怵，勾起嘴角对他笑了一下："就别怪我不讲交情了。"

他说完转身要走。

关宏宇有些不忿地冷哼一声："怎么，开始拿公安的架子威胁我了？"

周巡猛地回过身，气势汹汹地对关宏宇说："现在不光是咱们队，还有分局的其他支队也做了动员，连施广陵都二十四小时在岗，你以为大家是在干什么？关宏宇，办案子不是玩儿。一个三岁的孩子被拐走了，我们不知道他会面对什么样的境遇。会被卖掉？会生病？会受伤？会致残？还是会死？你要搞清楚，现在根本不是你在意能不能代替你哥主导局面的时候。事实上，如果现在换成你哥，以我的了解，他不会在意这些事儿。他会聚精会神、全力以赴地把这个孩子找回来。"

他显然动了真怒，胸口不住起伏，死死盯着关宏宇的眼睛："我现在也大概明白你跟你哥差在哪儿了，不仅仅是办案能力和经验上。你哥有作为刑侦人员的一份担当，从他手底下出来的人，个个儿为了破案都可以豁上性命，但我觉得你不行。不过没关系，我可以让你行。为了把这个孩子找回来，我可以豁上你的性命！"

周巡没有给关宏宇反驳的机会，用手指重重地戳了他的胸口几下，转身走开了。

潘家园的小老板徐赫丝毫不知道自己已经被警方盯上了，正在商铺后面的办公室里接听电话："我是打包卖的拆迁户。这玩意儿我不卖也有的是人卖。再往后有赚有赔、有进有出的，跟我有什么关系？"

电话那头的人说："你守着朝阳区，愿意把自己老妈的招嫖信息卖出来我也不管。谁让你掺和丰台的事儿？我们大哥说了，现在那边儿还剩一些人，十个八个的，不管你用什么办法，退钱也好，磕头也罢，收拾他们也行，总之让他们赶紧消失。"

徐赫明显急了："喂，喂！我说，咱不能不讲理啊！这就好比我卖了把菜刀，有人拿它去砍人，难不成还得算在我头上？再说了——"

电话那头的人打断他："谁他妈在跟你讲理？听清楚，大哥这两天心情不好，还让我给你来个信儿，就算很宽容了。最多二十四小时。你不能让他们消失，我们就让你消失！"

电话突兀地被挂断。

徐赫看了眼手里暗下去的手机屏幕，手脚冰冷，冷汗涔涔而下。他知道对面是什么人、有什么样的手段，如今……到底应该怎么办？

他正无措，外面跑来一个售货员："徐总，有人找您。"

徐赫正在心烦，没好气儿地说："什么人啊？"

服务员张着嘴，比画了半天，没说出个所以然。

徐赫骂了一句，起身走出办公室。商铺外面的商品区站着两个人，一个中年人推着一架轮椅，轮椅上还坐着一个男人，眼睛上包着纱布，看样子似乎看不见。

徐赫愣了愣。他并不认识站着的杨继文，但坐在那儿的那个男人看着有些眼熟。他从柜台后绕了出来，走得近了点儿，端详了好一会儿，又用手在轮椅男的眼前晃了晃，讶然道："老朴？"

轮椅上的朴森没有任何反应。

徐赫愣了，推着轮椅的杨继文指了指自己的耳朵，示意朴森也听不见。

徐赫这下是真意外了，他抬起头问杨继文："兄弟，怎么称呼？"

杨继文低声说："鄙姓杨。老朴说有事儿想找你帮忙，但是他现在的情况……你也都看到了，需要我在旁边帮持一下。"

徐赫惊疑不定地来回打量着杨继文和朴森，把他们让进了内间。杨继文推着轮椅上的朴森向后走去，回头不经意往外看了一眼。关宏宇佯装路过，透过商铺的玻璃橱窗，朝里面看了一眼，迅速移开了目光。

办公室内，徐赫让人端上了沏好的茶，低头在手机上打了几个字，没发送就把手机收了起来。他往后靠了靠，点上烟，唏嘘道："原来是这么回事儿……要这么说，兄弟我也不知道该表示什么好了。但老朴你在行儿内的人缘大家都知道，迟早会有人替你出头的。就是不知道，你今天来找兄弟我，有什么事儿……嗐，你也知道，我这点儿资历跟你比不了。要说有什么事儿是你办不到我却能办的，纯属扯淡。不过，咱有没有交情也得讲道理，你尽管说，只要是我能办的，兄弟绝不含糊。"

这时，杨继文用"手语"的方式跟朴森沟通之后，对徐赫说："算是个不情之请，老朴想跟你打听点儿消息，不知道你肯不肯帮忙。"

徐赫一摊手："你说。"

杨继文笑了笑："最近好像有个拐卖儿童的团伙，在西南一带活动。想问一下，你知不知道这伙儿人的下落？"

徐赫愣了，盯着杨继文和朴森看了好一会儿，没吭声。

杨继文不好意思地笑了笑："老朴是说让我问得委婉一点儿。可我想来想去，最后怎么都得落在这句话上，为了不浪费您的时间，我就擅作主张，开门见山了。"

徐赫眼中闪过一丝狡黠，阴阳怪气地说："兄弟，你是个传话儿的，我再觉得扎耳朵也埋怨不到你身上。可眼下，这话也只能说给你听了。不知道我哪儿得罪了老朴，今儿就冲我来了。拐孩子卖孩子的事儿，伤天害理，损阴德啊。他朴爷在东三省这么多年，多深的消息都走过，可没听说他沾这类事儿。凭什么他朴爷不沾的消息，我姓徐的就该知道呢？"

杨继文目光闪动："我觉得您误会了，老朴肯定没这意思，毕竟他也不在行儿里混。他看不见、听不着的，是希望如果您凑巧耳目着什么，能不能看在往日的交情上，透露一下？"

徐赫似笑非笑地看着他俩，把之前在手机上输入的短信发送出去。不到片刻，从商铺外进来个剃着寸头的半大小子，来到办公室门口，堵着门一站，不怀好意地瞪着杨、朴二人。

徐赫把手机往桌上一扔，摊开双手："跟我整这套就没意思了。老朴，你也算晚节不保，被招安了吧？身上带着窃听器呢吧？这么着，你都这副德行了，兄弟我也不为难你。下话都不说了，你俩现在走人，我让他把门让开。再说一个字儿，你们可不一定走得了。"

杨继文想了想，没说什么，伏身在朴森手上写着字儿。

朴森会意后，脸上露出一丝冷笑。

杨继文站起身，一边推着轮椅往外走一边说："既然如此，那告辞了。"

徐赫把烟头狠狠掐灭，厉声道："我他妈刚才说什么来着？你要是再敢……"

话才到一半，关宏宇人已经撞了进来，上手一把按住堵着门的半大小子。那小子要挣扎，被他一翻手掐住了脖子，两个人一起跌跌撞撞地进了屋。

关宏宇冷冷地注视着两人，问："再敢什么？"

徐赫愣住了。

上午十一点多，"娃娃脸"走进捷通汽修行，郭哥跟一名员工正在窃窃私语，压根儿没注意到他。

"娃娃脸"悄无声息地靠近他们，双手插兜，问道："郭浩？"

郭哥吓了一跳，回头看见"娃娃脸"这个架势，也不敢托大，犹疑不定地说："你就是——"

"少说废话。""娃娃脸"打断他，"刚说的，早上来问问题的那个人，拍了照片没？"

郭哥和员工对视了一眼，低声解释说："没、没拍。当时也没想到……"

"娃娃脸"没理会他们，径直走到汽修行门口，看了看四周的环境，发现汽修行门口有一个店家安装的防盗监控。

他指着监控对郭哥他们说："把录像调出来。"

监控里的关宏峰戴着帽子和口罩,"娃娃脸"看了会儿,似乎并不能确认他的身份。但等到关宏峰返回路边刘音那辆橘色POLO车的时候,他看到了刘音,转头向郭哥确认:"他来这儿什么都没问出来,是吗?"

郭哥和员工互相看了一眼,频频摇头:"没有没有,我们什么都没说。"

"娃娃脸"点点头,没再发话,径直往外走。

郭哥追着送出去,赔笑道:"那……你看这事儿……他……"

"娃娃脸"头也不回地说:"动作快点儿,把那辆车处理好。"

他说完走出汽修行,拨通了手机:"我看过了,是个男的,认不清脸。不过似乎另外一个目标也在场。如果他们还没问出什么的话,有可能会继续在周围其他汽修店打听。我转一圈,碰碰运气。"

徐赫被押回支队,一路上骂骂咧咧,眼神能把关宏宇瞪死。关宏宇倒是满不在乎,他看着俩刑警带着徐赫进去,自己落在后面,双手插在口袋里往办公楼走,恰好撞上周巡神色匆匆地往外跑。

这样关键的时刻,关宏宇没料到他还要出去,眼明手快一把抓住他胳膊,问:"你干吗去?"

周巡一边就着他的手去套外套的袖子,一边说:"七里庄那边儿又有个案子,我得过去确认一下。"

关宏宇皱眉:"什么案子?"

"好像说是两家中介公司因为争抢那片区域的房源和客户,打了几次群架……"

关宏宇愣了愣:"那不是治安支队的事儿吗?出人命了?"

周巡微微皱眉:"也没有。不过辖区派出所接到报案说,其中一家中介公司有人失踪了。报警信息也不怎么全面。我迅速过去看一眼到底是不是该咱们管的事儿。"

"这种屁事儿派个探组不就完了?现在审徐赫要紧。"

周巡苦笑着说道:"哪儿还有探组啊,人都撒出去了。再说,派人去不也得跟我汇报情况吗?一来一去还耽误事儿。我直接去现场问问情况,当时就可以下判断,节约时间。"

周巡走得很急,关宏宇望着他的背影,转了转脖子,按了按手指关节,做好准备。这人,看来还是得他来审。

审讯室内的墙上贴着一行标语:"坦白从宽,抗拒从严"。徐赫大刺刺地坐在桌旁,盯着这行字,饶有兴趣地看了会儿,然后从容地自兜里掏出烟,刚想点,门开了。关宏宇一阵风一样地卷了进来,脸色不善,身后跟着一名刑警。

徐赫嘴角露出一丝冷笑。这种挑衅的举动直接撞到了关宏宇的枪口上,他一句话没说,一个箭步往前,一把从徐赫嘴上夺走了烟:"谁告诉你这儿可以抽烟?"

徐赫斜眼看他。

关宏宇将烟头甩到垃圾桶里,坐到对面。一旁的刑警摊开笔录。关宏宇问道:"我想问什么,你应该已经知道了。识相的话就赶紧说,说完你就可以滚蛋了。"

徐赫冷笑着指了指墙上的标语:"我说,这儿看上去是审人的地儿。我犯什么法了?凭什么抓我?"

"现在没工夫跟你掰扯这个。有个孩子被劫持拐卖,而你很可能掌握一些关键线索，尽早说出来，别耽误救人。"

徐赫摊了摊手，说道："那可有意思了，你们是公安，破案救人是你们的事儿，和我有什么关系？再说了，你们凭什么就说我掌握了什么关键线索？"

小子软硬不吃，关宏宇火气也上来了，一拳擂在桌子上："徐赫，别以为我不知道，你小子干的不是什么正经营生！我现在没工夫搭理你。都是爹生娘养的，事关一个孩子的生死，你知道什么赶紧说。每多耽误一分钟，那个失踪儿童都将面临更多不可预测的危险。"

徐赫盯着关宏宇看了一会儿，懒洋洋地站起身："老子就是不配合你，怎么着吧？"

他说完这句话就往外走，刑警大叫一声"你坐下"，关宏宇却更加直接，两步绕过桌子，单手将徐赫摁回了椅子上。

徐赫举起双手，对着关宏宇冷笑："哟，怎么个意思？二十一世纪，在北京你搞起刑讯逼供来了？"

关宏宇只觉得牙根发痒，他指着徐赫的鼻子吼道："我们有权拘留你二十四小时，并且要求你配合公安机关的调查。二十四小时之内，你什么时候开口提供线索什么时候就可以走。而且你放心，就算超过二十四小时，我也有办法能把你继续留在这儿。自己想清楚！"

他撂下这句话，转头就走。在他身后，徐赫慢悠悠且不怀好意的声音响起："不好意思啊，你们恐怕没有二十四小时。"

关宏宇停住脚步，回头看他。

"不骗你，说真的。"徐赫朝着他一笑，"抓紧时间吧警官，你们恐怕连一个小时的时间都没有。"

04

周舒桐一行人下了城际快车,正式到达武清,这事儿却奇怪,他们找的那个目标宠物店已经拆迁,说是要换成一家足疗店,招牌都拆了。店里倒是有人,但全都是装修工人,一问三不知,更不可能知道原来那家宠物店搬哪儿去了。

房东倒是有说法,不过只说租约到期,人家嫌租金贵就不租这儿了,至于往哪里搬,人家也没说。老王听完,那心思明显就活络了,嗫着牙花子看向剩下的几个人:"那……"

老刘他们全都意会,只有周舒桐一直低着头,这会儿抬头看见几个人的表情,想了想,还是把手机给他们看,小声说:"各位前辈,来都来了,咱们还是稍微跟进一下,白跑一趟总是不好的。"

三个人同时凑过来看,只见屏幕上显示的是一家宠物论坛网站,合作商户信息里有"××宠物店"的广告链接。

周舒桐伸过手,又点了一下链接,广告页面打开了,里面赫然是这家宠物店的搬迁信息。

老王凑过来一看,低声嘟囔:"路还挺远呢。"

但新人说得没错,大老远的来了,有了信息还不查,确实说不过去。老王查了地图,带头朝一个方向走。周舒桐自然而然地跟着几位老大哥,走了挺长一段路,意识到这几人是想纯步行,没忍住问:"将近四公里呢,咱们可以叫辆出租车吗?"

老张边走边答道:"报销制度上说得很清楚,超过五公里而且面临紧急事态的情况下,才可以坐出租车。其他情况只能坐平价公共交通工具。这块儿咱们又不熟,坐公共汽车万一坐错站,那不是更远?走走吧。"

老刘也叹气:"咱们这是基层探组,不比你原来在的上层建筑,要人有人、要车有车、办的全是大要案。将就着,适应适应呗。"

周舒桐微微皱眉:"我倒是无所谓,主要是您三位走得辛苦……就算这种情况队里不管报销,咱们自费打个车,也就是个起步价的事儿……"

老王正色道:"账不是这么算的。你们这些年轻人有文化、有理想,还没拖累,自然也不拿两三千块的工资当回事儿。我们这些老东西就不一样了,老婆要吃饭,孩子得上学,爹妈住着院,银行欠着贷。就算是为了办案,赶上什么事儿都自己掏腰包,真心扛不住……"

话音未落,身后传来刹车声。三名刑警回头,只见周舒桐已经招手拦下了一辆出租车。

她拉开车门,对三人说:"这么说来,我好像没老公,没孩子,父亲过世,也没欠着贷款。三位前辈,将就着点儿,上车吧?"

此时在七里庄,周巡站在一个中介公司的营业厅里,一边瞟着公司里几个头上裹着纱布的中介人员,一边不停地推开旁边给他递烟的公司经理,对着手机说:"不对,这边没人报失踪案啊……对啊……不就是七里庄的'鑫全置业'……什么?'鑫源置业'?当初发生群体斗殴的是这两家不?到底哪家报的案?嗐,你们这治安支队也太……你们跟管片儿派出所再确认一下,然后把地址发给我。鑫源置业,源头的源,对吧?行,这回别搞错了啊。"

他挂了电话，大步往外走，旁边的经理还在边送边递烟。周巡站定回身，不耐烦地从经理手上接过整包烟，随手一扔，指着屋子里的中介人员说："别以为就没你们事儿了！"

他指着那几个头上裹着纱布的中介人员，说："你、你，还有你，这都是撞门框上还是摔下楼梯造成的伤口啊？做中介不违法怎么着都行，再敢出现斗殴事件，我就拿你们当涉黑处理！"

周巡从鑫全置业出来，刚要上车，手机响了。

"什么？别放人！千万别放人，等我回来！"

结果他紧赶慢赶，还是没有赶上，等他回到丰台支队，得知徐赫已经在走程序办理登记，准备离开了。他急匆匆地推门进办公室，大声质问道："谁？谁同意放的？"然后就迎面看到了正在和他使眼色的关宏宇，接着，才发现正坐在后面的脸色并不太好看的施广陵。

周巡顿时蔫儿了："施局？"

施广陵透过单反防爆玻璃，看着审讯室里得意扬扬的徐赫，淡淡地说："总队直接给的命令，电话是打到我那儿的。"

周巡不解地追问："总队？为什么？"

"什么都没说。"施广陵摇摇头，"就是直接给的命令。"

周巡扭头去看关宏宇，小声说："要不要通过其他途径找总队的领导问问怎么回事儿？徐赫不能放啊，他这放了，我们的线索就……"

关宏宇摇摇头，说道："施局说，总队的命令好像也是代转市局专案的指示，估计问了也不见得有用。"

施广陵叹了口气，问："这条路别想了。常规搜索那边有什么进展了吗？"

周巡回答道："还没有。"

施广陵脸色铁青，伸出手指，先后指了指周巡和关宏宇："赶快！给我赶快！"

施广陵怒气冲冲地走了。周巡还想再问句为什么，关宏宇一把揪住了他衣服，往后一拖。

周巡大怒："你干吗——"

关宏宇从背后卡着他肩膀，小声说："你蠢啊？你是做过'牧羊犬'的，怎么还不明白啊？"

周巡想了想，恍然大悟，又看了看隔壁的徐赫，问："你确定这家伙掌握了有价值的线索？"

关宏宇这回没说话。

周巡扳住他那只手，一个反肘撞了他一下，转过身压低声音恶狠狠地说："咱俩之前怎么说的？闹了半天，现在你自己心里都没底。赶紧联系你哥，马上！我给你一个小时的时间，把案情跟你哥说清楚。一小时之后，我会撤回部分在外搜索的探组回来待命。到时候要么有人告诉我去哪儿抓人，要么我他妈……我就抓你！总之，我要立刻找回那孩子！"

关宏宇那一瞬间几乎听到了自己磨牙的声音。他"砰"地摔了一下门，三两步走到里面的办公室，开始打电话。

崔虎的手机响了，他优哉游哉地在电脑上点了接通。很快，音响里传出关宏宇焦急的声音："虎子，叫我哥接电话，赶紧！"

崔虎愣住了，回头看了眼空荡荡的仓库角落，颤颤巍巍地说道："可……可是你、你、你哥……你哥他出、出去遛弯儿了啊……"

关宏宇不敢相信地说："你说什么呢？出去了？去哪儿了？"

崔虎无助地看着朴森和杨继文："他、他和刘音……说出、出去遛、遛弯儿……"

关宏宇的声音听起来已经咬牙切齿了："谁让你放他出去的？"

崔虎略有些委屈地说："他就、就非要去啊，我、我、我能怎、怎么拦着他。再、再说，有刘、刘音跟着他，也不怕他跑、跑丢了。"

关宏宇忍无可忍："崔虎，你可真他老子的是个人才！"

05

橘色的POLO轿车停在路旁，刘音看着关宏峰的背影消失在临街的一家汽修店里。她百无聊赖地看了会儿信息，发现马路对面有一家饮料店。她想了想，拿了钥匙下车，走向饮料店。

就在她后方不远处，一辆黑色大众轿车停在路旁。

坐在驾驶席上的正是"娃娃脸"。他盯着这辆橘色的POLO轿车已经有好一会儿了，这会儿目光又放到马路对面买了两杯饮料正往回走的刘音身上。

他微微一眯眼，果断地推门下车，低着头朝POLO轿车的方向走去，同时，右手已经伸进了左手的袖口里。他的脚步很轻，跟在刘音身后不紧不慢地走了几步，刚要加快脚步，身上的手机响了。

他退到旁边的胡同里，点了接通键。对面的人问："你去郭子那儿了吗？"

"娃娃脸"眼睛仍旧死死盯着刘音的背影，特别是那纤细且线条优美的脖子，随意地答道："去过了，而且我现在在附近的一个地方发现目标了。应该是两个人,其中包括酒吧的那个女的。我先搞定这个女的,等另外一个人出来之后再搞定他。哦,放心,这周围挺清净,没什么人。我下手,保证不会有什么拖泥带水的麻烦。"

刘音浑然不觉。她回到车上,把一杯饮料放到杯架上,给另一杯戳上吸管,喝了几口。

仪表盘凹槽处放置的手机震动起来,来电显示是"关×关"。刘音喝着饮料,听着车载音响播放的音乐,终于察觉到手机在震动。她拿起手机看了看来电显示,面带愁容,犹豫着要不要接。就在这时,她无意中望了眼后视镜。

镜子里能看到后巷的情况,也能看到后面不远处正朝车的方向走来的人。她几乎在瞬间认出了那张令她恐惧的脸,顿时脸色惨白,双手颤抖。她顾不上接电话,慌乱地回过头去确认。

然而这个恶魔……这个恶魔在走了几步之后,忽然停下了脚步。他似乎一直在听电话,电话那头也不知道说了什么,他的脚步彻底停住了。

刘音已经顾不上掩饰自己的目光。对方捏着手机,显然也注意到了她正看着他。他挂掉电话,居然对着这边笑了笑。

刘音的汗毛都要竖起来了。就在她手忙脚乱想锁上车的时候,却猛然发现对方竟然没有再往前走,而是看了她一会儿,转身朝自己的黑色大众车走去。

她惊恐万分地看着这不能用常理解释的一切,完全没注意周遭的情景。

然而这时,副驾门突然开了,她再也控制不住,吓得尖叫了一声。

关宏峰就站在车边,握着车门把手,疑惑地看着她,问:"怎么了?"

"娃娃脸"已经将车驶离,电话仍在继续,他问:"为什么突然中止清除任务?"

电话那头的人提醒:"我记得你不是个喜欢提问的人。"

"娃娃脸"撇了撇嘴。

电话那头的人说:"七里庄那边的事儿还没收尾,大哥已经安排人去处理了。你最好也过去那边,确保能了得干净点儿。"

"娃娃脸"不耐烦地说:"知道了。"

关宏宇看看走出刑侦支队的徐赫,又看看无人接听的手机,内心不重样地狂骂了八百句,这才重新拨通崔虎的号码。

崔虎战战兢兢地接起来。

关宏宇低声说:"刘音的电话没人接。先不管这些,杨医生他们总没出去遛弯儿吧?"

崔虎看着杨继文和朴森:"没、没……"

杨继文会意地走上前,对着麦克风说:"我们在。"

关宏宇深吸口气:"杨医生,麻烦你问一下朴森,他是不是确定能从这个徐赫身上找出和儿童拐卖有关的线索?"

杨继文看了眼朴森:"这个……之前他已经说过了,他没法确认这个人身上一定有你们要的情报。但在这个区域,如果有人肯接触并传播这类信息,就只有徐赫了。"

关宏宇说道:"我知道朴森看不见、听不着,所以就当我为难你。杨医生,你们在古玩城交谈的时候,以你个人的判断,你觉得徐赫身上有我们要的东西吗？"

杨继文想了想："我……不是我不愿意说，但是你能不能告诉我，如果我说了自己的判断，意味着会发生什么呢？"

关宏宇镇重地说道："意味着我们能不能离救出那个孩子更进一步。拜托了，求你一定要告诉我。"

杨继文听完和崔虎对视一眼，又看了看不远处轮椅上的朴森，犹豫了起来。

徐赫从支队大摇大摆地走出来，嘴里哼着不成调的小曲儿，熟门熟路地进了条胡同，拐过一道弯，愣了愣——一辆敞着后备厢的越野车堵在胡同里。

路窄车宽，等于车把胡同给堵死了，人根本走不过去。

徐赫啐了一口唾沫在地上，一脸不爽地上前查看，却发现车是空的。驾驶室没人，后座也没有。他左右看看，不爽地喊道："谁车啊？大白天犯病啊你堵这儿？"

没人搭理他。他只觉得后头一阵凉飕飕的风，刚要回头，眼前一片漆黑，有什么东西兜头就盖了上来，大约是布袋还是麻袋之类的东西。

他骂骂咧咧地就要反抗，对方的身手和速度却比他快得多，以一个碾压性的姿势反剪住他的双手，用什么东西捆上了。

徐赫都没来得及爆一句粗口，就被人以迅雷不及掩耳之势像塞一坨猪肉一样塞进了一个狭小漆黑的空间。关宏宇面无表情地关上越野车的后备厢，回到驾驶室，顺畅地将车倒了出去。

伍 危机在睫

01

关家老二不同于老大，骨子里天生带了那么点儿匪气，既莽又横，且胆大包天。徐赫想破了头都想不到自己走出公安局不到二百米，竟然能像早先看的话本子或香港黑社会电影里一样，被人兜头"套麻袋"。

这一顿操作未免太利索了。最令人气绝的是，他被五花大绑还套了头套，脑子却是清醒的，感觉到车在开，又感觉到车停下。外面人声嘈杂，他隐隐约约听见绑他的人和路人讲话，才知道这厮竟然把车开到了卢沟桥。这还不算完，那人还嬉皮笑脸地和游客聊天，给他们拍照！

也不知道过了多久，徐赫迷迷糊糊快睡着了，外面才渐渐安静下来。估摸着是天色渐晚，游客散尽。

后备厢骤然被打开，徐赫的头套被摘下。他头发凌乱，猛然惊醒，气急败坏地骂道："你他妈知道我是谁吗？"

关宏宇没说话，盯着他，手上打开一把锋利的折刀。

寒芒闪动。

徐赫吓得把下面一句骂街的话吞了回去。

关宏宇把刀探到他身后，割断了塑料卡扣，解开了他的束缚，似笑非笑地说："我知道。"

关宏宇收起折刀，一边看着表一边走上卢沟桥，回头看了一眼徐赫，低声说道："最多二十分钟，我就送你走。你自己要想用腿跑，也随便。"

徐赫环视着空荡荡的四周，又看了看桥头卢沟桥遗址的石碑，又惊又恼地问道："你带我来这儿……你想干什么？"

关宏宇微微侧身朝他招手："来，就当接受一下爱国主义再教育。"

徐赫迈着步子小心地挪过去，调整了一下情绪，厉声质问桥上正在看风景的某人："我告诉你，你这可算绑架！而且……"

"说得好。"关宏宇嗤笑一声，头也没回，"不过，谁知道？"

徐赫恨恨地说："你别以为我没有办法治你！"

关宏宇不屑地看着他："凭你？我很怀疑。对了，告诉你个事儿，我叫关宏峰。这个名字你大概不会没听过。如果没听过的话，可以拿手机上网百度一下，顺便点进去他弟弟关宏宇的联想词条看看。"

徐赫的脸色变了："关、关宏峰？"

"听过啊？"关宏宇笑了笑，"那你就该知道，我不是公安身份。"

徐赫惊疑不定："你不是公安的话，那你怎么能……"

关宏宇慢悠悠地说道："我是个顾问，是个非常专注于替丰台支队破案抓人而且现在急着要救出一个被拐儿童的丧心病狂的顾问。而你，手上掌握了找回那个孩子的关键线索。也许你不愿意和公安合作——确切地说是不愿意和我们支队合作，也许你想借机讨个好处或装个逼。总之，不管什么理由，你现在知情不报。而我带你过来，是让你在此时此地，把掌握的线索明确告诉我。"

徐赫琢磨了片刻，小心翼翼地试探道："否则呢？"

"否则啊？我会劝你走过来点儿，选个好位置欣赏下'卢沟晓月'。"他拍着手掌下的栏杆，微笑着说，"因为这可能是你有生之年最后一次观花赏景了。"

徐赫被他这一笑笑出了一身冷汗，踌躇不定地盯着他，哆嗦着没应答。

关宏宇侧头看了看他，说道："别误会，我不是崇尚暴力的人，好歹做过公安，办事儿还是有原则底线的。我会把你的身份散出去。你既然见过朴森了，就该明白我有能力把这个消息散得多快。"

徐赫立刻紧张起来："我的身份？什么身份？"

"对，你的特情身份。你是市局专案组的线人。我说过，我知道你是谁。"

徐赫这下彻底慌了："你！你要敢……你知不知道……"

关宏宇朝他一摊手："不是告诉过你了吗？我不是在编的公安身份，市局专案组的刀再快也砍不到我头上。"

徐赫彻底蒙了。他咬着牙左思右想，最后低声说："姓关的，就算你是吃生米的，但干我们这行儿的也有底线。想要的情报可以给你，但你必须帮我个忙作为交换。"

关宏宇歪头审视着他，似乎略微有些犹豫。

徐赫看他表情，赶紧打蛇随棍上，说道："事儿不大，你只要肯帮我，完事儿我立刻就告诉你。"

关宏宇敲了敲石桥栏杆，似笑非笑地说："说吧，老子听着呢。"

* * *

支队的几位老前辈折腾了几个小时，可算找着了那家"神秘"的宠物店。周舒桐自觉开始"清点赃物"，牵着不同的"赃狗"里外跑。老王则靠在柜台上，絮絮叨叨地教育宠物店老板："你这属于收赃，知道吗？事情说小是小，说大能大的，你得有点儿法治意识……"

犬吠声此起彼伏。

周舒桐又从笼子里抱出一只博美，狗还小，她摸了摸它的耳朵，过了会儿狗就不叫了。她把小家伙裹在怀里，抱起来走出去，还没走出门就听见外面老刘的大嗓门在吼："什么？三百？坐火车我都来回跑六趟了！"

正和老刘讨价还价的是个司机。这么多狗，什么出租车都运不了，他们只好叫了辆面包车。

那司机说："大哥，反正能报销，你们花公家的钱，有啥可心疼的呀？"

周舒桐失笑，走到面包车旁，把手里小博美的牵引绳捋出来，交给面包车后座的老张。后头已经有六七只狗了，老张铁青着脸，接过这只的牵引绳，努力躲避着不停舔他脸的另一只狗，扯着脖子对周舒桐说："小周！别忘了核对数啊。哎呀你赶紧把门关上，把门关上……"

她一回头，乐了，老刘还在孜孜不倦地压价："一百八，不能再多了。说实话，有这钱，我都可以包辆富康回去了。"

面包车司机说："这就纯属抬杠了。什么样式儿的富康能塞得下您这狗队啊？"

老刘不耐烦地摆摆手，斩钉截铁地说道："就两百，多一分没有。都照你这么要钱，我当啥警察啊，还不如当司机呢。"

周舒桐走回店里，发现老王的长篇大论还没有结束，目前正掰扯怎么补偿受害者的经济损失。

老板也有点儿急:"那……客人已经买走的和已经交订金的,我们真不好处理啊!"

老王说:"有什么不好处理的?该退钱退钱,该退订退订。有什么损失,找那家狗厂打官司去。谁让你进货的时候贪便宜,不找正规渠道呢?这就算便宜你了!亏了国家没把狗列入保护动物,也没给狗安个身份权什么的,不然你这都得被法办!要蹲号子去的,懂不懂?"

周舒桐摇摇头,拿着清单和照片走到里面。店员核对之后,又牵出一只巴哥。她来到面包车前,刚拉开车门,一只狗猛地蹿了出来!

老张始料不及,大叫:"抓住它!快抓住它!"

老刘这下没心思谈价格了,掉头去追狗。

又是好一番兵荒马乱。

周舒桐心里叹口气,把手上的狗递给了老张,拿着清单回到店里,对老板说:"还差三只。联系上那个顾客没?"

老板苦着脸说:"真联系不上啊。刚打了电话,是空号。"

周舒桐问:"那地址呢?会员卡上有没有登记?"

"赶紧把狗找回来,反正这钱你里外都得退。"老王插话,"不是退给买狗的,就是退给丢狗的,懂不?"

老板哭丧着脸。周舒桐朝他伸手:"地址呢?地址给我。"

老板回头对着店员喊:"把0733的会员卡给我拿过来!"

同时,外头的老张拖长了调子喊:"跟里面——要——张——纸,这儿有狗拉了!"

周舒桐在店里也能想见老刘和老张慌张又忙乱的样子,轻声叹了口气,接过店员拿过来的会员卡,仔细看了看,"咦"了一声。

老王问:"怎么了?"

周舒桐轻声说:"地址不大对。齐阳路都是两位数的门牌号儿,哪儿来的131号?"

宠物店老板说:"客人就留的这个地址啊,我们也没法负责核实。"

老王指着店员:"拿、拿点儿纸把车上的狗屎收拾一下……行!我们买一包。记得开发票啊!"

说完,他回头看着周舒桐,语重心长地说道:"差不多就得了,实打实找回来九只。剩下的,让他们把买狗的钱退给失主不就结了?"

周舒桐低头翻着手里的清单,又翻了翻那三只被买走的失窃犬的照片,眉头渐渐皱了起来。

徐赫来的时候坐在后备厢里,回去的时候总算能坐在副驾驶了。他单手拍打着自己的大腿,听关宏宇和不知道什么人打电话汇报:"我知道,我现在确实找不着他。不过你放心,再多给我半小时,最多半小时,我肯定能有信息反馈回来。"

他这边挂断了电话,徐赫略带讥讽地说:"压力不小啊关队,刚才那浑不懔的样儿,原来是唬我呢?"

关宏宇没好气儿地一脚踩下刹车,车停在路旁。他看了眼路旁的招牌,上头写着"鑫源置业房地产中介公司"。

他皱了皱眉,问:"你说的就是这儿?"

徐赫点头:"好像是有那么三五个人。工商年检没过,房源和客源信息又都是非法买来的,你说他们非法经营也行,说他们非法获取个人信息也行。总之,安个罪名,轰他们走就是了。"

关宏宇刚要推门下车,又琢磨着有些不对劲,追问道:"你跟我说,他们从你这儿买的信息没给钱,那你为什么不让我帮你讨债,却让我轰他们走呢?"

"江湖规矩,面子问题。"徐赫耸耸肩,皮笑肉不笑地说道,"再说了,我卖信息那是灰色地带,让个前公安替我讨非法收入,我瞧着像这么蠢吗?"

关宏宇面无表情地看着他。

徐赫朝他一撇嘴:"反正也没让你帮我干什么伤天害理的事儿,你最关心的不是能找到那孩子吗?"

这话说到点子上了。徐赫无论有什么小九九,现在都不是计较的时候。关宏宇想了想,用手点着徐赫的鼻子,徐赫晃了几下。关宏宇低声说道:"给我待在车里,哪儿也别去!"

他推门下车,戴上连帽衫的兜帽,朝身后四处看了看,不徐不疾地向中介公司走去。

等他走远,身后的一栋建筑物后走出来一个人,一张标志性的娃娃脸。他看了看留在车里的徐赫,又看了看关宏宇的背影,似乎略有些惊愕,将手伸到口袋里,慢慢跟了过去。

02

"你这孩子,瞎琢磨什么呢?"

面包车快要进入高速入口,老王正苦口婆心地劝周舒桐:"小周啊,你这孩子怎么那么拧啊。跟你说了多少回了,这狗是赃物,卖了狗的钱是赃款,咱们的任务是追赃。既然如此,赃狗和赃款都是一样的,咱的任务到这里就算完成了。"

周舒桐想了想,认真地说道:"王哥,这个买家先后买走了三只狗，各间隔了一周的时间。从失窃报案材料上来看，这三只狗有一只昆明黄，这是大型护卫犬；有一只边牧，这属于中型工作犬；还有一只迷你罗秦，这是一只伴侣犬。这三种狗根本养不到一块儿去。加上这个神秘买家留下的姓名、电话和地址全都是假的，这难道不很蹊跷吗？"

老王胡噜着脑袋："嘿，没准儿是个三道贩子呢，什么淘宝乱七八糟的那些，有的是卖狗的。这人没准儿买了不是自己养，倒手就卖了。"

"说不过去。"周舒桐摇摇头，"那只昆明黄两百块钱都不见得有人要，可罗秦犬非常少见，迷你罗秦更是在国外都很难找。赛利亚宠物店的账目显示，昆明黄只卖了一百五，边牧卖了三千，而那只迷你罗秦卖了一万四。宠物店的老板都说，那只昆明黄本来就没打算卖，打算送镇上的亲戚看院子使的。"

前排的老刘探过头来，打断了两人的对话："队里来电话了，说周队要求今晚所有人务必归队，而且让大家打电话跟家里说一声回不去，要开夜班。"

老王朝他摆了下手，回过头来对周舒桐说："行了，咱俩也别争执了。命令下来了，肯定是那边失踪的孩子还没找着。就算是你分析得对，就算这事儿真的蹊跷，总不能说这狗比人还重要吧？那有时间耽误在这儿，还不赶紧回北京支援队里去。"

周舒桐咬着下嘴唇，纠结了片刻，还是低声说："王哥，您看这样行不行。反正大部分失窃犬已经找回来了，队里又有命令，你们先回去，我在这儿多留半天……最多一天。像您三位这种经验丰富的警员肯定是对搜救工作有帮助的，我这样的年轻人多一个少一个、早半天儿晚半天儿也不打紧。要是周队怪罪下来，您就说是我不听指挥，肯定不能让您背这个雷。"

老王又看了她几眼，无奈地笑了："行了，我知道你跟领导关系近。周队也好，关队也罢，还真能把你怎么着啊？再说了，哥儿几个说话办事儿是糙点儿，可要真遇上事儿，能单把你卖出去吗？"

听完这话，周舒桐有些不好意思地低下了头。

老王嘬着牙花子，又沉吟片刻："成吧。我觉得你脑子挺灵的，你要偏觉得这事儿有古怪，那里头说不定真有古怪。放大胆，查查看。但是第一，一定要小心，在不法分子眼里你就是个女孩子，甭管穿没穿制服，人家可不管你警察不警察。再就是，别闹出什么乱子来。这儿不是北京，更不属于咱们辖区。就算要工作甚至执法，一定要协调好地方上同行的关系。"

周舒桐露出今天第一个释然的笑来："谢谢王哥。等我完事儿回去，我……我请大家吃饭。"

老王笑了一下，没再说什么，指示司机前面高速出口下去找地方停车。

关宏宇低着头走进中介公司，外面的走廊很长，尽头是个小办公室，采光差，装饰简陋，还有个后门。办公室里有七八个小伙子，有个别人身上还带着伤，一看就是新的。

这些人看到关宏宇进来，目光都略有些迟疑，大约是第一时间看到了他脸上的那道疤。其中一人上前跟他打招呼，口气略有些生硬："您……什么事儿？"

关宏宇也不客气，开门见山地说道："你们经理呢？谁是管事儿的？"

这话和点了导火线没两样，屋里的人一下子都站了起来，答话的小伙子口气也变得很不友善："经理不在，你谁啊？"

关宏宇肩膀都没动，冷淡地说道："我是谁跟你说不着。打电话给你们经理，告诉他，你们这儿非法经营，明儿早上之前赶紧搬走，别等着我带人来查抄你们。"

屋里的几个人互相看了一眼，另外一个年轻人上前不忿地说："你谁啊？是'鑫全'那边儿找的你吧？"

关宏宇有些不耐烦，但他也看出气氛不对，冷冷答道："警察。"

年轻人回头看着其他同伴，煞有介事地点着头说："警察啊。行行行，算你牛。"眼色使了出去，他一回头，手肘一压，一个拉弓，拳头就朝关宏宇面门上招呼。

关宏宇立刻抬手架住，后撤半步，厉声喝止道："干什么？"

屋里的一众人等一拥而上，纷纷喝道："就你这疤癞脸还警察？打的就是警察！"

刚刚混乱起来的时候，关宏宇忽然感觉心里一紧，有种不祥的预感。

果然下一刻，房间里猛然一黑，灯忽然全都暗了！

这儿采光本来就差，灯一灭几乎就是全黑。耳旁仍旧有风声，关宏宇避开了黑暗中的几记乱拳。

谁都没注意后门被人打开了，有人无声无息地进来，贴墙站立。一名中介员工被打到他身旁，他一扬手，用钢弦熟练地勒住了那个人的脖子，把他拖到角落里。

过了不多会儿，那人的挣扎就已完全停止。

几分钟后，关宏宇喘着气，哐当一下摸黑踹开了那扇刚被打开过的后门，走到屋外找到闸盒，推上了电闸，朝里面看去。

屋内一片狼藉，七八个小伙子东倒西歪地散布在各处。一片黑暗的情况下，人出手确实不容易把握分寸。这批人眼看旧伤上叠了新伤，没几个能站起来的。

关宏宇松了松肩膀，不屑地扫视了一圈，刚要开口说什么，忽然目光定住了。

他看见了角落里那名躺着、脖子歪着、并没有和其他人一样试图站起来或者用愤恨的目光瞪他的员工。

关宏宇略微迟疑了一下，还是走上前蹲下身，拍了拍这人的脸，随即伸手一探颈动脉，脸色顿时变了。他掏出手机，犹豫了一下，又把手机收回兜儿里，拿起办公桌上的座机，拨通了一二〇，用手虚掩着嘴低声说："七里庄××路××号，鑫源置业中介公司，有人昏迷。快叫救护车来！"

不等那边再说什么，他挂断电话，也顾不上再和其他人说什么，急匆匆地往外走。门外的路灯杆上有一个安防监控探头，他心头一跳，立刻低下头，拉紧兜帽，跳上了车。

徐赫没瞧见里头的具体情况，但听到热闹非凡，满脸惊喜地问："搞定了？"

关宏宇一言不发，回头迎面就是一拳。徐赫没准备，自然也躲不开，脸上结结实实挨了一下，捂着喷血的鼻子倒向一旁。

关宏宇松开手刹。

车子快速离开。

仓库里今天一切都比较平静。杨医生沏了壶茶，端了一杯给朴森，崔虎在摆弄电脑，刘音在一旁百无聊赖地玩手机。关宏峰在低头扒饭。

卷帘门忽然被人从外面打开，手劲很大，发出一声巨响。关宏峰一回头，就看到关宏宇气冲冲地走进来，嘴里念叨着"今天真他妈倒霉到家了"。

他一边抱怨一边脱下身上的帽衫，脱到一半，赫然发现关宏峰也在桌旁，就把脱下的帽衫往旁边一扔，上前几步，气势汹汹地冲关宏峰走了过去，抬手就去掀桌子。

关宏峰神色不动，眼疾手快，拿起了盘子，一旁的刘音拿起了水杯。

桌子往旁边一倒，桌边的两人倒坐得挺安稳。

关宏峰说："冷静。"

刘音说："别介。"

关宏宇气结，来来回回轮流怒视两人，气喘得牛急："你……你们俩！谁让你们俩出去的？"

刘音一边接过盘子一边慢吞吞地把小桌子扶正，毫不客气地翻了个白眼，反问："谁说我不能出门了？"

关宏宇愣了两秒，扭过头对关宏峰吼："谁让你随便往外跑了？真要找你的时候怎么都找不着你！"

关宏峰眨眨眼："你……找我？"

他重音放在"你"和"我"字上，讲得很玩味。

关宏宇又被噎住了，伸手来回指着刘音和关宏峰："你！你！你！你俩现在是一事儿的是吧？成！"

他手忙脚乱地换了件外套就往外走，差点儿左脚踩右脚绊一跤。他走了两步又回过来，指着关宏峰的鼻子吼："她我管不着，你不许随便出门！我随时可能有事儿找你！"

关宏峰放下筷子，挺平静地说道："什么事儿？案子的事儿？"

关宏宇没好气儿地说："需要问你的时候你就知道了！"

他说着,转身要往外走。

关宏峰忽然开口:"我在查是谁杀的佳音。"

关宏宇站住了,也愣住了,回过身看着他。

关宏峰低声说:"从市局专案那边打听到的信息,佳音是被一辆奥迪 Q5 撞死的。如果考虑到整件事情都有可能是丰台辖区的某股势力所操纵的,我认为他们极有可能会把这辆撞过人的车送到丰台区的某个修车店维修,甚至做一些外观改装。这个范围很大,我现在既没有资源,也想不出更好的排查办法,只能徒步……一家家地走。"

关宏宇冷哼一声:"一家家走?你去问,人就告诉你吗?如果修车的和杀林佳音的是一伙儿的呢?你就没考虑过他们会不会盯上你?"

关宏峰说道:"如果他们盯上我,就说明我找对了,这也是好事儿。"

"滚你妈蛋的好事!"关宏宇火气顿时又上来了,"就凭你?你能应付得了谁啊?"

关宏峰平静地说道:"如果我不行,不是还有你呢吗?"

关宏宇顿时哑了火,心里警钟嗡嗡嗡地响,一边咬牙想"我亲哥怎么能这么无耻?"一边又想"你看吧,到头来你能靠谁?还不是靠我!"

关宏峰不理会他的纠结,继续说道:"何况,我可能还真找对了,虽然说不好是哪儿。可能就是我走访过的其中一家。"

关宏宇微微皱眉,问道:"什么意思?"

关宏峰说:"今天我俩在一家修车行外面又被盯上了。"

关宏宇警惕起来:"又?"

关宏峰看了眼刘音,继续说:"之前我陪她去酒吧拿东西,就被同一个人盯上了,而这个人很可能和佳音的死有关。是个年龄在三十到三十五岁之间的男性,身高一米七八左右,四肢略短,身材微胖,长了一张娃娃脸……"

关宏宇这会儿已经忘了生气,自然而然地接了下去:"平头,有点儿自来卷儿,肤色很白,手指修长,是个右撇子。"

关宏峰和刘音都微微一怔。

关宏宇问:"你是亲眼见过他,还是和我一样听了那个姓韩的描述?"

"我亲眼见过!"刘音抢着说道,"不知道他当时是要挟持我还是要杀我,是你哥的律师朋友替我解的围。"

关宏宇的冷笑这回更加捂不住了:"好啊,你又找他。他这么能耐,怎么你没指挥他把这人干掉啊?"

崔虎在一旁有点儿听不下去了:"哎,我、我说,这好歹是你、你哥,亲、亲哥,别这么说、说、说……"

关宏宇怒吼:"嘴不利落就别充和事佬!"

他转过头问关宏峰:"那你们今天怎么摆脱的?"

关宏峰思忖着摇摇头。刘音在一旁小心翼翼地补充:"没摆脱。不知道是因为当时你哥回到车上了还是别的原因,那个人最后自己折回去了,压根儿没靠近。"

关宏峰在一旁补充道:"据说他开的是一辆黑色大众。如果有可能,你看能不能让崔虎帮忙调一下监控。"

关宏宇正要说话,身上的手机响了。他看了来电显示,伸手在屋里划了个半弧:"我现在顾不上这些,回头再跟你们慢慢掰扯。总之,不要乱出门!"

他说着,接通手机,一手掀起卷帘门:"别催命了,我已经有线索了,现在就过来……"

关宏峰忽然说道："宏宇。"

关宏宇一手掩住手机，回头看着他。

关宏峰轻声说："韩彬说，那个人惯用的凶器好像是一根钢弦。如果遇到，你千万、千万要小心。"

关宏宇表情不变，一句话都没说，只微不可察地点了点头，伸手放下了卷帘门。

03

周舒桐离开大部队，在附近转悠了一会儿，走进一间网吧，把身份证递给吧台里的网管，问："包夜多少钱？"

网管头也没抬，草草做了登记："三十。九号机。"

周舒桐瞟了眼里面的环境，可以看到有十几个半大小子正在泡吧。有抽烟的，有唱歌的，有拿麦克风跟人对骂的，有打游戏的，总之一片乌烟瘴气。而九号机的座位，就在这群孩子中间。

她微微皱眉，对网管说："能不能给我找个清净点儿的角落？后面不有那么多机子呢吗？"

网管不耐烦地答道："后面灯都关了。这些机子都一样，嫌吵戴上耳机就行了。"

周舒桐运了运气，亮出证件。

网管愣了。

周舒桐沉下脸，声音低沉地说："我身后现在有多少人在抽烟？你要么给我找个安静点儿的角落，要么就把三十块钱还给我，然后咱们一起核查一下你这儿的消防安全措施。"

几分钟之后，网管殷勤地把周舒桐带到网吧最里面的一个角落里，替她打开电脑，还给她倒了杯水。等到网管赔着笑走开后,周舒桐打开浏览器,搜索到一个比较大的宠物论坛,点进天津的版块。

她喝了口水,定了定神,点了注册,开始输入用户信息。

"什么?又丢了一个孩子?"

关宏宇前脚在小据点里发完脾气,一通郁气还没排解完,回来周巡就又给了他当头一棒,这口气险些没顺过来。

好几辆警车亮着警灯开出去,支队院内也是人来人往,一片忙乱。施广陵和周巡都在,很显然,不光是全部探组,连治安和巡查支队都动员了。

孩子是在丰台辖区的民悦家园小区失踪的,同样是趁家长带孩子下楼遛弯的时候,同样是在小区门口附近实施的诱拐。从监控录像看,很像是同一个犯罪嫌疑人。失踪人是个四岁的女孩儿,叫裴昕。

周巡总结道:"所以说,你最好带来的是确切的情报,能帮咱们找到那些王八蛋,或者最起码是要能找回那两个孩子的情报。"

关宏宇盯着周巡问:"四岁?"

"对,四岁。"

关宏宇点点头:"我确实带来了情报。而且如果刚刚失踪的这个孩子是四岁的话,我认为这个线索的指向性就更明确了——黄亦路,物流集散中心。"

天蒙蒙亮,小汪、赵茜和关宏宇三人身着便装,先后走进集散中心的院内。尽管这会儿时间还早，但集散中心里各类大小物流公司已经忙碌了起来，车进车出。三个人互相使了个眼色，分别往三个不同的方向走开。

小汪边走边低声对着耳麦说："咱们就这么进来一家家愣问吗？"

关宏宇低声对着耳麦答道："废话。你直接上去逮人就问'谁能往外省市托运拐卖的儿童妇女'，你以为有谁会搭理你？"

小汪低声说："那我总得有个打探的切入点吧？我怎么说啊？"

耳麦里传出外围布控指挥的周巡的声音："自己编套词儿，含糊一点儿，模棱两可的那种。不过，我说老关，那个姓徐的是说肯定就在这儿吗？"

关宏宇肯定地说："徐赫的意思是，由于这些年的严打防控，北京地区还敢拐卖儿童的本身就极其罕见。另一方面，很多黑着干物流的敢运枪、敢运粉儿，但一提被拐卖儿童，谁都不沾，嫌缺德。"

周巡说："就算是这样，前提也得是咱们确定嫌疑人必定会通过这类渠道把被拐卖儿童运送出去。"

关宏宇观察着周围情况，不紧不慢地说："从既有的案例来看，诱拐儿童没有在本地贩卖的。已知从咱们辖区拐走的两个孩子一个三岁一个四岁，都属于会哭、会喊、会叫、会闹、能认人、会喊'妈妈'甚至喊'救命'的年纪。嫌疑人仅凭正常的交通方式很难带他们离开北京。"

小汪插嘴道："那要是把这些孩子下药迷晕了呢？"

关宏宇摇了摇头："这个风险太高了。对孩子使用的药量都是严格按体重来计算配比的，一旦出差错，手上的'货物'可就有了'重大瑕疵',销不出去了怎么办?"

小汪又说:"那……那他们要是就生抱着孩子翻山越岭走野路出去呢?"

周巡怒骂:"笨蛋,你抱个孩子给我翻西山试试。再说,要想到西山脚下,一样得搭乘交通工具啊。"

关宏宇说:"我仔细考虑过了。要想安全地把拐卖儿童带离北京,首先,不能选择公共交通工具;其次,如果使用自有交通工具的话,必须把孩子哄好,比如欺骗孩子会带他们去找父母之类的;最后,鉴于我们已经封锁了所有的离京主干道及长途客运网点儿,所以留给这些人贩子的选择应该很少。而裹挟在物流运输中蒙混过关,是他们很有可能会尝试的手段。"

这时,赵茜终于忍不住插进话来:"我说二位前辈,咱们就别在这儿讨论了吧。你们不觉得一个人在这儿打着转儿走来走去,嘴里还自言自语,看上去很奇怪吗?"

通信频道里,所有人都不吭声了。

调查持续了整整一个上午,三个人在各个运输公司门面不停地套话、试探,忙活了好一阵子,还是没有结果。

关宏宇远望着茫然无助的赵茜和垂头丧气的小汪,似乎下定了决心,摘下耳麦,掏出手机拨通电话。

接电话的是崔虎。关宏宇上来就问:"虎子,朴森他们都在吗?"

崔虎看了眼一旁躺椅上正在睡觉的朴森和坐在旁边看书的杨继文,小声答道:"在。"

关宏宇急促地说:"我们现在高度怀疑被诱拐儿童有可能通

过一个物流集散中心运输离京,但是目前的便衣排查还没发现任何有价值的线索。你让杨医生帮忙问问朴森,看看有没有什么这方面的建议。"

"行,你等等。"

崔虎用脚蹬着地,坐着有轮子的椅子一路滑到杨继文身旁,结结巴巴地复述了关宏宇的话。杨继文听完,面露难色地看了看还在熟睡的朴森。

崔虎会意,对电话那头的关宏宇说道:"你……你等等,我一、一会儿打过来。"

几分钟后,关宏宇的手机响了,里头传来杨继文的声音:"是我。老朴想问一下,那个集散中心有多少家物流公司?"

关宏宇精神一振:"我们在布控前查到的,有登记注册的是五十一家。从刚才走访的情况来看,还有一些没登记在这儿,或是干脆有可能就黑着干的,总共有六十五到七十家吧。"

杨继文说道:"好的,稍等。"

过了一会儿,那头又问:"这个集散地是开放式的吗?"

"有个院子,半开放式。"

"稍等。"

过了一会儿,杨继文接着问道:"老朴问,这个院落门口的情况怎么样?"

关宏宇往路边走了两步,来回观察了一下物流中心院门外的情况,答道:"有烟店、小卖部、估计是无照经营的小饭馆、各种规格的大型货运车辆和集装箱……"

"有没有人?"

关宏宇愣了一下:"什么人?"

"老朴说,有没有在门口附近晃悠的,看上去不属于任何一家物流公司的闲散人员?"

关宏宇听完,立刻四下观望,很快就注意到在马路对面的一个小吃店门口果然围着这么七八个人。

关宏宇说:"不好说,可能有。这是什么意思?"

杨继文回答:"物流行业这些年不是很景气,很多倒闭或解散的中小型物流公司遗留下一批自己带车跑业务的长途运输司机,也就是所谓的'跑单帮'。这些人单程的运载能力有限,本身又不具备企业的资质担保,自然没有什么固定的客户资源。他们当中很大一部分人会在物流集散地的附近捡捡漏,扒拉扒拉小活儿。老朴的意思是,他们和物流企业不同。一个物流企业,不管是有照没照的,要想运送被拐卖人口,至少得全公司所有人都默许,不然风险太高,这太难了。'跑单帮'的则不然。"

"明白了,代我谢谢朴森。"

说完,他挂断电话。

崔虎这头也挂断电话,扭头看着杨继文走回一旁的椅子上继续看书,而朴森还在躺椅中酣睡。

关宏峰就坐在他身旁,朝他笑了笑,拍了拍他的肩膀。

04

电脑前,熬了通宵的周舒桐面前摆着一堆空了的红牛罐和方便面纸碗,电脑显示器上有一堆打开的论坛窗口,可以看到诸如"名犬展示区""爱犬转让区"之类的版块以及罗秦犬的搜索结果。

周舒桐颇为疲惫地点了几滴眼药水，问从身旁走过的网管："过时间了吧，我是不是该续费了？"

网管说："没事儿没事儿，不用。"

正说着，周舒桐的手机震动了一下。

她看了眼上面显示的名字，犹豫了一下，还是接了起来。

一个藏着怒意的声音透过手机传了过来："你是打算就近跑去逛佛罗伦萨小镇啊，还是已经在天津吃包子了？"

周舒桐条件反射般坐直身体："周……周队。"

"二探组出去四个，回来仨。你这是以实际行动向我申请下沉去派出所是吧？"

周舒桐忙解释道："不是。周队，我是觉得——"

周巡吼道："我这边儿正布控，没时间听你觉得怎么样。两个儿童被诱拐了，马上给我回来！"

周舒桐疑惑："两个？"

"对。昨天晚上又失踪了一个，是被同一名嫌疑人拐走的。现在全局动员，所有警员立刻归队备勤。"

说完这句，他直接挂了电话。

周舒桐愣了愣，忙抹了把脸，逐一关上浏览器窗口。就在她关到一个论坛窗口的时候，发现里面有个新帖子，标题是"两岁罗秦被虐杀！大家一起人肉这个畜生！"

周舒桐停下动作，点进原帖地址，看到里面放了一个视频链接。她再点进链接，视频窗口开始播放一段一只迷你罗秦被残忍虐杀的影像。

触目惊心之余，周舒桐把视频倒回开头，定格在罗秦犬被虐杀之前的影像。她拿出手上的报失资料照片对比，怎么看都很像是同一只狗。

她最后看了下视频的发布时间,是不到一个月前。

周舒桐眨着眼睛想了想,又翻出赛利亚宠物店的销售记录复印件,上面显示那只罗秦犬的售出时间正是一个月前。

关宏宇从集散中心路边的小店买了包烟,一边摇出几根一边凑到小吃店门口扎堆的那几个"跑单帮"司机身旁。他一边发烟一边问:"哥儿几个,有个麻烦点儿的事儿,谁能帮帮忙?"

这几个司机,有人拿了烟,有人没拿。

其中一个人问道:"什么事儿?"

关宏宇笑道:"亲戚家有俩人,打算带孩子回一趟老家,搭个便车。"

几个司机面面相觑,都看着关宏宇,没吭声。

关宏宇笑了一下:"不瞒你们说,都是超生的,没户口。坐长途车要是被查了,不还得补交罚款吗?"

这些人还是面面相觑,而且神情显得有些戒备。另外一个人斜眼看着关宏宇,皮笑肉不笑地说道:"我说兄弟,上回你可不是这么说的。"

关宏宇皱眉:"上回?"

那个人朝小吃店的方向喊了句:"杨子!"

小吃店门口坐着的一个正在喝茶的中年人,应声走了过来,问:"怎么了?"

那个人朝关宏宇甩了下头,说:"这是不是你说的那个前两天划价儿的?"

杨子上前打量着关宏宇:"不是他,那是个老娘们儿。怎么了?"

那个人说:"弄不好他们一事儿的。这回这个换了个说法。"

杨子瞪着关宏宇:"什么说法啊?"

关宏宇似笑非笑地从兜里掏出耳麦戴上,上前一把捏住了杨子的肩膀:"我的说法不重要,你得好好跟我讲讲那老娘们儿的说法。"

周舒桐揉了揉眼睛,继续翻看桌上摊开的几页资料,手机开着功放,小高正在和她通话。

电话那头,小高说:"你给我的那个视频,发布地址是一个聊天网站。不出意外的话,他们是转发的,那家网站的公司登记备案地址在深圳,和你在武清查的事儿有关系吗?"

周舒桐问:"那原视频的发布地址能找到吗?"

小高哀号:"这我上哪儿找去?"

周舒桐想了想,拉过一张视频截图。截图上显示,虐杀罗秦犬的视频中,露出来的一只左手手腕上戴着一块黑红相间的运动型手表。她低声又问:"那块表,我发给你的那块表的照片……"

"哦,查了。"小高说,"是个非常小众的手工品牌,叫法穆兰,这是它和登山户外品牌 La Sportiva 合作推出的限定款,型号是一长串字母和数字,其中有'八八四八'四个数字。之所以用'八八四八',既代表珠穆朗玛峰的高度,也是因为全世界只生产了八千八百四十八块,单块售价将近一千五百万。当然,如果这变态愿意花一万多块钱买只狗杀着玩儿,戴块儿一千多万的表也就不算奇怪了。"

周舒桐又问:"既然是手工的限定款,那是不是可以通过厂商对购买者的备案登记查出一个筛选范围?"

"你这是给我考试来了啊?"小高苦笑,"开什么玩笑?我都不知道这个厂商在哪儿,更不知道该怎么联系他们。就算能联系到,人家凭什么给我提供?好,我大丰台支队法力无边,逼着人家提供了八千八百四十八个客户信息,我敢说这些信息里一半在中东,还一半就在中国。这明摆着是人傻钱多限定款嘛。你需要排查四千个中国土豪。别说四千,你能敲开其中四十家的门,都算你命好。"

周舒桐失望地暗自叹了口气,嘴里念叨着:"一定还能找出什么线索……"

小高没忍住,低声说:"这位小姐姐,为了找几只失窃的狗,你也算是拼了。但是我建议你适可而止。周队虽然不会真的以为你是跑去天津吃包子了,但支队这边都忙翻了天,你还在外面放风筝。你自己琢磨这合适吗?"

周舒桐小声说:"高哥,不是我放着正事儿不做。发回去的视频你也看到了,这种残忍虐杀小动物的行为往往显示出实施者固有的暴力倾向,同时预示着他很可能是某种潜在的暴力罪犯,甚至不排除他已经实施过暴力犯罪。"

小高叹了口气:"就算真是这样,你现在不也查不下去了吗?赶紧回来,把情况报给周队和施局,看他们是觉得有跟进的价值,还是安排你先忙活眼下的案子。你自己一个人跟那儿晃悠,也没意义啊。"

周舒桐低头不说话了。这时,一名服务员走到桌旁,把一碟包子放到桌上,对周舒桐说:"您的二两三鲜包子。"

那头的小高沉默了一会儿,发出一声由衷的感慨:"勇士!你还真吃包子去了……"

05

周舒桐此等壮举,瞒天瞒地都瞒不过了。周巡边开车边对着电话咆哮:"我说'立刻归队'指的就是你应该在半个小时之内坐上随便什么交通工具,最多一个半小时之后出现在我面前!这四个字儿有那么难理解吗……甭跟我打马虎眼!我听人说你还私下找技术队的小高帮你查这查那……"

说着,他瞟了眼坐在副驾驶席上的赵茜,赵茜立刻身体坐正,眼观鼻,鼻观心。

周巡骂骂咧咧地继续:"什么潜在暴力罪犯!现在全队、全分局都在找两个孩子,两个摆明了被拐卖的孩子。周舒桐,你要觉得在这么重要的事情上有你不多、没你不少的话,就别占着一个人员编制!今天之内,要么出现在我面前,要么永远别出现在我面前!"

他说完,气呼呼地把电话挂断了。

坐在后排的关宏宇不动声色地说:"话也别说这么过。老刘的闺女,你还真好意思开了她?"

周巡从倒车镜里瞪了他一眼:"甭甩片儿汤话!我还跟你说,这小姑娘就是因为老跟着你,现在连队领导的命令都不听。人人要都这样,支队就可以解散了。"

"我这不也是怕她沾上太多坏毛病,才让你把她下放到探组去锻炼一阵子——"

周巡打断他:"沉晚了!我现在怎么觉得,除了你,谁跟她说话都不好使了?"

关宏宇沉默了会儿,还是决定先岔开话题:"行了,眼下的事儿确实有她没她都一样。小赵,定位有进展了吗?"

赵茜盯着笔记本电脑的屏幕:"目前还没有,其他几组人也还没有发现。"

周巡微微侧过头:"我说老关,这人贩子万一给那姓杨的留的手机号是假的怎么办?咱们好几组人,围着各个基站点转悠半天,别到时候压根儿不存在这么个号儿,可就恶心了。"

关宏宇略一思忖,似乎觉得也有道理:"那……"

赵茜回过头,等着关宏宇的进一步指示。

关宏宇咬咬牙,点了下头。

赵茜拿起手机拨通电话:"汪哥,关队指示,让他打电话吧。"

周巡同时拿起步话机:"各巡查信号基站的探组注意,即将和嫌疑人进行通话,密切关注信号搜索的动向。"

审讯室里的小汪接到指令,迅速把连接好监听装置的手机递给集散中心的那个杨子,叮嘱道:"电话通了就好好说,尽量拖延时间,但也别让对方察觉出你在拖延时间,听得懂吗?"

杨子慌忙点点头,旋即低声说道:"那我要是能配合你们——"

小汪打断他:"甭废话,赶紧打!"

杨子不敢再多说,忙拨通电话。

手机响了几声之后,电话接通了。对面有个女人接起来,带着鼻音说:"喂?"

"喂,我是杨子,就是头两天咱俩在黄亦路那边儿谈过活儿的那个。你记得吧?"

女人"啊"了一声:"你想好了?"

"我想了,你看这样行不行?咱俩各退半步,还是两千一位,小孩儿不算人头,这就够可以的了吧?"

女人咕哝了句:"那也六千呢。我不跟你说了吗,最多四千。我没工夫跟你在电话里砍价儿。你不干,有的是人乐意干。"

杨子忙说:"哎,姐们儿!别急啊,咱凡事儿不都有个商量吗……"

同一时间,周巡面前的无线电传出报告声:"四组发现信号。"

坐在副驾驶上的赵茜说:"我这儿也有。"她一边敲打着键盘一边继续说,"应该就在咱们和四组巡视的两个基站之间。"

周巡从倒车镜里看看关宏宇,后者朝他点点头。

周巡会意,立刻拿起步话机:"所有备勤人员,迅速向一组和四组的方向靠拢。赵茜,通知巡查和特警。"

武清火车站的候车大厅里人来人往,人声嘈杂。周舒桐手里攥着车票,坐在候车大厅的椅子上,等待检票进站。周巡发了话,武清是待不下去了。她垂头丧气地用手机打开宠物论坛,重新点进"两岁罗秦被虐杀!大家一起人肉这个畜生!"那个帖子,发现群情激愤,分析"凶手"的回帖已经十几页了。

周舒桐逐条看完回帖,大多是臆想与胡乱猜测,没什么有价值的内容。

她想了想,用自己注册的号跟在下面发了条帖子。

关老师的小跟班:据说这只罗秦宝宝是从武清的赛利亚宠物

店买走的,但是凶手留的姓名、电话和地址全是假的。

发出帖子后,没过多会儿,就有网友继续跟帖。

网友A:那要这么说,凶手肯定住在武清吧!

网友B:也可能是天津其他地方或廊坊的呢?

网友C:我觉得没准儿是北京的,北京那边好多人图便宜,都来武清买狗。

网友D:那他是怎么来买的?开车来买的?

网友E:长途车不许带宠物,但是火车应该可以。

网友F:火车上能带狗吗?我怎么没见到过?

周舒桐的目光定住了,她反复地看最后几段话,正巧广播里传来通知旅客检票进站的声音。

她看了看进站口,又看了看手里的车票,纠结了片刻后毅然把车票塞进口袋,走向问询台,问里面的服务人员:"您好,我有只狗想运回北京。请问需要什么手续吗?"

服务人员把一张纸递给她,说道:"上面有宠物托运的流程,按这个办理就行。"

周舒桐默念着纸上的流程规定,瞬间明白了什么,抬头问道:"按照这个流程办好检疫手续后,是不是托运的宠物在咱们这里都会有登记备案呀?"

服务人员疑惑地看着她:"你问这个干什么?"

周舒桐动作熟稔地亮出证件:"是不是?"

服务人员吓了一跳,忙点头:"是,有备案的。"

周舒桐轻声说道:"麻烦你,带我见一下你们的负责人。"

傍晚的南苑机场里,关宏宇站在机场的围栏旁,看着不远处几栋破旧的灰色二层简易楼——手机的信号定位就在这栋楼里。周巡一边检查着腰间的手枪,一边走过来,低声说道:"大部分探组都已经过来了,我让他们藏好。巡查和特警十分钟内就会赶到。"

赵茜和另外一名刑警从简易楼的方向跑过来,小声说:"我去了居委会,三栋二〇二是四个江西人合租的,各自都带着孩子。照他们的说法,这边都是务工人员临时租住的,也就没太在意带不带孩子或是一家三口人齐不齐。"

说着,她又递过来一张纸:"这是那四个租户的登记信息。"

关宏宇拿到手里,周巡也凑过来看。

周巡说:"这个叫张艳玲的是不是那女的……我是说那个嫌疑人。"

关宏宇冷哼一声,把手上的纸甩给他:"敢不敢赌一块钱,等展开围捕的时候,这四个人见着警察都会跑。"

简易楼里,那个叫张艳玲的女人拿着几件换洗衣服正往回走,手机不停地响,她不耐烦地接通电话:"谁呀?"

电话那头一个陌生的男声说道:"你现在往左看。"

张艳玲皱起眉头,不自觉地从二楼的围栏往左看,一百多米外,正是关宏宇和周巡等人站着的地方。她不认识这些人,但本能地觉得恐惧,压低了声音问:"你到底是谁?"

"看见围栏外面站的那三男一女了吗?"对方冷淡而不带任何情绪地说,"是来抓你的警察。在他们南北两侧还埋伏着好几十人,等人到齐了,就包你的饺子。据我所知,你们这院的西边还没被封锁。我估计还剩下几分钟,要跑就趁早。"

说完，电话便挂断了。

张艳玲的瞳孔猛地收缩，手也开始颤抖。

不远处的楼房走廊里，"娃娃脸"挂断了电话，哼着歌慢慢下楼。

赵茜一直观察着简易楼的方向，这会儿也感到有点儿不对劲。她垂下头，向着对讲机说："二楼有个女的一直往这边看，咱们不会暴露了吧？"

另一名刑警看了看三栋的方向，不以为然地耸耸肩，没说话。

周巡放下手机。

"还有五分钟完成集结。"

张艳玲看着关、周等四人，表情变得越来越惊恐，手颤抖得越来越厉害。她忽然转身朝二〇二室奔去，连手上拿的衣服有一件掉在地上都没察觉。

关宏宇瞧见她这异常的举动，脸色一变，对周巡说："没准儿真的暴露了。让各探组立刻实施封锁，咱们现在就进场。"

说着，他指了下另外一名刑警："你，跟我来。"

周巡刚想说什么，关宏宇回头对他说："你留在这儿指挥行动。我能应付。"

周巡略一沉吟，朝另一名刑警打了个响指，拍了拍腰上。

刑警会意，勒了下衣服的下摆，露出配枪的形状，然后跟着关宏宇大步朝简易楼跑去。

* * *

晚上七点十八分。

关宏宇势在必得地上楼，周巡焦急地守在外围，"娃娃脸"则坐在楼道里玩手机。夜色里，在这场计划好的围捕之中，最后一个变数终于浮出水面。

一个穿着皮衣、戴着口罩和棒球帽的男人边接听电话边走上楼梯，皮衣泛着油光，正是关宏宇在地铁监控里看了无数遍的那一件。这人拾级而上，以悠闲的语气讲着电话："住这儿的人都没有身份证备案，也不知道那几个家伙长什么样。不过无所谓了，只要我进门看到有超过八岁的，都杀光就是了……你想得太多了。"

他挂掉电话，继续往楼上走，右手无意识地在左手手背上轻轻地敲击着。

"实现正义，总是需要付出一点儿代价的。"

陆 影随他动

01

一场夜色中的多方追击战终于拉开帷幕。

张艳玲等三人慌不择路从楼上跑下来,在楼梯口正撞上关宏宇和另一名刑警。双方猛地打了个照面,彼此都愣了愣。

刑警拔出配枪喝道:"别动!警察!"

三名嫌疑人吓得魂飞魄散,扭头就往上跑。同一时间关宏宇一言不发,上前两步,从下面及时抓住一名男嫌疑人的脚踝,直接把他从楼梯上拽了下来。他回头吼:"喊有什么用?铐上啊!"

刑警慌忙蹲下来铐人,关宏宇已经一阵风似的从他身边经过,在一二楼之间的楼梯拐角处追上了张艳玲的另一名同伙,毫不客气地将他的手臂扭过来压在墙上。

张艳玲反应还算快,头也不回地抛下同伴继续往楼上跑。前方二楼楼梯口忽然有人影一晃,是个穿着皮夹克、神色冷峻的男人。张艳玲一看上面也有人,以为也是警察,情急之下顾不上许多,翻过栏杆,从一二楼之间的楼梯直接跳到了三栋的西侧。

上方的"皮夹克"一抖腕子,反手亮出一把小猎刀,正要追过去,突然留意到转角处的关宏宇。关宏宇正把那名男同伙压制得牢牢的,却没看到楼上张艳玲和"皮夹克"的动静。

"皮夹克"看了看被关宏宇拦住的楼道,又看了眼张艳玲逃跑的方向,后退两步,闪身到了墙后。

大批刑警包围了小区。周巡带着人冲向三栋,将两名同伙制伏移交后,和关宏宇一起冲上二楼。

二〇二的门仍旧紧闭,一名刑警上前拧了下门,门没开。他冲后面喊:"撞门锤呢?"

周巡将他扒拉开,上去胡噜了一把门,后撤一步,毫不客气地一脚就踹了上去。

门应声而开,里面传来小孩儿的哭闹声。

周巡立刻对周围的人喊:"枪口放低!"

公安人员鱼贯而入。

不一会儿,屋里传来特警的声音:"就三个孩子,没别人了!"

关宏宇略微放下心来,拍了下身旁的刑警:"跑了一个,追!"

两人顺楼梯下到一楼,穿到三栋的西侧,朝西追去。

天色已经渐渐暗下来,一片警笛声中,张艳玲慌不择路,逃进马路旁一人多深的缓坡夹沟。没跑多远,她听到后面有声音,回头一看,那个"皮夹克"竟然一路跟了过来,从容地跃下夹沟,不紧不慢地追上了她。

张艳玲惊恐万分,转身就跑,没跑两步,又被个娃娃脸青年拦住了去路。这人将右手伸进左手的袖口,也不知道是拽住了什么东西。他的目光越过张艳玲，有些困惑地对上了后面追上来的"皮夹克"。

后有追兵，前有堵截，张艳玲彻底崩溃，吓得瘫坐到了地上。

"皮夹克"看到"娃娃脸"，也愣了愣。

两人对视了片刻，"娃娃脸"的表情突然放松下来，低声说："你不是。"

"皮夹克"冷冷地盯着对方，一句话都没说。

"娃娃脸"缓缓地逼近皮夹克，边走边轻声细语地说："你不是我们的人。上面会派来做事的，不可能不认识我。"

这个时候他距离"皮夹克"已经很近，藏在左手袖口里的手猛地抽了出来，钢弦以极快的速度朝"皮夹克"的脖子招呼。

"皮夹克"用手里的猎刀挂住钢弦，反手往怀里一带，"娃娃脸"被这个力道带了过来。"皮夹克"抬起左手，照着他脸上就是一肘。

"娃娃脸"反应也极快，左手撒开钢弦，回护面门。然而下一刻，"皮夹克"右手握着的猎刀又捅了过来。"娃娃脸"立刻撤步抽身，后退一步，同时右手撤回钢弦，把两头都握在同一只手里，当短鞭使。

战况胶着，"皮夹克"左扎右刺，"娃娃脸"左抽右挡。不消一刻，"娃娃脸"的外套左下摆就被划开了一个大口子，"皮夹克"的脸上也被钢弦抽出一道血印。

两人几乎同时意识到，这是遇到硬茬儿了。

似乎心有灵犀般，他们各自后退两步，沉默地打量着对方。

夹沟外的道路上，此刻传来了杂乱的脚步声。"皮夹克"和"娃娃脸"心照不宣地同时后撤几步，爬上沟渠另一侧，很快就不见了身影。

张艳玲目睹了这匪夷所思的一切，吓得完全站不起来，瘫在地上呜咽着。

手电筒的光照到她的身上——特警和刑警都到了。

武清火车站的货物装卸区内，周舒桐翻看着一沓动物运输的检疫登记清单，问道："确定没见过？应该就是差不多一个月前的事。"

旁边一名负责人手里拿着迷你罗秦犬的图片，又仔细看了会儿，无奈地摇头："没有。我印象中没见过这种狗跟车或托运。这个流程其实挺麻烦的，大部分人都不知道有这么个服务，会这么做的人挺少的，我不大可能记错。"

周舒桐把手上的清单还给他，想了想，又问："那有没有可能这种小型犬，旅客能带上客运车厢呢？"

"现在都是封闭车厢。"负责人说，"车厢里绝对不允许带的，肯定要托运啊。"

周舒桐听完，表情略有些复杂。

她从装卸区出来，习惯性打开手机，又回到那个宠物论坛，想了想，在原先那个人肉帖子下面回复。

关老师的小跟班：火车站没有罗秦宝宝的托运备案，如果凶手不是自驾车的话，他人就一定在武清。

"少了一个？你给我说清楚什么叫少了一个？怎么还会少了一个？"

一片警灯闪烁中，关宏宇和其他刑警押送着张艳玲回到简易楼小区,老远就看到人群中的施广陵,听到了他咆哮的声音。

关宏宇心头一跳,忙上前几步,叫道:"施局!"

施广陵和周巡一起回头看他,脸色都很凝重。周巡说:"二〇二一共救出三个孩子,包括刚被诱拐的裴昕,另外两个孩子的身份在确认中。从初步沟通来看,他们可能是别的辖区被诱拐的儿童。"

关宏宇抓住了重点,脸色立刻变了:"姚飞呢?"

周巡拉开依维柯警车的门,里面是铐着的三名犯罪嫌疑人。关宏宇一弓腰上了车,周巡看了看站在后面的施广陵,示意他:"领导,您是不是回避一下?"

施广陵怒气冲冲地叉着腰:"不用,我就跟这儿看着!你们俩该怎么施展怎么施展。"

周巡听完,咬了咬牙,正要上车,关宏宇伸手拦住他:"你也看着吧。我没有公安身份,比你们方便。"

他说着,从依维柯警车后面的工具箱里翻了翻,拿出一卷电工胶带,扫视一圈三名嫌疑人,冷冷地说道:"现在有个机会,但是是抢答题。你们当中只有一个人能享受从轻处罚的优待。"

他盯着第一名男嫌疑人问:"那个姚飞在哪儿?就是那个三岁的男孩儿,你们把他藏哪儿了?"

男嫌疑人哆哆嗦嗦地说道:"您听我说,这事儿——"

不等他说完这句话,关宏宇面无表情地直接扯下一截胶带,封在了他嘴上,然后手上一用力,将他推倒在座位上,冷冷地说道:"答错了。不好意思,你没机会了。"

他转向第二名男嫌疑人,语气平淡,但听起来让人觉得有点儿毛骨悚然:"还是刚才那个问题。到你了。"

第二名男嫌疑人惊疑不定地开口:"我真的不是很清楚啊!

但应该是隋波把他——"

关宏宇也没说话,"咔啦"一声扯下了第二截胶带。

张艳玲这时候尖着嗓子插了进来:"这事儿我知道!我知道的!是波哥……是隋波说联系上一个买主,已经把孩子带过去了!"

关宏宇扭头盯着张艳玲:"带哪儿去了?"

"是那个哪儿……我有地址,我有地址!"

她抢答得快,第二名男嫌疑人不满了,骂骂咧咧地吼道:"你个死娘们儿!公安大哥,这可是我先说的……"

关宏宇一抬手,用胶带干脆利落地封住了他的嘴,转过头来,对张艳玲笑了笑:"把地点给我标清楚了。标得不对或者不清楚,你知道会有什么后果吧?"

周舒桐这会儿孤零零地坐在候车大厅的椅子上,正拿手机继续在论坛人肉帖下面跟帖。

关老师的小跟班:有没有谁知道,武清的富豪都有谁?凶手右腕戴的那块表好像很贵重,得一千多万呢,这有可能显示出他是个左撇子。

有钱人的怪癖大概是所有人的兴趣点,她这么一问,下面的评论区顿时热闹了起来。网友们东一嘴西一嘴,开始激烈地讨论。

这时,一条短信蹦出来,周舒桐点开一看,是小高发来的。

小高:你回来没有?周队已经怒了,你再不出现,连我都得跟着倒霉。拜托啊,我的小姑奶奶!

她无奈地叹了口气,放下手机,正巧有个男人牵着个小男孩儿从她面前经过。小男孩儿的样子略显脏乱,手里拿着个纸杯蛋糕,边啃边走。

周舒桐抬眼看到,有些放松地笑了下,偷偷朝小男孩儿挥了挥手。小男孩儿瞪着大眼睛看周舒桐,没说话,也没什么反应。

周舒桐的目光垂落,忽然注意到,牵着小男孩儿的那个男人的白衬衫左手袖口上似乎有一点儿暗红色的污渍。出于职业本能,她的眉头微微皱了起来。

这时候手机又响了一声,她低头一看,小高又发来一条信息。

小高:等等啊。你要是还在武清,没准儿就不用回来了。周队他们好像正要带人过去。

来武清?

周舒桐也愣了。

02

关宏宇回到小仓库的时候天色已然全黑。这一整天,他从头到脚可谓一脑门子的官司,心事重重地跑到里面换衣服,换到一半觉得外面饭食的香气实在浓郁得过分,探头出来一看,不由得气结。

人都在,关宏峰、杨继文和朴森围着个圆桌正摆碗筷,刘音从仓库后面端来一锅刚熬好的粥放下。大家其乐融融,似乎谁都没那个闲工夫分点儿神留意他。

关宏宇心里颇不是滋味:"你们跟这儿倒是把小日子过起来了。"

"红火着呢。"刘音听明白了他肚子里的酸意,笑道,"你打不过的,加入不?"

关宏宇哼了一声说:"谁跟你们玩儿?我还得赶紧跟队里去趟武清。崔大虎呢?"

正说着,崔虎乐颠颠地从卫生间方向跑过来,手上还拎着一个大号的饭勺。看到关宏宇,他欢快的表情顿时凝固,愣了一秒,小声问:"呃……案、案子结、结啦?"

关宏宇没好气儿地瞪着他。

崔虎看了看饭桌的方向,又看了看关宏宇,小心翼翼地说:"那……一、一块儿吃、吃、吃饭呗?"

这伙人……简直叫人胸闷气短。关宏宇深吸两口气平复心情,正巧手机响了,他连忙接通电话:"半小时之内我就到,你那边儿跨省持枪的报告批下来了吗?"

周巡在那头说道:"已经催部里面特事特办了。我联系了武清区的分局,如果头十二点出京的持枪许可没批下来,咱们带几个人先过去,那边的支队同行儿会提供支援。其余携枪探组和特警等批文儿下来再过去。"

关宏宇点点头:"成,知道了。"

周巡又说:"等等,跟你说个事儿。这小周可还没回来呢,小高说发信息她也不回,刚打了电话她也没接。"

关宏宇没好气地说道:"不回就不回,反正咱们要过去,把她拎回来不就完了吗?"

"不是。你想啊,之前我可撂了话,让她今天晚上必须回来。她要是非要抗命,等回头,大家可都没台阶下了。"

关宏宇略一思忖:"那你什么意思?"

周巡叹了口气:"你给打个电话吧。你好歹算是她师父,没准儿比我说话好使。"

关宏宇不耐烦地叹了口气:"我试试。"

他挂了这头,继续一边换衣服一边拨通周舒桐的电话。

很快,电话接通了。

坐在饭桌旁喝粥的关宏峰有意无意地瞟着他这边,只听关宏宇对着电话说:"小周,你怎么搞的……啊,你说……我知道……不是让你去找一批违法倒卖的宠物犬吗……什么?三只不同类型的犬种被同一个匿名买家买走?那又怎么样……一只罗秦犬被虐杀?信息来源是什么……我……你从个宠物论坛上看了个人肉帖,怎么就敢确定和失窃的宠物犬是同一只呢……跟网上那群愚民有什么可讨论的……不是……你是说在武清的宠物论坛里看到了一个虐杀罗秦犬的帖子——对,视频还是被转发的链接——你就能断定杀狗的和买走失窃宠物犬的是同一个人,这个人还有重大的犯罪嫌疑,甚至有潜在的暴力犯罪倾向。而这一切就是你拒不执行周巡命令,到现在还不归队的理由,是吗?这都什么逻辑……你等等!"

他换好衣服,一边讲着电话一边匆匆离开了仓库。

关宏峰收回目光,放下筷子,拿起手机。

刘音看见,低声说了句:"吃饭就吃饭,什么事这么急?"

关宏峰随意"嗯"了一声,手上却还是没停。

刘音撇撇嘴,自顾自低头吃饭,不理他了。

那头周舒桐挂断电话,揉了揉眼睛,心里小声地叹了口气。晚上十一点多,回北京的末班车已经离开,她想了想,最后还是出了站,拦下一辆出租车。坐在后座上,她仍旧下意识地刷着论坛的回帖,看得累了,就抬头看看车外。

夜色已经很黑,没有星光但有路灯,她看到指着"北京方向"的路牌，总觉得有些怅然。等她再次低头看论坛回帖的时候，发现最下面多了一条回复。

她点开发帖用户的信息，是个刚注册的初级会员。

和光同尘：我觉得凶手弄不好是在塘沽附近拍的这个视频。

周舒桐心头一动，快速打字回复：为什么会觉得凶手在塘沽呢？

她等了片刻，新的回复跳了出来。

和光同尘：出现在视频上那只手戴着的手表，好像是法穆兰的户外合作款。如果那块手表上的显示没有经过刻意伪装的话，视频拍摄的时间应该是二月九日。天气预报显示，二月九日整个华北地区普降雨夹雪，内陆的平均气压在一千到一千一百百帕之间，而那块手表上的气压显示是七百三十多百帕。造成这种差异的原因有很多种，最简单的就是视频拍摄时戴表人所处的位置临近港口或海湾。如果以武清为中心向外辐射，这么看来，塘沽似乎是最近也最符合这个条件的地方。

周舒桐反复阅读这条跟帖，思考着其中的合理性。她看了看手机上显示的时间，已经将近午夜十二点了。

显而易见，关宏峰、周巡，本来她最寄予厚望的两个人，没有一个支持她的行动。其实对于这一切她都是有预料的。他们想要她回去，是期望她在别的事情上发挥关键作用吗？不是的，这点她心里很清楚。儿童失踪案的重要性她明白，但在这里、现在，她的直觉告诉她，不能放过手里的这条线索。

极短暂的思想斗争后，她从后面敲了敲驾驶席的防暴玻璃，轻声说："师傅，下高速掉头吧。不去北京了。

"去塘沽。"

* * *

周舒桐的那辆出租车与她的两位上司兼老师的车驾擦身而过。

关宏宇和周巡最后还是没来得及等到跨省持枪的批文下来，时间太紧张。从预审那边得到的消息来看，张艳玲等三人目前招认了七起儿童拐卖案，涉及全市四个辖区。总队已正式成立专案组，准备直接接管案件调查。周巡他们刚才得到指示，眼下失踪儿童的安全是第一位，要求他们几辆车先过去救人，能不能抓到隋波甚至都在其次。

技术部对这个叫隋波的手机进行定位，显示在京杭运河公路桥附近，武清支队的刑警们也来支援，七八辆警车围在周边，二十来个人散入黑暗中。

运河这边空旷，空间极大，又已经是这个时候，视野极差，搜索效果并不好。几个小时下来，隋波的鬼影子都没见到一个。

关宏宇坐在河边，轻声说："我看武清支队这边儿来了不少人，以你的考量，这些人手足够彻底封锁周围吗？"

周巡说："后半夜黑灯瞎火的，可能差点儿意思。不过刚才我听他说，巡查和治安的人也被他叫来帮忙，这会儿搞不好都已经到了。"

关宏宇"哦"了一声，拿起手机拨通电话："那就不怕打草惊蛇了。"

周巡被他吓了一跳："你、你打给谁？"

话音未落，黑暗中隐约传来手机的铃声。所有人条件反射地一激灵，停下了动作，两名武清刑警更是拔出了配枪。

几百米开外有一大片灌木丛，半人高，一个刑警缓慢地挪进去，用没有持枪的手拨开障碍物——一个男人面朝下趴在灌木丛中，一动不动。

男人的口袋里有隐约的亮光，手机铃声正是从这里传出来的。

周巡一言不发,打开手电,把人翻了过来,灯光照亮了这人的脸。

"隋波。"周巡铁青着脸摸了摸他的脖颈,"死了。"

关宏宇在他右边蹲下,垫着张纸巾从隋波的口袋里掏出还在响的手机,对周巡说:"把尸体翻回去吧。固定现场,通知法医队,叫那姓郜的小子马上出发!"

他说完站起身,望着空旷的河道。

周巡把尸体复位后,也站起身,两人对视一眼,都感受到了无力与无奈。

周巡说:"如果说隋波死在这里……"

关宏宇接下去:"那姚飞跑哪儿去了?"

周围警灯闪烁,灯火通明。武清的刑警已经彻底封锁现场,架起照灯,显然各方压力都很大。

马队长正在河岸边打电话发脾气:"现在有个三岁的男孩儿下落不明,赶紧调几只嗅探犬过来……什么?狗队的下班了?这要我教吗?把负责人给我叫起来!"

几名"蛙人"先后跳进运河里,展开了水下搜索。一辆京牌的警车开进现场,法医小徐和郜君然下了车——这小子一身运动服,光着小腿,泫然欲泣,和现场格格不入。

周巡皱起眉头,看着郜君然:"你就穿成这样出现场?"

由于上身只着短袖运动服,郜君然冻得哆哆嗦嗦:"我……我正在公园夜跑,接着电话还没来得及回去换衣服,就直接被……被挟持到这儿了。"

周巡哭笑不得,脱下外套往他怀里一塞:"赶紧干活!"

郜君然如获至宝，小心翼翼地把自己裹成了个球，和小徐走下河沿，来到隋波的尸体旁。他熟练地戴上手套，翻看隋波的眼睑，在尸体的皮肤上进行指压测试，又扒着领口检查隋波穿了几件衣服，最后拿出温度计看了眼河边的温度，语速极快地给出信息："死亡时间应该在昨晚七点半到八点之间。"

他解开隋波的上衣，简单看了下尸体分布在胸口及腹部的伤口："遭受利器戳刺。按说在解剖前不能确认这就是死因，但他这模样看着不像是脑溢血。持刀的人是个左撇子，身高比死者略高一点儿，不像是个杀人的老手，但下刀的时候应该很冷静。"

说着，他抬眼看向周巡和关宏宇："估计你们也知道，这儿不是第一现场，但第一现场肯定离这儿不远。"

关宏宇蹲下身，看着尸体上的伤口，低声说："没错，老手不可能捅这么多刀。但何以见得凶手实施谋杀的时候很冷静呢？"

郜君然抬起头，目瞪口呆地看着他。

关宏宇没好气地说："干吗？"

郜君然回过神来，笑了笑："哦，我只是没想到大名鼎鼎的关队长能问出这种话。"

他说着，指了指尸体上的伤口："腹部的两个刀口杂乱无序，像是在凶杀伊始为了让死者丧失反抗能力匆忙下手的。而他左胸上的这三个刀口，角度基本一致，显然是凶手为了彻底了结被害人，第一刀和第二刀、第二刀和第三刀的间距几乎一样。而第三个开放性伤口，边缘撕裂和破损严重，显示凶手在刺入后还转动过刀。换句话说，这三刀是他为了给出致命一击做出的三次尝试。"

他指着最靠左的第一个伤口："第一刀。被害人应该还没有失去所有的生命体征,而凶手大概也认为自己没有扎中要害。"

他指着中间的第二个伤口:"这是第二刀。从位置、角度和出血情况判断,这一刀应该已经立时毙命了。估计是被害人的部分运动神经反射,让凶手误以为还是没扎中要害。于是他拔出刀来——"他说着,指向最右边的第三个伤口,"捅了最后一刀。这个刀口,明显比前两个刀口创面更大,而且自上而下……"

关宏宇沉吟道:"说明这一刀下去的时候,凶手和被害人可能同时倒在地上,致使刀身下挫,延展了伤口的下创面。"

郡君然点头:"同时,凶手为了确保被害人能死'透',还拧着刀柄转了转刀身。在实施近距离暴力犯罪时还能有心思一刀刀寻找要害部位,我说这个凶手很冷静,没错吧?"

关宏宇听完,斜眼去看周巡,发现周巡正满脸焦急地瞪着他。

周巡对郡君然说:"小郡,队里这两天在忙活什么案子你应该知道。死的这个,是跑到这儿企图进行交易的一个人贩子。现在不知道是谁——很有可能是买家杀了他,但是他带来的那个三岁男童下落不明。你如果能从这儿找到任何有助于寻找那个孩子的线索,赶紧说出来。"

郡君然愣愣地眨眨眼,接着无辜地摊手:"浩克哥,只要给我点儿时间,我能把这个人从生到死几乎所有的事儿都告诉你,跟他本人诈尸亲口对你说都差不了太多。至于失踪的孩子……没影儿的事儿,让我怎么推测?当然,如果回头发现了那个孩子的尸体,我一样可以把他从生到死的事儿告诉你。"

周巡一口老血闷在心口,但他知道这人就是天生情商低,讲这话并不是调侃,是百分之百的真诚。他深吸两口气,朝关宏宇递了刀子般的一眼,其含义复杂丰富,但总结来说,就是一句:"他娘的快疯了,你想办法啊!"

03

今天孤胆警探周舒桐的运气也不比她俩老上司好多少。她出来得匆忙,现金用完了,身上只有一张银行卡,半夜三更下车在塘沽找了个小旅馆,结果人家没有POS机,不能刷卡。

她心一横一咬牙,就近找了个派出所,谎称自己是奉命来办案的。

值班的老民警看她一个小姑娘,还很周到地给她泡了碗面,念叨:"大晚上的就派你这么个小闺女儿跑出来办案,你队里男的都怕黑是吗?办案就办案,怎么不多带点儿钱啊?好嘛,忆苦思甜是吗?得了啊,今晚就在介儿踏踏实实地睡,床单我都给你换新的了。要还想吃面、火腿肠子嘛的就自己拿,别客气。我给你留个灯,待会儿我就去接待大厅待着。不怕你避讳啊,我孩子都比你大,我是值班的时候习惯开着灯看看杂志嘛的。人哪,上岁数了就觉少,不服老不行啊……"

身后传来轻轻的鼾声。

老民警一回头,见姑娘趴在桌子上,已经睡着了。

关宏宇把所有资料传过来的时候,关宏峰正在陪朴森下棋。

朴森看不见也听不见,关宏峰每下一子,都要拉着他的手,摸到要下的棋子上,再放到棋盘相应的位置。

崔虎小声说:"我这边都收到了,关……关队,你过来看看不?"

关宏峰点点头站起来,问:"谁陪老朴下会儿棋?"

杨继文苦笑:"我臭棋篓子,算了吧,别气着老朴。"

"不会下。"刘音翻了个白眼,"你说下哪儿,我给你摆。"

她一屁股在朴森对面的椅子上坐下来,想了想没忍住,说道:"你们兄弟俩烦死了,一对神经病。"

关宏峰叹了口气,接过崔虎递来的U盘,用笔记本电脑打开。

"我们所有的推论,都是建立在一个基础上,即假定杀死隋波的凶手、失踪儿童的买家以及带走失踪儿童的人是同一个人。那么无论从哪个角度入手,我们都在围绕同一个目标拼凑线索……

"根据赵茜和小高对隋波手机的调查结果,在隋波的手机里并没有发现任何和买家联系的记录,可以推测他们很可能是通过其他联络形式进行洽商……人口贩卖,尤其是儿童贩卖,存在一些所谓的隐形渠道,譬如民政部门的领养系统,很多不法分子会在类似的地方找论坛或留言板发布一些似是而非的广告信息……"

他的电脑显示器上,正是民政部门的领养网页。鼠标箭头点开留言区后,发现果然有人在上面留下一些孤儿领养的广告,联系方式是一个QQ号。

"有了QQ号,我们可以尝试进行暴力破解,从而调出这个号码的联系记录……接下来的很多事情,要靠崔虎了。"

崔虎精神一振。十几分钟后,黑客软件破解了发布儿童领养广告的QQ号,调出了所有的聊天记录。

崔虎激动地说道:"有了!三岁,晚上八点,京杭运河桥下。这是交易信息!"

关宏峰轻声说:"一旦能够确认隋波和买家的网络联络信息,我们也就得到了买家的QQ账号。这个时候我们照猫画虎,去暴力破解买家账号,可能意义不大。因为如果对方是个有反侦查意识的人，他很可能用的是一个临时注册的账号，用完即弃，他本人不会再登录这个号了……"

"那么，我们就不得不花一点儿时间对账户的密码进行软破解，也就是说，我们必须想办法取得这个账号注册时使用的原始密码。当然，联系通讯软件公司取得原始密码不失为一个办法，但这就涉及一些司法行政程序的审批，可能会耽误时间……"

"只要成功获得原始密码，我们就可以开始'撞库'。通常情况下，'撞库'是使用相同账号去各类社交软件平台，通过程序比对，筛选出同一个人的多个账号。目前这种情况看上去并不适用，可我们不是在用账号'撞库'，而是密码。作为一种记忆习惯，很多人也许会在不同的软件注册时使用不同的用户名称，但密码会是相同的……"

电脑屏幕上，崔虎把破解出来的密码导进数据库，开始运算搜索。

"从破解出的买家账号密码来看，这里面包含了大写字母、小写字母、数字和特殊符号。我们很幸运，这是一个高强度密码，也很可能是那个买家常用的密码……"

崔虎把破解出来的密码导进数据库，继续运算搜索。

"不只是QQ，现代人的生活很难摆脱网络。外卖软件，交友软件，聊天工具，工作邮箱……我们迟早能'撞开'一个或多个买家的注册账号……"

随着数据库的运算，各类窗口不停弹出，有大众点评的，有外卖软件的，有购物网站的……

"一个人使用网络难免展现出自己生活的方式，甚至他对网络的使用本身就已经向我们透露出许多信息。通过这一切，我们能还原出这个人的性别、年龄、职业、工作或居住地点、家庭背景。"

在电脑上，通过破解的各个账号，调出了一些买家发布的生活照片。从外卖软件上，可以确定他叫外卖的地点半径和送达地址。还有购物软件的寄送信息……

一个人自以为隐秘的全部生活，被一层层毫不留情地剥开。

关宏峰低头看着这些照片，指导刘音落下最后一子，略显疲倦地呼出一口气，轻声说："找到你了。"

几分钟后，关宏宇的手机收到了崔虎发来的短信。

男性，二十七岁，城际特快的列车工作人员，单身，而且是单亲家庭……家庭地址是……

周舒桐在派出所扎扎实实睡了一觉，对那位派出所老民警再三致谢后，离开了派出所。临走时，老民警还塞给她两百块钱，再三嘱咐出门还是要带现金。周舒桐实在推却不了，怀着复杂的心情收下了钱。

她沿着大街信步溜达到洋货市场附近，瞧见路边有早餐铺，就停下来买了个煎饼果子。

清晨，路上的人还不多，她啃着煎饼果子在洋货市场门口晃悠了会儿，觉得这里和北京还是挺不一样的。有的摊位已经开张了，有的还没。其中有一家刚开门的手表摊位，她好奇地过去看了眼，柜台里放着各种仿制的名贵表款。她最近对手表实在有点儿敏感，百无聊赖地来回看，居然真在一堆金灿灿银闪闪的表中间找到了那块法穆兰的限定款。

店主一直在观察她，这会儿顺着她的目光凑上来说："怎么着，姐姐，看表啊？你真有眼光，介是刚到的，全世界限量，就八块，原价得好几十万！咱介都是外面倒进来的，一千二。跟你说啊，也就是看你来这么早……"

周舒桐左右思忖，心思完全不在这儿，末了，只心不在焉地说了句："我身上一共就两百块钱……"

摊主说："太少了点儿。你看，要不要再加点儿？之前那兄弟买介块表的时候我都没给出介价，一千二，一分钱都没少。"

周舒桐警觉地抬起头："哪个'兄弟'？"

摊主有些狐疑地看着这个奇怪的姑娘，脸色也难看起来："就买表的呗。你到底买不买啊？"

周舒桐掏出两百块钱，扔在摊子上，问："不买表，就问你问题——你刚才说的那个在你这儿买表的人，什么时候来的？"

摊主接过钱，摩挲了几下，说道："得有俩仨月了吧。"

"认得吗？常客？"

"认是不认得，但老能在这附近见着。他好像就住北塘那片儿的小产权房，天天穿过市场买早点。刚才我还看见他买完早点往家走。"

周舒桐回头看了眼，朝北侧指了一下："是这个方向吗？"

"对，直着走，过俩红绿灯就到了。"

周舒桐不再和他多话，转身就跑，追到第一个十字路口，前后左右张望了一阵子，看到东边不远处有个人正拎着早点不紧不慢地走着。

是一个背影，周舒桐定定地望了几秒钟，觉得似乎有些眼熟。

绿灯亮起。

她穿过马路跟了上去，来到下一个路口人行道等红绿灯的时候，装作不经意地侧头看了一眼。

是个青年，白净，文弱，眯缝眼儿。她想了想，发现她确实见过——北京出来的火车上,那个被人踹了一脚的乘务员!

那人没瞧见她,径直往前走,周舒桐忙低下头。

第二个街口的绿灯亮了,他们随人流先后走过马路。

周舒桐没有上前,只是在不远不近的位置远远缀着这人。她有一种感觉,这个人,绝对、绝对不能跟丢。

04

"朴森"给的地址在金街附近的一个生活区,并不偏僻。半个多小时后,周巡等人以及当地的刑警和特警,已经包围了其中的一栋楼房。

关宏宇看着特警叮嘱去叫门的物业人员,慎重起见,还是对周巡说:"也许因为出自单亲家庭,据同事反映,这个宋严性格非常孤僻,周围人对他的了解很有限。不排除他可能会暴力抗法甚至持有凶器。你们千万小心。"

周巡点点头,和特警潜伏在物业人员身后,进了楼。

关宏宇站在楼门外,远远看着门上贴着的小广告,内心隐隐地觉得有哪里不对。一切似乎太过顺利了,这个嫌疑人,在这种人口密集的居民区藏匿一个小孩,好几天了,没有闹出任何动静……真的能做到吗?

他正苦思冥想的时候,手机响了。

是崔虎打来的。"找、找着人了吗?"

关宏宇低声说:"正准备实施抓捕和营救,周巡他们已经进去了。怎么了?"

"你……不是,是朴、朴森说……虽然外、外卖和网、网购物、物品大都是寄往这个地点,但如果仔、仔细看,他每、每次点的菜、菜品，品质和数量更像是给一个中、中、中老年人点的，而网购的商品也不太像一个二十多岁年、年轻人习、习惯用到的生、生活居家的物、物品……"

就在他们说话的时候，物业敲开了门。一个六十多岁的老太太打开门，没等他们说话，周巡就带人控制了老太太，冲进屋里。

崔虎那头话还没说完："从他大、大部分P、P、PC端登录网络账户的IP段，我还筛出了另外一个地址……"

关宏宇皱眉："他们家名下没有登记其他房产，是租的地方吗？"

"是个小、小产权房，建委没、没有登记。"

关宏宇看着从楼上下来、脸色铁青、显然一无所获的周巡，面色自然也沉了下来，郑重地问："那个地址在哪儿？立刻发给我。"

在北塘码头附近的周舒桐跟得很紧，但也很小心。他们穿过好几条马路，弯弯绕绕地来到了一片独栋小产权房社区。"眯缝眼"还有点儿反侦查意识，在社区门口附近停下来，回头四处看了看。周围空旷无人，周舒桐忙躲到社区门口的墙柱后隐藏。

那人瞧了半天，确定没人，便开门进了其中一户。

周舒桐立刻从墙后出来，围着房子转了半圈，脚步骤然停住了。窗台外面的落水台上，赫然放着两条宠物项圈。

她的眉头紧紧皱起来，不再犹豫，上前敲门。

没有人应门。

她伸手拧了拧门把手，门没锁。她一把推开门，没有立刻进去,而是在门口就掏出证件,冲里面喊:"警察!麻烦您出来一下!"

仍旧没人应声,但屋里隐约传来金属撞击的声音。

她小心翼翼地走进屋,穿过两个房间后,彻底愣住了。

她面前是个暗厅,没有窗,光线比较昏暗。墙角放着一个巨大的狗笼,不怎么新,样式也很普通,不普通的是里面装的东西。

不,不是东西。

是人。

一个三四岁的孩子坐在笼子里,低着头,瞧不见表情,手里拿着一个玩具,不停地扒拉笼子的栅栏,发出方才那种金属撞击声。

"啪!""啪!"

这情景实在太过匪夷所思,周舒桐瞳孔都微微收缩了一下。她想过这屋子的主人变态、有虐狗癖,但一个活生生的小孩出现在这里确实超出她的想象范围了。

她站在那儿,没有第一时间走向笼边,而是立刻回身。

一把闪着寒芒的小刀朝她原来站的位置捅了过来,她看见那张文秀的脸上、那熟悉的眯缝眼里,露出了恶狼般凶狠疯狂的目光。

周舒桐手上没有任何武器,几步就被逼到了屋子的角落,关键时刻她急中生智,在腰上摸了两下,从皮套里抽出手铐。等到对方再往前冲过来的时候,她抡起手铐,当链子锤使,一铐子抽在他的脸上,皮肉直接豁开了一个口子。

青年捂着脸惨叫一声,后退两步,再抬起头,周舒桐已经一个健步踏上来,把两个手铐的环儿都攥在手里,当指虎用。她一个勾拳打在他的肚子上,再接一个摆拳抡在他的耳根子上,差点儿把他的左耳刮掉。

眯缝眼青年满脸是血,彻底压抑不住狂躁的脾气,开始发了疯似的胡乱挥刀。

周舒桐找不到机会,在屋内闪转腾挪来到铁笼边,还不忘叮嘱关在里面的小男孩:"躲到里面去!"

这时,"眯缝眼"一刀朝周舒桐的肚子捅了过来。周舒桐往左边一让,对方握刀的手插进笼子缝儿里。周舒桐顺势照着他的胳膊就是一脚。刀掉在地上,男人疼得大叫一声。

周舒桐右手抡起铐子,再要打,被男人扑上来一把抱住,顶在了笼边。在极近的距离内,她完全施展不开动作,体重和力量都不占上风。她先是被男人撞得蒙了一下,随后脸上结结实实地挨了一拳。男人抓住她的头发,往回拽了半步,抬膝盖就顶。周舒桐双臂交叉,护住面部,右手攥着铐子,照裆上就是一拳。男人疼得弯腰,左手把周舒桐打了回去,随即上前抓住周舒桐的右手,往铁笼的栅栏上砸了两下。周舒桐手一松,手铐掉在地上。

他掐住周舒桐的脖子,把她翻身按在栅栏上。

周舒桐使劲挣了几下,没能挣开。

男人满脸是血,神情可怖地在她耳边骂道:"到处管闲事。好啊,来啊,我弄死你!"

情急之中,她看到他掉在笼子里的刀,朝笼子里的小男孩递了个眼色。那双亮晶晶的眼睛一直瞧着两人之间的打斗,小孩这会儿立刻爬过来两步,飞快地捡起刀,隔着笼子的栅栏递了过来。

周舒桐迅速握住,反手一刀扎在男人的大腿上!

男人捂着腿,惨叫着向后倒地,起身想去拔刀。周舒桐一脚踢在刀上，男人几乎疼晕过去。她从旁边绕了一步，又一脚踹在男人的头上，对方一下子被她蹬开了。

她反身打开笼子，拉起小男孩就往外跑。

她的脚步踉跄，孩子也跑得慢，没跑多远男人就追了出来。他龇牙咧嘴地拔下腿上的刀，一瘸一拐地追上来。

周舒桐咬咬牙，推了一把小孩的肩膀，吼道："跑！"

她自己转过身，拦在半路，从屋门外的院门口捡起一条拴狗的铁链，左手掏出手机，拨通了关宏峰的电话。眼看电话还没有接通，男人已经冲到近前，周舒桐索性把手机往旁边一扔，握住链子拉开架势，准备迎敌。

男人握着刀狠狠向她的胸口扎下。

掉在地上的电话显示正在拨号，而手机铃声突兀地从她身后响起，忽然一个人喝道："周舒桐！"

周舒桐下意识低头，关宏宇已与她错身而过，面无表情地一脚将对方手里的刀踹飞。在他身后，刑警和特警相继出现，把人按在地上，铐了起来。

这一切发生得实在太快，周舒桐在原地愣了好一阵儿。她向后看，跑出去的小孩已经被刑警保护好了，回过头，正在铐男人的那堆人里，居然还有老王、老张和老刘。

老王对周舒桐竖起了个大拇指："牛啊！原来你一直不肯回去，是周队和关队让你来查这案子啊！嘿！有这么重要的事儿，非瞒着我们几个，不仗义！"

周舒桐大脑有点儿宕机，回过头，一脸疑惑地看向关宏宇。

关宏宇脸色臭得要命，转过头去不敢看她。

05

崔虎挂断网络电话，步履匆匆地走到仓库后面，关宏峰老神在在，还在和朴森下他们那见了鬼的"聋瞎棋"。

看到崔虎出来，关宏峰头也没抬，轻轻将朴森的手放到棋盘上一点，仿佛很不经意地问："孩子救出来了吗？"

崔虎答道："救、救、救出来了，人也抓着了。好像说那个周、周舒桐也、也在现场。"

杨继文松了口气，拉起朴森另外一只手，开始比画。

大家紧绷的神经都放松下来，刘音扑哧一笑，对崔虎说："老崔能不能干点儿正事，给朴老爷子开发个什么劳什子机器，最好直接能读脑电波的，这沟通起来也太费劲了。"

关宏峰笑笑，拉着朴森的手，在棋盘上又走了一步。

朴森一愣，意识到自己被"将死"，笑了。

关宏宇隔着单向玻璃看着嫌疑人，一个长相普通，甚至外表有些文秀、羸弱的青年，轻声叹了口气："这是个典型的暴力形态逐步升级的犯罪人。他先通过虐杀小型、中型和大型犬来体验杀戮快感。当虐杀动物没法满足他的时候，他就去买了个孩子。隋波大概是在交易过程中感觉出什么不对劲的地方，按照宋严本人的招供，隋波突然提出终止交易，他恼怒之下干脆杀了隋波，劫走了孩子……借助乘务员的便利，他可以私自携带宠物犬甚至那个孩子往返于武清和塘沽。"

正说着，周巡的手机响了。他白了眼关宏宇，不冷不热地接了句："说白了，就是一个浮出水面的'潜在暴力犯罪分子'。你别说，咱们没她准。"

这个"她"是谁，周巡没明说。关宏宇脸色不太好看，没吭声——实在是不好意思吭声。

周巡不再刺他，接起了电话："验尸情况出来了吗……行，我正好要去技术队看监控，让小郁直接来二楼吧。"

关宏宇在后面追问："亚楠出院那事儿……"

周巡点头："放心吧，早安排好了。"

说着，他仿佛想到什么，压低了声音："你跟我交个底，这先后两次能确定宋严的住所，是谁帮的忙？是你哥吗？"

关宏宇还来不及回答，施广陵已经带着两名刑警推门进了屋。他看到关宏宇，走过来拍了下他的肩膀："救人及时，人赃并获。小关，我没看错你！干得好！"

关宏宇讪讪一笑。等到施广陵和两名刑警走到屋里后，他一转头，发现周巡没走，手插在口袋里，还在那儿望着他。

关宏宇耸了耸肩，颇有些不是滋味，拉着他一块往外走："你不是都听到了吗？领导说，这次'关宏峰'干得不错。不是有新案子吗？还不走，不看报告了吗？"

这回的死者是个在他们辖区里斗殴死掉的小年轻，不是多稀奇的事儿，周巡翻看完验尸报告后顺手递给了关宏宇。

听到尸体被发现的地点后，关宏宇的表情就一直有点儿僵硬。他接过报告，一边假装翻看一边侧头仔细听郜君然讲话。

"被勒死的尸体，我剖过不少。这个还真挺少见的。一开始我以为凶器是一根韧性非常好的细伞兵绳，但整个儿环形伤口里我都没找出任何织物纤维，再综合死者舌骨断裂的程度，凶器更有可能是一根金属线。"

周巡问："铁丝？钢丝？"

"琴弦一类的，钢弦吧。"郜君然回答。

关宏宇心头一跳。

这时，电脑旁的小高和赵茜调出监控视频，叫道："周队。"

周巡和关宏宇赶忙凑到电脑前，看到正在播放的监控视频。鑫源置业的门口，一个戴着兜帽的人走了进去。过了没多会儿，里面的灯灭了，又过了一阵子，灯亮了，戴着兜帽的人急匆匆跑了出去。

周巡皱眉："这就是主要嫌疑对象？糊成一片，也看不见脸啊。"

赵茜说："据现场参与斗殴的人讲，那个人脸上好像有道伤疤。"

周巡扭头看着关宏宇，顿时乐了："老关，那不用问，这肯定是你干的了？"

关宏宇皮笑肉不笑地说道："丰台支队最快破案记录，恭喜你啊。手铐呢？"

大家都跟着笑起来。

周巡继续盯着监控视频，嘴里叨咕着："现在房地产这么牛了吗？中介公司火拼，当是拍《古惑仔》啊？怎么还能闹出人命了，真是……"

关宏宇暗自倒吸了口凉气，摸了把脖子后面，一手的汗。

"小周。"

周舒桐抱着个脸盆走进宿舍，把生活用品一一放到自己的铺位上，还从脸盆里拿出三套崭新的洗漱用品，在老王、老张、老刘的位子上齐齐整整放好。

她摆好东西，这才慢条斯理地应了一声。

老刘也笑道："你这明明是下基层体验生活，还真打算赖着不走啦？"

周舒桐笑着从门后拿出个拖把来："对呀。周队有吩咐，在彻底规范好你们的个人卫生和环境卫生之前，你们是甩不掉我的。"

说着，她看也不看地从坐在一旁的老王嘴上抢走还没点着的烟，又抢过老张的饭盒，放到一边，对三个人说："打扫完屋子我请大家吃饭。之前说好的。"

她欢快地拎着抹布来到水房，一边打湿抹布，一边掏出手机打开宠物论坛上的人肉帖。

之前刚抓到人的时候她是真的兴奋，在原先那个论坛上发了个帖子。

关老师的小跟班：告诉大家个好消息，听说凶手已经被警察抓到了！那家伙好像还干了很多别的坏事，肯定是出不来了！

这会儿打开来看，回帖区网友们一片欢腾雀跃。

她往前倒，找到那个给她提供了指向塘沽关键线索的初级会员，发现那个会员显示在线。想了想，她给对方发了条论坛内的私信。

我是丰台公安的一名刑警，非常感谢你提供的推断和线索，使我们最终及时抓到了那名犯罪嫌疑人。虽然这里面也离不开我们同事的专业调查和尽职追捕，但我谨就你的协助，以个人名义表示感谢。真的、真的非常感谢！

发出这封私信后，她忐忑不安地看着那名初级会员的状态，似乎在期待着什么。

片刻之后，她收到了私信回复：不客气。

周舒桐想了想，快速回复：那名嫌疑人的反侦查能力还是很强的。估计他自己也没有想到，会因为手表上的气压显示而暴露自己。

对方回复：哦，总会有这种心理盲区的。

周舒桐回复：心理盲区？

对方回复：犯罪行为，尤其是暴力犯罪行为，会使人陷入一种非常特殊的情态中。它会提升行为人的一部分感知能力、思维能力、判断能力和行动能力，相对地，也会降低另一部分感知、思维、判断和行动能力。就好像一名犯罪分子，行凶或暴力抗法时会显得非常强悍，在逃跑的时候却有可能莫名其妙地被绊个跟头。这种矛盾的存在会由心理影响到生理机制变化，使得行为人总会出现盲区。他们会忽略遗漏一些可能暴露自己身份的痕迹，会做出一些看似在他们的思维中逻辑自洽，实则荒谬至极的判断。只要记住这一点，再结合"洛卡尔物质交换定律"，就总会发现蛛丝马迹。

周舒桐看罢，愣了好一会儿，回复道：您的说话方式特别像我们队一位刑侦专家。您也是做刑侦工作的吗？

对方的头像一闪，下线了。

关宏峰关闭论坛窗口，合上笔记本，抬起头。关宏宇站在他身前不远处，正在接电话。他瞟了关宏峰一眼，见关宏峰正看着他，忙闪开目光，装作专注地打电话："对，是我……这回的事儿涉及好几个辖区。之前考虑先救人为主，现在不那么紧迫了，市局已经把卷都收上去，根据评估情况重新指派后续的审讯环节……对，对，那交给你们了。"

* * *

同一时间，市局刑侦总队会议室。

路正刚和曲弦等人正在一名操作电脑的刑警身后盯着屏幕。屏幕上显示的是捷通汽修行门口的监控画面。

市局刑警把一份案卷放在办公桌上，低声说："丰台支队的赵茜送过来的。"

路正刚摆摆手，示意自己知道了。

曲弦看着捷通汽修行的招牌，问道："这就是那辆撞了佳音的奥迪车跑去维修的地方？"

"对。"路正刚低声说，"专案组的人循着交通和安防监控筛查了一个多星期，最终确定，那辆奥迪Q5被送到了这儿。不过，不是维修，他们似乎直接把那辆车拆了。"

曲弦一皱眉："是有组织的犯罪团伙吗？没拿下来问一问？"

"专案那边的意见是最好先不要打草惊蛇。不过你看这个。"

说着，他指着监控画面，画面中一个戴着帽子和口罩的男人来到捷通汽修行走访询问。路正刚说道："我们调了其他汽修行监控点的监控，这个人好像在挨家走访。不知道和咱们要查的是不是同一件事儿。"

曲弦盯着监控上的人，想了会儿，说："要说佳音的死，有两个人应该肯定不能释怀。一个是关宏峰，另一个是当过她'牧羊犬'的赵馨诚。"

路正刚微微点头，瞭着曲弦，沉吟道："那你觉得，这人像他们两人中的谁？"

高亚楠抱着孩子，一名刑警替她拎着大包小包，把她送回家里。

高亚楠想留下刑警喝杯茶,刑警谢绝后,下了楼。

他驾驶警车掉了个头,来到高亚楠家楼门对面一个隐蔽处,停下车。

刑警摇下车窗熄了火之后,拿起步话机说:"已经把高法医送回家了。你们那边儿别忘了时间啊。"

步话机那头,另一名刑警不解地问:"周队干吗非派咱们轮流在楼下守着呀?"

"好像说,是最近有什么人可能会找高法医麻烦。咱们也管不着这些事儿,有命令让咱们守着,咱们守着不就完了吗?你们晚上可别忘了到点儿过来人替我。"

另一名刑警说:"得嘞!放心。"

漫长的一天终于过去,数辆警车亮着警灯驶离丰台支队。

马路对面,一个穿着皮衣的男人站在那儿,面无表情地注视着那批警车。他正在同电话那头的人讲话,语速略有些快:"那些人贩子好像被转押到其他地方去了,也许是看守所,很难下手……不对,这次得到情报的时间太晚了,我和公安几乎同时到达现场,而且还有个身份不明的家伙出来搅局……你不明白,咱们这次失败了!到现在你还天真地以为公安是能实现正义的?记住,只有咱们亲手实现的正义,才是正义!"

他说完,挂断电话,盯着对面丰台支队的大门以及大门上方的警徽,最后留下一个心有不甘的眼神,转头走开了。

柒 蛮荒四月

01

一个寻常的早晨,穿过开阔的办公区和人来人往的公司员工,某个宽敞的总裁办公室里,一个男人靠在老板椅上,面朝着落地窗,轻声细语地在同人讲话。

他的声线低沉,但柔和、平静,像在说很平常的家事。

"不用了,你就算进现场也不见得能发现什么有价值的线索,何况还有被公安发现的风险。我让公司这边的人通过其他渠道多搜集一些情报。"

他顿了顿,又说道:"就你上次碰到的那个用钢弦的家伙,我也确实问出了一些小道消息。真名不知道,外号叫'娃娃'。如果中介公司那个人也是被勒杀的话……你等我消息吧,我这边把所有人都撒出去。"

他挂掉电话,似乎心情不错,打开邮箱,哼着歌开始浏览邮件,右手无意识地在桌上轻轻地敲击着。他显然是个很考究的人,身后的衣橱里整齐地悬挂着备用的西装与日常服装,角落里还扔着一件略显突兀的皮夹克。

* * *

主观上，关宏宇并不想过多地接触丰台支队以外的公安或者相关人员，尤其不大乐意见几个人：赵馨诚、韩彬、曲弦、路铭嘉。理由挺简单，这几个人和他哥的关系或者说纠葛，是他既不大能把握，也不太想搞明白的。遇见了，说多了，容易露出破绽。

简而言之两个字，麻烦。

结果拐卖案结束后没顾得上喘息，主管副局长路正刚召集会议，关宏宇不情不愿地跟着周巡参会。进去找位子刚站好，他一回头，左边站着赵馨诚，右边站着路铭嘉。他两边都不太想正眼对上，尽量往前看，猛然发现曲弦站在他对面，正冷冷地看着他。

关宏宇心想："都全乎了……这是什么神奇的绝杀包围圈？"

他心里郁闷无比，但路正刚忽然召集四个支队的主要负责人，肯定不是什么小场合。他尽力维持着平静，耐心听路正刚讲话。

"搞了这么多年的案子，在座各位也都知道，遇到连环命案的时候，无外乎两个着手的方向……其一，犯罪嫌疑人。通过跟进嫌疑人在作案过程中留下的痕迹与物证线索，从人群中揪出真凶来……

"其二，就是被害人。通过调查每一名被害人的身份信息和家庭成员、工作关系、社会背景，能够为侦查提供可摸排的嫌疑范围。最不济，也可以通过比对不同被害人之间的关联性与异同点，分析、推断凶手的作案方式，甚至是作案动机……

"那么，一名谋杀犯连环作案，既没有留下可供调查的痕迹，被害人的年龄、工作，乃至社会地位不尽相同且全无关联，就会使得案件的侦破彻底陷入困境……"

路正刚说到这里，语气变得愈发沉重、严厉起来："三年时间，三名被害人，凶手跨西城、海淀、朝阳三个辖区连环作案。这是你们三个队的问题，也是总队的问题。现在，已经成为咱们所有人的问题……"

说到这儿，他扬了扬下巴，冲着一侧的关宏宇、周巡和赵茜说："我这次把丰台的弟兄们也叫来，把你们四个支队的核心刑侦骨干都攒到这儿，就是为了今年不要再出现第四名被害人。都听明白了吗？"

与会众人纷纷应声。

关宏宇面上波澜不惊，其实鼓擂心惊，暗忖："快饶了我吧。打拐不够，现在还要升级抓连环杀人犯！我自个儿那点儿事到现在都没搞清楚呢。"

周巡瞟了眼他，见他不住地揉搓着手，正打算低声安慰几句，路正刚瞧见了，点名问道："周巡，连小关都来了，你们队应该是精锐尽出，这事儿没问题了吧？"

周巡冷不防被点名："啊？"

散会后，海淀支队和西城支队，甚至包括朝阳支队的刑警都纷纷离开。赵馨诚和路铭嘉向周巡和关宏宇打了声招呼后也都出去了，偌大的会议室里只剩下路正刚、丰台支队的两个人和朝阳支队的支队长曲弦。

周巡等三人左看看右看看。周巡干咳了一声，试探着问："路局，您说四个支队的'核心刑侦骨干'是什么意思？我不大懂。"

路正刚站起身："另外三个队都跟我推荐由你们牵头儿侦办，他们负责提供外勤支持……简而言之，你们破案，他们抓人。具体案情，小曲会跟你们讲。有问题吗？"

周巡瞟了眼关宏宇，关宏宇沉默不语。

这时，坐在一旁的曲弦冷冰冰地说："甭动那点儿小心思了。知道这案子跟你们辖区没关系，破了案功劳算你们的，再死了人，锅是我们背。这总可以吧，关队？"

关宏宇心头突突一跳，他抬起头，迎上曲弦可以说非常不友好的目光。

这位女队长的眼神犀利，如同利刃。他强作镇定，沉声说："可以，资料拿来吧。"

"三年前，也就是大前年的四月四日，西城区西外大街白石桥东南角的一家商贸公司发生命案，被害人是二十五岁的公司业务经理，叫刘晓东。案发时间在午夜前后，验尸和现场勘验报告你们自己看吧，总之，这个人是被砍死的。第二名被害人是在前年的四月六号遇害的，四十一岁的事业单位女财务，叫龚欣。案发时间是晚上十点多，地点就在她们单位旁的公交车站。第三名被害人是重楼果木烤鸭店的厨师长，叫庞成，三十四岁。去年四月二号晚上八点左右，他离开厨房去烤鸭店后门外抽烟的时候遇害。"

曲弦说到这儿，周巡皱着眉头问："每年四月初有人遇害，这个指向很模糊啊，总队为什么会认定是同一名凶手所为呢？"

曲弦表情漠然地盯着周巡看了看，指着他身旁的关宏宇，冷淡地说："有一种智商标准，叫'先看后问'。"

周巡愕然，扭头一看，关宏宇和赵茜都在忙着翻阅案卷。

关宏宇听到两人讲话，从案卷中抽出三张被害人尸体的照片放到桌上推给周巡，示意他先看，然后回头问曲弦："三名被害人都是后脑遭大型利器劈砍致命，这就是三起案件最重要的共同点吧？"

曲弦面无表情地说:"而且都是一刀致命,伤口极深。"

关宏宇又问:"并案侦查是谁的意见?"

"三个支队的汇商结果,报呈总队,路局拍的板。怎么了?"

关宏宇摆摆手,从案卷中挑出三份验尸报告递给赵茜:"立刻传真一份回咱们队,叫小郜先看起来。"

他说完回过头,略带挑衅地看着曲弦说:"没什么。哦,对了,曲队,我们丰台支队也有个智商标准,叫'先确定并案线索,再进行摸排侦查'。没事先告诉您,不好意思啊。您大概还得等等我们。"

同样是清晨,周舒桐跟在几个老刑警的后面,听老王向调度中心的负责人介绍另外几名刑警:"这是公交反扒总队的常队长,这次协助咱们一同实施抓捕。"

这回他们跟的是个盗窃案。常队长安排道:"根据近一个月来新华街西口到丰北桥公交路线上的失窃报案来看,应该与我们队专案跟踪的盗窃团伙是同一拨人。目前基本能确认他们一共有五个人,利用这条公交线路上沿途医院较多的特点,专门对喜欢携带现金看病问诊的中老年乘客下手。通过整合报案记录,发现这伙人的作案时间集中在早八点和晚五点两个高峰期。一会儿我们会在每辆车上安排两个人布控,同时,在每个公交车站安排四名增援。咱们的人都在左手腕上戴了根黑皮筋儿,你们通知一下各公交车上的司机师傅,一旦出现情况,别分不出好赖人……"

周舒桐从老王身后探头,大伙儿一看都笑了。她本就面嫩,今天是做好准备来的,T恤衫搭配牛仔裤,一副学生打扮,斜背了个单肩包。她见众人都笑,自己也笑了,干脆用皮筋把头发梳成了个高马尾,冲常队长点了下头:"常队。"

常队长笑道:"怎么着,小周,要不要我派个大块头的弟兄跟着你?"

周舒桐满不在乎地胡噜了两下辫子:"不用了,我跟王哥一辆车就好。"

常队长身旁的另一名反扒总队刑警提醒道:"留点儿神,那帮小兔崽子急了眼也亮刀子。"

周舒桐说:"没事儿,我在前面。掏兜儿的佛爷属于'技术人员',怂着呢。'二仙传道',打接应的倒有可能是个三青子。"说着,她轻轻捶了老王肩膀一拳,半开玩笑地调侃道:"所以,王哥,你多保重啊。"

调侃归调侃,对老王这样的老刑警,周舒桐是很放心将后背交给他的。拥挤的公交车上,她站在靠近车头的位置,面朝着车厢后方,戴着耳机,手上拿着手机,手指在上面划来划去,似乎还跟着节奏轻轻晃着头。这样子瞧着是在听歌,其实是隐蔽地打开了手机摄像头,正通过手机屏幕上的画面——观察此刻车内的乘客。

公交车在车站停靠,乘客有上有下。

前门上车的乘客里有一位老人,后门上车的乘客里有一个身材结实的年轻人。公交车关门离站,继续向前行驶。周舒桐身旁坐着的一个小伙子起身给那位老人让了个座,她注意到车尾那个身材结实的年轻人似乎总在有意无意地盯着这位老人。

周舒桐用手机飞快地拍了张照片,发了出去,随后把手机拿到嘴边,低声说:"王哥,看着眼熟吧?"

车厢尾部的老王收到周舒桐发来的照片,翻了翻手机相册里扒窃团伙嫌疑人的照片,比对了一下,对着手机低声说:"是本主儿。盯着前面那老太太呢吧?"

周舒桐问:"收网吗?"

"谨慎点儿,拿赃吧。"

两人正说话间,身材结实的年轻人开始一点点从车厢后面往前蹭,朝着周舒桐身旁坐着的老人挤了过来。周舒桐从手机的摄像头画面里看着他越走越近,随手伸到脑后,解开了马尾辫。

车厢尾部的老王看到信号,立刻往这边移动。

那个年轻人还差几步就走到老人身旁时,不经意间和周舒桐对视了一眼,不知道是不是察觉到了什么,没再继续往前走,而是侧过身,面朝着车窗外。

周舒桐笑了一下,朝着迎面挤过来的老王点了下头。同时,摘下耳机,从单肩包里掏出手台,摁下通话键:"总队的哥哥们,我们是二号车的,马上就到小屯站了,进站的时候接应一下,谢谢。"

她说话的时候,老王已经来到那个年轻人身旁,上前用身体把他挤在车厢一侧,同时控制住了他的双手。不等那小子说什么,老王先压低声音对他说:"别动,警察!"

与此同时,公交车进站停靠,前后车门打开,四名反扒干警两人一组封住两个车门,上车协助周舒桐和老王。

就在其他乘客感到莫名其妙之际,周舒桐走到刚才给老人让座的小伙子身旁,挽住他的胳膊。

小伙子一愣:"你、你干吗?"

"不好意思。"周舒桐微笑着把他连拖带拽交给了接应的反扒干警,"尊老爱幼是美德,但是不属于能减刑的情节。"

* * *

小仓库里，崔虎正在朴森的左右手各安放一个触摸装置，然后在触摸装置连接的电脑上修改着什么东西。

刘音在一旁好奇地问道："他看不见，听不见，又不能说话。你连上这些玩意儿有什么用？"

崔虎说："杨、杨医生说，这老、老哥懂莫、莫尔斯电码，这就够了。我让、让他左手的触点回、回馈装置能把、把信息内容转、转换成莫尔斯电码传达过、过去，右手的触、触点输入装、装置再把想说的话用、用莫尔斯电码发过去，中间这台电、电脑连上语音输入，再编个二、二级程序做翻、翻译，不、不就妥了？"

在不远处，杨继文正笑着问关宏峰："你朋友设计的这个东西挺有意思的。怎么，是打算当作临别礼物？"

关宏峰关注着朴森和崔虎等人测试仪器，说道："不是礼物，是交换。"

杨继文问："交换什么？"

"交换点儿我迫切想知道的东西。"

02

公交站调度室的墙根下齐齐整整蹲着五名盗窃嫌疑人。人顺利抓到，大伙儿拍掌称快。不一会儿，话台里传出声音。

常队长回头对周舒桐等人说："押运车辆来了，把这几个小子送走吧。"

他说完，推门往外走。其他刑警来到墙边，或拉或拽起几名嫌疑人，跟在常队长后面。

周舒桐跟在后头，瞟了眼几名嫌疑人戴着的手铐，皱了皱眉,小声问离她最近的老王:"是不是应该上背铐好一点儿啊?"

老王有些不以为然:"上车以后还得往栅栏上固定,就甭折腾了。这么多人在,这几个小浑蛋还敢炸刺儿不成?"

周舒桐听罢,也没再说什么,跟在后面出了屋。

一众人来到外面,在常队长的指挥下,刑警们将嫌疑人逐一押上依维柯警车。

周舒桐看着这几个嫌疑人垂头丧气的样子,不知为何,感到有些不安。她的目光一刻不落地锁住这几个人,来回打量,发现走在最后面的一名嫌疑人动作很小地捋了下衣领。

她心里警铃大作,来不及说什么,就见那人将手往嘴里伸。

周舒桐大惊,一个箭步冲上去,把那名嫌疑人扑倒在地,左手捏住嫌疑人的鼻子,右手抠进他嘴里。

常队长和老王等人见状忙跑了过来,问:"怎么了?"

周舒桐顾不上说话,手上使劲抠了几下,十几秒后成功从嫌疑人的嘴里抠出半截剃须刀片。她的手上牙印与刀口纵横,鲜血直流。她刚才没精力分心,这会儿低头看到自己的伤口,才想起来痛。

常队长猛地站起身来呵斥:"谁搜的身啊?快点儿!拿医药箱什么的过来给包扎一下。"

老王也慌了神儿,抓着她关切地问道:"我靠,我都没注意!怎么样,小周,伤得厉害吗?"

周舒桐扔掉半截刀片,甩了两下手上的血,龇牙咧嘴了几秒钟,一脸哭笑不得的表情答道:"疼。"

老王肠子都悔青了。旁边老刘上前,一把将嫌疑人从地上拽起来,解下他一只手的手铐,换到后背的位置重新铐起,拽着他一边往警车走一边骂:"孙子!回头把你收到隔离筒道去,什么有传染病、艾滋病的都关那块儿。到了地儿，哥送你两盒刀片儿，可着劲儿吃啊。吃不完我找你啊！"

丰台支队法医室内，郜君然对着面前摆着的三份验尸报告传真件发愣，过了好几秒钟，才有气无力地说："浩克哥，明天才是愚人节，你这玩笑是不是开得有点儿早，我这消化不了啊。"

周巡没好气地说："什么意思？你要看着那些尸体照片还能笑得出来的话，我待会儿就回队里，确保你后半辈子都笑不出来。"

郜君然扬了扬眉毛："我不是说这有什么好笑的，但咱们得搞清楚，我的工作是验尸体，不是验报告啊。在缺乏第一手原始物证……好吧，也就是说，没有尸体躺在台子上的情况下，我给出的任何检验或推断结果都是站不住脚的。"

周巡嗤笑一声："其他队的法医也不是吃素的，轮不着你来质疑验尸报告的准确性……"

他话说到一半，关宏宇的声音横插进来："你的话有道理。不过现在不是要你判断尸检结果的精确性，我需要你通过三份报告上三名被害人伤口的照片和描述以及病理解剖分析，比对两点。第一，是不是同一把凶器。第二，是不是同一个身高体态的人用这把凶器实施的加害行为。"

郜君然边接听电话边迅速翻阅着尸体的照片，不假思索地答道："第一个问题我现在就可以回答你，是同一把凶器。"

关宏宇说："别急着下结论，仔细看一下……"

"行，那就给你讲具体点儿。三个伤口都是一个近乎正梯形的侧切面。顶骨到枕骨切口最深处微型的开裂痕迹不但代表凶手在拔刀的时候曾经左右拧动过刀身，而且骨层的断面也显示出这把凶器的中段有一个角度不明显的内凹刃。这么古怪的器型，很难复刻。"

"再具体点儿。"关宏宇说。

"从劈砍方式和造成的伤口来看，凶器显然是一把刀身长四十厘米左右的砍刀。依据一般的配重标准，加上刀柄，整个凶器应该在四十七到五十厘米左右。这种长度和规格的刀不会有内凹刃的，因为根本不存在这类用途……"

关宏宇想了想，问："藏刀和中东的短刀才会常用内凹刃结构，对吗？"

"嗯……不要光想着片烤羊腿，一些户外求生刀也是有内凹刃设计的。但总之，都是短刀。劈砍用的长刀不是拿来干细活儿的，非做个内凹刃出来，除了降低刀身强度与增加美观效果外，我还真想不出来有什么意义。"

"好，明白了。那第二点呢？"

邰君然看着看着验尸报告，微微皱眉："第二点嘛，就比较有意思了……"

关宏宇结束了这段通话，从洗手间出来，顺着楼道返回会议室，正巧曲弦从楼道另一端迎面走了过来。

关宏宇略微犹豫了一下，还是走了上去，主动说道："通过比对尸检情况，应该可以确定是同一名凶手所为。"

曲弦没好气儿地答道："你们本来就多此一举。"

她的态度很奇怪，敌意已不是隐隐约约。关宏宇有种错觉，如果现在两人身处没有人的荒岛，这个女人能拿把刀上来给他劈了。他站在那儿，习惯性地抱起了手臂，低声问："不好意思，曲队，我特别想问一句，我们队是有什么地方得罪过你吗？"

"谈不上。"曲弦冷笑了一声，"不过你哥肯定得罪我了。"

关宏宇当场愣住。

始作俑者却半点儿没有要解释的意思，甩了他一个冰刀一样的眼神，走得干脆。

"你说什么？姓曲的——"

关宏宇紧紧压住周巡的肩膀："你小声点儿。"

周巡压低了声音，眉头仍旧紧皱："姓曲的这话到底几个意思？我知道她因为林佳音的死，对我和你哥是有怨气的。可她怎么知道你就是关宏宇呢？"

关宏宇想了想："林佳音当初一上来就识破了我和我哥互换身份。曲弦是比她资历更深的卧底警员，能看破也不奇怪吧。"

周巡摸了摸鼻子，说道："要么我去问问她？"

关宏宇苦笑："你疯了？如果这事儿真的炸了，你知情不报，给我们哥儿俩陪葬吗？"

周巡有些不耐烦地琢磨着："真要被戳穿西洋镜，就算我假装不知情，也是玩忽职守。雷是肯定要扛的。再说，这回是总队把咱们调过来。做完简报之后，其他人都散了，就剩下咱们和姓曲的……我是说，谁知道你们哥儿俩的事儿是不是已经被总队掌握了。当然，这种事儿也不是不能验证。正好这次的专案调查组里还有西城支队，找路铭嘉跟他爹那儿打听打听——"

关宏宇打断他："找路铭嘉不也得我哥亲自去吗？"

"也是。看来不管是找谁继续往下问，都得你哥出面了。要不你赶紧把他换过来?"

"过不了几个小时就到晚上了,我这一去,再加他一来,还不够折腾的。算了,该死当不了睡着了,听天由命吧。眼下,先集中精神想办法破案。明天就到四月了。既然现在初步认定这是一名冷却期长达一年的连环杀手,之前的犯案时间都集中在四月初,准确地说差不多是四月第一周的时间内,那就既有可能是四月二号、四号、六号,也有可能是四月一号。"

周巡点点头:"过了今晚……"

"对。"关宏宇颓然地长舒一口气,"对,过了今晚,咱们就要正式和这个连环杀手赛跑了。"

小仓库里,崔虎的机器很快就调试完毕,他将一个麦克风递给关宏峰。朴森这个老油条,似乎不用别人再多说什么,就已经知道大概情况。他凭着感觉,朝关宏峰所在位置点了点头,笑了笑,示意他可以开始提问。

关宏峰也不客气,上来就说道:"你在东三省以情报为生这么久,肯定多少对叶方舟所在的犯罪组织有所了解。叶方舟现在已经死了,但他背后的势力还在,而我们也需要新的突破口。我需要你尽量提供跟这个组织或势力有关的情报线索。"

他的话通过电脑语音输入转换成文字,再通过触点回馈装置以莫尔斯电码的方式传达给朴森。

机器在做转换的时候,刘音忽然从外面进来。她手里握着手机,像是刚接完电话,低声对关宏峰说:"你弟刚打来电话,说有一个叫曲弦的,好像一上来就识破他的身份了。但是她目前还没有做出进一步的行动,好像是有什么要和你谈。再就是,他要你随时做好交接去刑侦总队的准备。"

关宏峰听完，暗自思忖，没说话。

这时，朴森的回复通过莫尔斯电码的翻译转换成文字显示在电脑屏幕上。

"你想知道哪方面的？"

关宏峰拿起麦克风："所有。"

03

这天对于周舒桐来说还挺漫长的，或者说，下调之后的每一天都还挺漫长的。她早上去抓扒手挂了彩，回去匆匆包扎了下，刚回来就接到通知，要去某 KTV 蹲点抓非法涉黄脱衣舞表演。

这一蹲就蹲到了天色全黑。这会儿她右手缠着绷带，靠在墙边站着。就在她眼前的台阶上，老王、老张和老刘三个整整齐齐地排排坐着。

四个人手上都拿着吃的，边吃边聊，还挺热闹。没过一会儿，周舒桐将食物消灭完毕，又跟旁边路边摊的老板要了一份烤冷面。摊主战战兢兢地把烤冷面递到她手上，眼睛却在看着另一侧。

他瞧的是和周舒桐他们一块儿来的数十名穿着制服、严阵以待的治安支队民警。

周舒桐顿时明白他在想什么，接过烤冷面，安慰道："不用担心他们，公安不管你这段儿。"

她回到路旁，一边吃烤冷面一边瞟着治安支队的民警，低声问老王："听他们带队的孙哥说，他们从下午四点多就开始备勤，到现在水米没打牙，不吃点儿晚饭吗？"

老王吃得不亦乐乎，瞟了那边一眼："管他们呢。"

老刘附和："估计是治安的少爷们瞧不上路边摊吧。"

老张说："没准儿是公安部新出台的第六条规定，不允许工作时间吃东西……"

他们几个说笑调侃间，治安那边带队的孙队长走了过来，略带紧张地问老王："踩点儿的那俩兄弟已经上去一个多小时了，还没动静，会不会有什么状况？"

老王咂咂嘴，笑道："咱们这回不是来抓跳脱衣舞的吗？夜店都是八点半以后才开派对，这还没到点儿呢，现在上去就抓不着现行儿了。"

周舒桐在后面插话道："哎，王哥，我听说朝阳公园那边儿都是八点就开派对。"

老刘装作认真地点点头："那没准儿是表演开始了，还没开始脱。"

老张顺势接着说："也可能是表演太精彩了……"

孙队长无言以对。

这都什么人啊？

他刚想再说点儿什么，手机里有短信进来。他瞟了一眼，顿时变了脸色，低声说："坏了！上去踩点儿的兄弟通知我们，他们身份暴露了，现在有看场子的把他们围住了，其中很多人还持械！"

老王满不在乎地一撇嘴："歌厅看场子的就是一帮装腔作势的二货。让他们亮身份呗。"

"亮了，但那些人好像没散开。"

老王听罢，和其他人对视了一眼，将饭盒一摔，猛地站了起来，吼道："那你还等什么呢？赶紧带人上去增援啊。"

"这……"孙队长略一犹豫，"可……他们说上面有不少人，而且手上还有凶器。是不是应该向指挥中心汇报,申请巡查支队……"

"申请个屁!"老王瞪他,"再不上去,你的弟兄们就要吃亏了!"

孙队长一愣,还没反应过来,三个老刑警加上一个单手包成球的女同志已经飞速穿过马路,跟炮弹一样向对面的KTV冲了过去!

他跟也跟不上,拦也拦不住,"哎呀"了一声,拔腿就跟着跑。

在KTV里震耳欲聋、节奏明快的歌曲声中,周舒桐和老王他们率先赶到,一上来就看见两名治安支队的便衣民警正被多人围殴。

老王想也不想就冲到前面,亮出证件,声洪如雷:"警察!住——"

这一炮还没打响,他就被迎面一拳打了个趔趄。

周舒桐一言不发从他身后迎过来,兜脸将刚才打老王的人踢了出去,接着抖开一条甩棍,左抡右打。

老张和老刘也怒吼着冲了上来。

闹哄哄的音乐声中,几个人像游鱼一样,彻底淹没在了人群中。

04

此刻的市局刑侦总队会议室仍旧灯火通明。

路正刚坐在会议桌首席的位置，除了正汇报案情分析的关宏宇、周巡和赵茜之外，其他支队的负责人也都已经到场。

"从三个案子的痕迹与线索再结合验尸报告来看，可以初步确定凶手是男性，使用一把五十厘米左右的砍刀作案。劈砍的部位都在被害人的脑后顶骨至枕骨，都是一刀毙命，直接劈开了颅骨。也就是说，这名凶手体格健壮，年龄很可能在二十五到四十五岁之间。鉴于三起案件的案发区域不同，我们只能初步确定他在本市居住，很可能有自驾的交通工具。现场遗留的痕迹非常少，说明他具备一定的反侦查能力。由于案发时间都是工作日，我们推测这个人可能从事自由职业，或所在单位是弹性工作制，基本上可以划归为高学历、高收入人群。当然，作为一名连环杀手，一年的冷却期既稳定又漫长，说明凶手异常冷静、自制，更偏向于某种高功能的反社会人格障碍患者。"

路正刚和其他人都微微点头。

只有曲弦不冷不热地问道："关队既然总结出这么多特征，那能不能给个进一步提示，有什么是能着手调查的吗？"

关宏宇早有准备，不紧不慢地说道："在连环暴力犯罪的调查中，第一起案件往往是最具代表性的，也很有可能是凶手反侦查技巧最生疏而犯罪标记行为最明显的一案。在这一系列案件中，我们并没有发现第一起案件有特别的异质之处。与之相反的是，前两起案件的案发时间和案发地点都是夜深人静、偏僻无人的情况，只有去年四月二号晚上重楼烤鸭店的厨师长庞成遇害那一案，案发地点是商业中心附近的小区，案发时间在晚上八点左右。那个时间和地点呈现出一种与前两案完全不同的作案环境，人流稠密，周围的监控装置比较多。我建议，回到这个现场，重点展开调查。"

一旁的路铭嘉说道:"关队、周队,不好意思,回到前面那个推论,我倒不是有什么异议,我就是想问一下,为什么你们推断凶手很可能属于高收入乃至高学历人群呢?"

"对于一个有车、能够从事自由职业,还冷静到一年只杀一个人的凶手,这么推测不算过分吧?"周巡说。

关宏宇接着解释道:"这确实只是推测,因为我们并没有从案件线索中发现凶手的明确动机,只能从'字面上'去尝试理解他为什么会在每年的四月份作案。"

众人听完面面相觑,不明所以。

只有曲弦笑了出来:"照你看来,这还是个挺文艺的连环杀手。"

路正刚憋不住了,问曲弦:"怎么讲?"

曲弦轻声说:"四月是最残忍的一个月,荒地上长满丁香。"

"啊,这是首诗。"路铭嘉反应过来,"是艾略特的《荒原》!"

深夜,法医实验室同样灯火通明。在震耳欲聋的音乐声中,郜君然正把一个根据人体颅骨制作的头部模型慢慢烘干,放到操作台上,用一个微型电钻在模型上钻打出缝隙来。

小徐戴着口罩,在旁边的一个大锅里熬制着硅胶,不解地问:"费半天劲才做出个囫囵样子来,干吗还要打眼儿切缝儿啊?"

"废话。"郜君然说,"人的颅骨一共由多少块儿骨头组成?"

"呃,二十三块。"

"漏了三对听小骨,二十九块。不过咱们只需要表面模型,所以你说二十三块也勉强算对。既然咱们用羟基磷灰石和聚磷酸钙为主要成分的生物陶瓷做了颅骨模型，又用硅胶来替代人体组织做填充，为的就是尽可能模拟出真实人体的结构和强度。那么你告诉我，组合结构的骨骼抗压力和单一完整结构的骨骼抗压力能一样吗？"

小徐耷拉着脸，轻声叹息："郜主任，我只能告诉你，经费在燃烧啊。"

"市局专案要是不给报销这笔费用……"

"你还能去抗议吗？"

"不。"郜君然诚恳地说，"我可以开始计划自然减肥了。"

小徐一时无言以对。

对于曲弦，关宏宇内心是有计较的，但他确实没料到曲弦会在这个时候主动找他聊。

原本周巡也在，但郜君然弄的那个什么实验非要周巡回去看一眼。也不知道曲弦是不是知道周巡出去了，专逮了这个空当找了过来，刚开口，倒是正经的公事。

"烤鸭店西侧商业街和东侧小区内一共有九个监控探头，去年都做了证据保全。我调了技术队过来查监控。你们需不需要过去盯着点儿？"

关宏宇不吭声。

曲弦瞧了他一会儿，饶有兴致地说："你居然没跑啊。"

关宏宇还是在低头翻阅案卷，表情看上去很镇定："我应该跑吗？"

"你是不是觉得，抓到这个'四月杀手'，我就可能放你一马?"

关宏宇冷哼一声:"在一个到现在为止都没给过我好脸色的人面前,我的设想还真乐观呢。"

曲弦略带疑惑地盯着他看了一会儿,说:"你小子在打什么主意?我知道有传言说吴征那案子你是被陷害的,但你指望——"

关宏宇抬起头打断她,伸手虚指了一下桌上的案卷材料:"你以为我现在在干吗?"

对视片刻后,曲弦似乎更加疑惑:"让你哥来见我。"

关宏宇重新低下头,看案卷:"没到时候呢。等换他来,你自己找他聊吧。"

曲弦想了想,又仔仔细细地打量了他一遍。她的目光与林佳音不同,更加冰冷,也更加厚重,像轻薄的刀刃从他身上滑过。

这像刀锋一样的女人最终抿了抿唇,什么也没有说,离开了办公室。

关宏宇骤然放松了捏紧的拳头,掌心已经全是冷汗,刚想拨电话,周巡的电话却打进来了。

"你说什么?"他听对方说完,"谁打起来了?"

支队院内蹲着几十名被抓回来的嫌疑人。警车进进出出,一片忙碌。

周舒桐身上到处是瘀伤,衬衫的袖子也被扯破了。她把被打得乌眼儿青的刑警老王安顿在救护车旁,冰敷左眼,又从他手上接过登记表,指挥治安支队往看守所和预审押送嫌疑人。

周巡的车开到门口,由于院里都是人和车,根本进不去。他下车往里走了几步，双手叉腰，皱着眉头朝里面看。

周舒桐和老张、老刘看见他，都挤出来打招呼："周队。"

周巡看着四周："我这刚离开半天，咱们队这是改劳务市场了？"

老张解释道："呃……晚上配合治安行业队那边联合行动，查涉黄歌厅，结果打起来了。行业队有两个兄弟受伤，局领导一怒之下让把整个歌厅的人全部收押，里里外外抓了好几十口子。"

周巡回过神来，逐一打量周舒桐等三人，发现个个儿鼻青脸肿、衣衫褴褛，还少了个人，问道："老王呢？"

正说着，老王拿冰袋捂着左眼眶，一瘸一拐地跑了过来："周队。"

他拿下冰袋，露出了左边的"熊猫眼"。

周巡没再说话，看了看院里扣押的嫌疑人，又看了看四名刑警，问："这几十人一块儿打了你们四个？"

周舒桐小声说："初步能确认参与围攻咱们民警的有十四个人，其他的都是歌厅的从业人员。"

周巡摆摆手："行了行了，跟治安那边做好交接，把人赶紧送了吧。这才十四个，你们这把式不行啊。"

说着，他指了下自己的车："找人帮我把车停进去。小周，明天把行动写个办案说明给我。你们几个先别扫街了，养养伤吧……哦对，姓邰那小子还在法医那儿吗？"

05

深夜，关宏宇在窗前抱着孩子，透过窗帘的缝隙看到楼对面值守的警车，叹了口气："周巡派人二十四小时值守倒是落实得不错，可现在搞得我进出也得翻后窗户，你说这算不算挖坑埋自己……"

坐在床边的高亚楠笑了："就算是以你哥的身份，名义上也是大伯来看侄子，谁让你非鬼鬼祟祟翻后窗户。"

关宏宇逗着怀里的孩子："什么大伯净后半夜跑来看侄子……"

高亚楠问："你吃晚饭没？"

关宏宇抱着孩子一屁股坐到沙发上："在队里吃过了，不用管我。我就回来看一眼，待会儿还得走。"

高亚楠站起来，给他倒了杯水："我听说总队那边是有大要案？把好几个支队都调过去了。"

关宏宇点点头："有个动机和身份都不明的连环杀手，每一年都会在四月初杀人。这总队也够可以的，临到三月底把我们召集过去。我们接下案子就开始跟这个杀手赛跑……说起来，有个叫曲弦的，你知道吗？"

高亚楠点了点头："听说过，好像是朝阳支队的一把手，没什么来往。怎么了？"

"没什么。这次的案子，我可能得找我哥一起来办了。"

高亚楠颇有些意外，调侃道："想通了？"

关宏宇逗着孩子，也笑了："说来也怪，比起之前办的案子，这回总队的差遣事态更紧迫，案情也更严重。但不知为什么，我反倒不觉得有那么大压力。"

高亚楠从关宏宇手上接过孩子，见孩子已经睡着了，把孩子放回婴儿床上。隔了会儿，她低声对关宏宇说道："你看，不管你和你哥之间到底有什么误会，我觉得都应该属于'人民内部矛盾'。现在'阶级矛盾'就在眼前，你们兄弟能并肩携手，最好不过。"

关宏宇没作声，身上的手机震动起来。

他看了一眼，接通电话，是赵茜。

"关队，筛查监控有一些发现……"

"是嫌疑人吗？"

"呃……我们也不确定，曲队说通知您过来看一下。"

听到这儿，关宏宇略一沉吟。

这时，又有一通电话打进来。他看了眼来电显示，对赵茜说："我跟周巡商量一下，你们先继续筛查监控。"说完，他挂断赵茜的电话，接通了周巡的来电。

周巡的声音响起："你还在总队呢？"

"我抽空来亚楠这儿看一眼，马上就回去。什么？什么人体模拟实验？近似材质的吗……不，实物测试还是有很重要的参考价值。"

说着，他站起身，来到窗边，瞟了眼窗外天边的一抹亮色，叹了口气："还得等等，曲弦正在总队盯着'我'回去呢。"

周巡一手举着手机，另一手拿着把砍刀，在他对面站着一脸冷汗的法医小徐。

周巡用砍刀拍了拍小徐的脸，横跨一步。对面站着郜君然，周巡又拿砍刀在郜君然肩膀上作势蹭了两下。

最后，他再横跨一步，来到一个填充了硅胶的人体模型对面，举起砍刀比画着人体模型的脑袋，对着手机说："我回法医这边儿看了一眼，你别说，这折腾得乌烟瘴气，还真搞出点儿有意思的玩意儿。"

说着，他抬起手里的砍刀作势要往下劈。

一旁的郜君然突然上前，伸手拦着。

周巡愣了一下，手停在半空。郜君然从兜里掏出一顶假发，小心翼翼戴在人体模型的头颅上。

周巡斜了郜君然一眼，放下手里的刀，对着手机说："台子都搭好了，等你有功夫过来摸个顶吧。"

这一夜很快过去，清晨，有个人走进了刑侦总队的楼道，经过的好几个人纷纷和他打招呼："关队。"

周巡迎面走了过来，拍了拍这人的肩，随意地说道："来了？他们正在会议室等你呢。我叫人去食堂打几份儿早点过来，你……"

他话没说完，忽然意识到了什么，抬起头来望着眼前的人，眼睛都瞪大了。

关宏峰轻描淡写地回了句："我不用吃了，谢谢。"

他从目瞪口呆的周巡身边走过，一路穿过楼道。赵茜跑出专案办公室，把一摞资料递给他。他接过资料，带着赵茜直奔会议室。

会议室内，路正刚正在听取工作汇报。

曲弦正说："从监控筛查的情况来看，去年四月二号晚七点四十六分，有三名不明身份的嫌疑目标出现在重楼烤鸭店门前的监控视频里。大约二十五分钟后，他们出现在同一个监控画面中，沿街道原路返回。而这一来一去的时间，正是庞成遇害的时间。丰台支队那边的意思是从这三个人着手，进一步展开调查。"

路正刚听得有些不明就里，问道："小曲，咱们都不是第一天干刑侦了。一来一去符合作案时间是没错，可你凭什么就觉得这三个人有作案嫌疑呢？"

曲弦从文件中拿出一张监控截图的照片，走到路正刚身旁。

照片中，三名黑衣人背对着监控画面，并排沿街道行走。

曲弦指着其中一名黑衣人，其腰部背后有一处明显的凸起："就冲这家伙腰上别着个长家伙。"

路正刚拿起照片反复端详，略微点头，问道："能查出他们的身份吗？"

"已经布置下去了。根据监控画面，技侦那边联系了面侦技术的……"

关宏峰就是这个时候带着赵茜走进会议室的。

曲弦停下话头，本来只是随意瞟了眼关宏峰，刚要垂下目光，又立刻抬头看他第二眼，脸色微微一变。

关宏峰似乎完全没留意到她的异常，把手上的几页文件从会议桌上滑给了路正刚，低声说："监控里的这三个人，分别叫贾纪、冯波、邝小山。除了邝小山是沧州肃宁人，另外两个都是朝阳的坐地炮。这三个人在两年前曾经参与过一个叫'雷公'的什么社团，其实就是个试图垄断拉土方生意的黑势力团伙，好像还被咱们朝阳支队一锅端过。曲队，你不应该没印象吧？"

曲弦扫了眼关宏峰扔过来的资料，似笑非笑地说："原来如此。那关队，咱们一会儿好好谈谈这点儿旧事儿。"

关宏峰盯着曲弦微微点头，针锋相对地笑道："嗯，是得好好谈谈了，曲队。"

捌 身份危机

01

交接是几个小时前完成的。关宏宇爬完窗回到小仓库的时候，其他人都已经睡了，关宏峰一个人坐在小桌子旁，在对面贴心地摆好了个小凳子。俩兄弟在这样安静得近乎诡异的环境下，默契地隔着桌子面对面坐了下来。

两张几乎一模一样的脸，注视着彼此。

关宏宇向后仰着脖子，活动了一下，率先打破了沉默："现在回想起来，真不好说这些年你是怎么活过来的。"

关宏峰说："昼夜颠倒，还是你比较辛苦。"

"是挺提心吊胆的。"关宏宇耸了耸肩，"但也有松快下来的时候，至少我不用对身边的每一个人撒谎。"

关宏峰没说话。

关宏宇忽然说道："我去看过 8272 号保险箱。"

关宏峰这才抬起了头。

关宏宇语带嘲讽地说道："那算什么，你留给我的救命法宝？"

关宏峰苦笑着说道："那只能说是个'最后的手段'了。如果我失败了，如果我们都失败了，我希望至少能还你一个清白。"

关宏宇冷笑："还我一个清白？你当初干吗去了？"

关宏峰轻声说："那是形势所迫。"

关宏宇额头上青筋都冒出来了，咬牙切齿地说道："所以你就把嫁祸给你的事儿再转嫁到我身上，然后又给我准备了……这什么平冤昭雪的锦囊？我是不是这会儿该给你磕个头感谢一下你啊，哥？"

关宏峰看着他，嗫嚅了一会儿，彻底说不出话来了。

关宏宇调整了一下情绪："你说你当时是为了大局考虑，转嫁给我是不得已的个体牺牲。那好，我现在问你，你觉得你的选择是对的吗？"

关宏峰沉吟片刻，谨慎地答道："那要看从哪个角度讲。但不管怎么说，我实实在在地把你给拉下水了。所以无论你说我什么、骂我什么，或打算怎么处置我，我都接受。"

关宏宇站起身，从身上逐一掏出手机、钱包和钥匙，摘下手表，脱下外套："咱俩的账秋后再算吧。这刚一开春，麻烦已经来了。"

关宏峰算是看明白了，关宏宇这是打算和自己交接身份，轻声叹了口气，说道："你这是……现在是还用得上我吗？如果你用得上我，我……"

关宏宇把外套往他怀里一扔："我用不上你，但那些潜在的案件受害者用得上你。"

关宏峰看着怀里的外套，犹疑不定地说："你是说，市局总队的那个专案？"

关宏宇没回答他这句话，径自走向一张躺椅，闷头向上一躺，不耐烦地说道："赶紧收拾好，我跟你说交接的情况。现在的你既救不了我，也救不了你自己，真要还有点儿良心，就多救救其他人吧。"

他说着背过身去,在躺椅里缩成一团。挺大的个子,躺在那儿蜷起来的时候,不知道为什么,还是让关宏峰想起来他七八岁时候的样子。

隔了好一会儿,关宏宇才听见关宏峰的回答。

"好。"

他说。

关宏峰将心思拉回来。天台的风不小,他身边的曲弦背靠栏杆,也没瞧他,语气并不怎么友好地说道:"姓关的,咱俩有多少年没见了?"

"上回见,五年前了吧。"关宏峰低声说,"我倒是没想到,这么久不见,你还能把我认得这么清楚。"

曲弦冷哼一声:"你们哥儿俩胆儿还真大,这种事儿都敢耍花枪。容易死得很难看的。"

"既然我们肯冒这么大的险,你就该相信这背后一定有隐情。何况眼下重案临头,咱们不该群策群力赶紧抓到这个'四月杀手'吗?哦对,我听说,这称号还是你封的。"

曲弦没说话,给自己点了根烟:"四个支队的人都过来了,会破案的又不是只有你关宏峰。我觉得正好趁这个机会,让总队牵头,先肃清咱们自己内部的安全隐患吧。"

"你是不相信我的话,还是需要我详细跟你解释这件事的前后原委?"

"得,你总是对的,是吧?"曲弦吐了口烟,嗤笑道,"我就讨厌你这副自以为全知全能的嘴脸。凭什么次次都是你对?"

"也许我不是,但佳音相信我。"

曲弦的表情僵住,捏着烟的手垂下来,搁在栏杆上,一动不动。

关宏峰平静地说道:"没错,佳音之前诈死瞒名,一半是出于她自己的意愿,一半是便于协助我们。个人意愿部分,是她认为刑侦系统内部有情报安全漏洞,而协助我和我弟,则是她主观上选择相信我们的苦衷。"

曲弦愤愤地转头,咬着牙怒视他:"对,所以她死了!"

"不管是谁做的,我绝不会放过杀她的人。"

曲弦盯着关宏峰看了好一阵子,烦躁地把手上的烟头从天台上弹了出去,回头神色复杂地盯着关宏峰,说道:"不管你们哥儿俩怎么唱这出戏,如果这次专案抓到凶手之前再有人遇害,案子没破也好,破了也罢,我都会揭穿你。"

关宏峰正要开口说什么,曲弦伸手戳着他的胸口抢先道:"就算专案结束,四月份之内,把害死佳音的人给我找出来。不然我一样弄死你们兄弟俩!"

关宏峰回望着曲弦,过了一会儿,突然放松地笑了,转过身边走边说:"这些事儿用不着你说,我们也会做,而且已经在做了。不必这样虚张声势吧,你我都是刑侦口儿的老人儿了,专程跑上来吓唬我一通,没必要。"

曲弦挑起眉毛,冷笑道:"姓关的,你他妈不会以为我真不敢举报你吧?"

关宏峰头也不回地一摊手:"你要想举报我俩,咱们现在就不应该鬼鬼祟祟地跑天台,而是应该在路局办公室里。"

他说完,伸手拉开天台的门就要走。曲弦上前几步,一把将门推回去,恶狠狠地说:"你信不信我现在就把你弄下去?"

关宏峰神色完全不变,轻轻推开她摁在门上的手,眼神平静而无辜:"我就是关宏峰啊,你去跟路局说什么?"

他说完,打开门,头也不回地走了。

也是差不多这个时间,周舒桐和几名同事正驱车赶往鑫源置业。周巡与关宏峰临时被借调去总局查连环杀人案,这起斗殴杀人案没人跟,临时就交到了他们小组。外头的天还没完全亮,后座的老张捂着脸,唉声叹气地说道:"小周啊,这办案子讲究劳逸结合。情况说明可以写个两三天的。周队现在人在市局,等找他汇报,还得再有个一两天。这里外里抻出个把星期的功夫,好歹让哥儿几个把伤养一养。"

周舒桐边开车边从倒车镜里看着他,低声说:"案子既然交给咱们,总该做些最基本的走访工作吧。二位前辈打起点儿精神好不好?你看看人家王哥,眼眶肿得比颧骨还高,那都吵吵要一起来呢。"

老张一下坐了起来:"甭说这个!你这丫头太偏心。老王就是被封了一只眼,身上的伤还没我们哥儿俩多呢,你凭什么让他休息,却非拽着我们俩出来奔命啊?"

说话间,周舒桐已经把车停在路边。她熄了火,拔下车钥匙,扭头对着后面说:"伤得重不重搁一边儿,王哥那眼睛……肿得实在是有损公安形象。让他先消消肿吧。"

她下车走了两步,发现车上另外两个人都不动弹,叹了口气,转过头来上前给他们拉开车门:"二位,是等着我抬你们呢吗?"

车里的两位磨磨蹭蹭,不情不愿。

三个人往出事的鑫源置业对面那个名字相似的鑫全置业走去，打算先来了解下情况。鑫全置业的门口不远处站着个男人，背对着他们，看样子不大像中介。几个人都没在意，不过他们刚要进门的时候，那男人的手机铃声响起来，周舒桐回过头，正好见他接着电话慢慢走开了。

背影好像有点儿熟悉，她一个愣神，刚想再看一眼，老张已经推着她往里走了。

02

关宏宇也没料到会在这里遇到周舒桐。他一早赶过来，全副武装，还盯着崔虎查了附近摄像头的位置。鑫源置业附近的探头一共就几个，只要脸不朝着西面，基本不会拍到面部特征。

他俩一直保持着通话，崔虎对此十分忧虑，一直试图劝说他回去："既、既然你跟你哥恢、恢复正、正常交接了，你俩就别、别同时在外面抛、抛头露面。多、多、多危险啊！"

关宏宇双手插在口袋里，装作在附近散步的样子，低声说道："你个理工死宅别掺和这些事儿。他现在在市局刑侦总队，我俩离着十万八千里呢，而且这案子本来就应该是我和周巡查，反正就是根本不存在任何风险，你甭管了。总之，我非得搞清楚'鑫全'和'鑫源'两家公司之间到底有什么事儿！"

他这头刚挂断电话，一回头就被打脸。他步子还没迈开呢，一辆警车在门口不远处停下，他瞧见车上的周舒桐，心里暗骂了句"见鬼"，迅速背过身去。

周舒桐等人已经上了台阶，偏偏崔虎的电话这时候又进来了。

他这会儿连骂人都骂不动了，迅速接起，朝远处走去。

"喂！我刚看监、监控里，有辆警、警车过去了，车里好、好像是你、你们队的——"

关宏宇没好气儿地打断他："知道了！看见了！"

他强作镇定继续往前走，隔了会儿回过头。还好，周舒桐他们已经进去了。

同样是这一个清晨。

男人站在落地窗前，望着外面办公室里熙熙攘攘的人群。

手机显示正在通话中，他连着耳麦低声说："我大概查了一下，这个鑫源置业差不多就是个黑中介。背后是不是有什么势力站台不清楚，但这家中介因为附近拆迁、回迁的各种业务，和一家当地的叫鑫全置业的中介公司爆发了多次冲突。那么鑫源置业的人失踪以及被杀，不排除和竞争对手有关……这种事儿你有必要冒险露面儿吗？我派人去继续跟进就可以了……那好吧，你多加小心，丰台那边儿最近的风声好像挺紧的……

"'娃娃'的消息？目前还没有。关于这个人的信息很有限，甚至很多人觉得这是个杜撰出来的都市传说。我看有没有渠道查一查公安的备案……我知道，既然你面对面见过他，咱们就一定要摸清他的底细。"

办公室里那件皮衣终于被挂了起来，不过还是藏在衣柜的角落。

不知道是不是因为戴着耳麦，电话的那头静得可怕，男人看起来更像是在自言自语——如果有人此刻注意到他的话。

* * *

从连环杀人案相关监控中排查出来的三人，目前都行踪不明。不过事情也是赶巧，他们曾经所属的那个叫作"雷公"的团伙，几年前就是被曲弦所在的朝阳支队打掉的。

首犯，也就是团队的一把手徐雷，目前还在服刑。还有个二当家的叫程奇，倒是已经放出来了，刑满释放后没有再犯，目前在苹果园一带做私营的烟酒生意。

关宏峰当场建议："在贾纪、冯波和邝小山这三个人无法直接被找到的情况下，这个程奇可能是个突破口。"

一名朝阳支队的刑警立刻质疑道："你自己都说了他没有再犯的记录，而且'雷公'早被我们队打掉了。找他有什么用？"

周巡上前一步："说话客气点儿！"

关宏峰一拦他，示意"无所谓"，反问道："这个团伙是怎么被你们打掉的？"

他的态度异常平静，刑警反而被噎了一下，想了想，还是回答："当时我们拘了徐雷。他办了取保候审出来的那天，程奇带着二十多个小弟跑到支队门口接人来了。曲队二话没说，不等特警的增援到，就带弟兄们出去把他们全撂了。车上搜出一堆管制刀具，预审问出一堆作奸犯科的案底……'装逼被雷劈'呗。"

关宏峰点点头："换句话说，如果不是程奇搞花样儿，正好撞了你们的枪口，整个儿团伙不会这么轻而易举就被一网打尽。现在事儿过了，除了徐雷，人也差不多都放出来了，程奇还敢在朝阳的地头儿混，你们觉得是为什么？"

刑警不吭声了。

曲弦略一思忖："看来，锅是徐雷背了。这个程奇有问题。"

"都上车吧，咱们问问去。"

* * *

在苹果园,程奇正叼着烟和旁边两名小弟眉飞色舞地侃大山,忽然笑容凝固了。几辆警车停在门口,十几名刑警一拥而入。

这么大的阵仗,自从出来后,他确实已经好几年没见过了。

程奇愣了好一会儿,但到底是见过点儿世面的,立刻站起来迎上去,赔着笑脸问道:"各位公安大……各位同志,买烟不?"

周巡伸手指了下墙上"公共场所禁止吸烟"的牌子,上前把程奇手上的烟抢过来按灭,斜眼瞪着他:"今天是四月一号没错,但你瞧我们的样子,像是专程来找你开玩笑的吗?"

他个子高冲得快,曲弦这会儿才穿过人群挤到前面,面带不悦地将他扒拉开:"周巡,这儿不是你的辖区啊。我们队治下,就算有嫌疑人也轮不着你问。"

周巡一笑:"曲队,市局的专案是咱们协力侦破,还分什么你我呀?像这样的废物都不用带回队里,哥儿几个出去待会儿,十分钟我就让他撂了。"

曲弦板起脸:"你们丰台那边儿守不守规矩我管不着,在我这儿就得依法按程序来。人我带回队里,他要是态度好的话,公诉意见书上就给他留个缓儿,让他少蹲几年。"

"嗐。"周巡说,"折腾这么多步骤,不得耗到下午去?要不这么着,在你的辖区里,我也不抢这风头。先给我十分钟,哦不,五分钟就够,然后你再把他带回队里……"

程奇被这两人一唱一和给吓蒙了,左看看右看看,声音略微颤抖:"二……二位,有什么事儿尽管问吧,我肯定配合……我一定配合!"

关宏峰站在门口似笑非笑地看着两人唱双簧,没进去,也没吱声儿。

程奇这人,说他胆小如鼠都是抬举他了,被两位队长联手这么一吓，不到十分钟，竹筒子倒豆，该说的不该说的全都讲了。

周巡边开车边啧啧称奇："闹了半天，那个徐雷进去之后，手下的马仔拥立了新大哥，程奇就是个打酱油的啊。"

关宏峰笑道："道上混的图什么？图财！有哪个真不惜命的？自己瞎嘚瑟，把老大都折腾进去的货色，就这智商，换你你敢跟他？"

周巡好奇地说道："那你之前为什么跟曲弦那帮人那么讲？连我都以为这个姓程的小子接了徐雷的班了。"

"朝阳上上下下既不服咱们队，又对我个人那么大意见，不给出个说法唬人，把他们顶上去，他们能配合我们进行试探吗？"

周巡斜眼看着他，话中有话："倒也是。那程奇现在把新大哥的名字连带那三个马仔的手机号给出来了，这还顺道帮朝阳支队再端一次这个团伙。你这算是卖曲弦好儿？"

关宏峰没正面回答，转身问后座上正操作笔记本电脑的赵茜："那三个人的手机信号定位有结果了吗？"

"这三个……呃……好朋友，感情真的挺牢固，连信号都是扎堆儿的。高哥从队里发来的初步定位结果，这三个人都在咱们辖区。"

周巡和关宏峰沉默了。

得，撞上门来的。

03

关宏宇人已经在鑫全置业门口徘徊了半天。崔虎在那头劝他赶紧撤，他却还不死心，心里正吐槽"周舒桐这么积极一大早来查案是图什么",就看到三个男人从他身边大摇大摆地走过,横穿马路,直奔鑫全置业的方向。

这几个人的打扮和架势一看就是社会分子,且眼神不善。关宏宇打眼一瞟,正巧瞧见其中两个人后腰部位的衣服有明显凸起。

带着家伙来的?

周舒桐他们几个还在里面没出来,这么进去,等于正面撞上了。关宏宇心里骂天骂地,在原地顿了一分钟,还是一咬牙一低头,跟了过去。

公司内双方仍在对峙。

"根本就谈不上竞争!您肯定也查了,那什么鑫源置业连照都没有,就是一帮社会闲散人员,不知从哪儿打听到这片儿拆迁、回迁的业务多,跑过来想拼缝儿。中间起冲突是有的,因为很多客户分不清'鑫全'和'鑫源',还以为我们是一事儿的。那边儿坑了钱,客户来找茬我们,这肯定得闹矛盾不是?"

经理姓陈,讲话很能避重就轻。

周舒桐平静地指出:"不只是闹矛盾那么简单吧。派出所的出警记录里,你们两边儿可还动过手。"

"哎,我说大姐……"

周舒桐冷冷地说道:"谁是你大姐?问什么答什么,说话别带那么多毛边儿。"

"哦,好好好!头一回吧,因为有客户来找,我们就领着客户过去,跟那边儿盘话儿讲明白,结果那边直接就把我们的人给打了。您说这手下的兄弟挨了打,我们也不能一直怂着呀。后来我就跟其他同事……"

周舒桐立刻捕捉到了重点:"停,你们有人挨了打,当时为什么不直接报警处理?"

陈经理被噎了一下,一下子答不出来。

周舒桐正要继续往下问,有三个人大摇大摆地闯了进来。

几个刑警都皱了皱眉——这毫不掩饰的地痞流氓相,是专门上门找碴儿来的吧?

果然打头的那人一拍面前的桌子:"把你们管事儿的叫出来!"

陈经理转着眼珠看了看周舒桐等人,又看了看进来的这三人,自以为颇有底气地迎了过去,问:"我是这儿的经理,有什么事儿?"

周舒桐飞快地和老刘、老张使了个眼色,三个人退到一边,都不出声。

带头的男人上前两步,满脸凶恶地质问道:"上星期你们弄死我们一兄弟,这账,咱们慢慢儿算。还有一个被你们绑走不见了的,赶紧把人交出来!"

陈经理愕然:"兄弟,你这话我就听不懂了,什么又是人命又是绑票儿的。我们这是置业公司,工商有登记的,做正经生意的啊。"

带头的男人恶狠狠地说:"少装蒜!我们的门脸儿被你们砸了不说,现在还有人下落不明。我不管你们是哪个山头儿的,不服气就把你们大哥叫来。否则,打今儿起,你们也别干了。"

陈经理冷笑一声,眼角瞥了眼角落里的周舒桐等人,涨着调门曼声回道:"嘿!你们这是想干什么?这还有没有王法了?"

带头的男人往后撤了一步,朝身后的两人微微摆了下头。其中一个略干瘦一些的二话不说，从后腰上抽出根用电工胶布包着头儿的木棍，迎头一棍砸在陈经理的脑门上。

周舒桐等人压根儿没反应过来，自然也来不及阻止。陈经理哀号着捂着头后退两步，三人中剩下一个个子较高的，也抽出一根相同的棍子打了过来。

周舒桐下意识就要往前冲，老张和老刘眼疾手快，从后面一左一右拽住她的肩膀。周舒桐回头，只见老张、老刘朝她递个眼色，掏出证件远远冲那边喊："警察！住手！"

这喊声倒是颇为嘹亮，但"鑫全"的这帮大小伙子眼见经理挨打，哪儿还顾得上别的，纷纷上前助拳。双方早打成了一锅粥，根本没人理会他们说什么。

周舒桐甩开两个老刑警的手，上前尽可能分开互殴的双方。对方可不讲武德，也不看是什么人，上手照样打。周舒桐本能地往腰上一摸，发现没带甩棍。

老刘再度上前把她拉出人群，低声说："能制止就制止，老张已经叫增援了，制止不了就随他们打呗。"

"刘哥，"周舒桐难以置信地回头看他，"总不能让他们拿咱们当透明的吧？"

她说着又要往人群里冲，却瞧见那一团混战之中忽然伸出来一只手，"唰"的一下正中带头那男人的鼻梁。

那男人愣了，还没回过神来，一个人迅速插入人群，将另外两个人一秒缴械。拳头一上，三个人瞬间都太太平平地趴下了。

老刘瞪大了眼睛，说不出话来。

周舒桐眼睛也瞪大了："关……关老师？"

老张和老刘这才反应过来，张大了嘴："关队？！"

* * *

关宏宇用带头那男人的衣服擦了擦发红的拳头，抬头看了几人一眼，皱起了眉头："周巡什么时候把鑫源置业的案子派给你们了？"

老刘"啊"了一声，低声说："昨……昨天晚上。周队的意思是，这案子主要还是他和您来抓，我们就协助先……先做做走访。"

周舒桐在一旁上下打量着他的穿着，似乎想起了什么，隔了一会儿才小心翼翼地试探道："关老师，我刚才是不是在门口……"

关宏宇愣了愣。

这小姑娘眼神也太毒了！

他正愁怎么搪塞过去，门口传来了脚步声，周巡大摇大摆地走了进来。关宏宇一回头，俩人对了个正脸，都吓了一跳。

周巡指着关宏宇："你……"

关宏宇只好说："我……"

幸好周巡愣了一瞬，一拍大腿，扯着嗓门说："嘿！老关！你跑那么快干什么？"

他这声音量实在太大，关宏宇一听就知道不是说给自己听的。他看着门口，瞅见后头没别的人跟进来，顿时就明白了——周巡和关宏峰肯定是一起来的，只是关宏峰落在了后面，这会儿听见周巡嚎这一嗓子，估计是不会进来了。

他背着手退到一边，老刘和老张何等会瞧眼色，上去把那三人——关宏峰他们通过手机定位找出来的贾纪、冯波和邝小山铐了起来。

周巡朝关宏宇挤挤眼睛，说："刚定位着这仨臭小子，我说让你等我会儿你就不肯，他们能跑了不成？你至于吗？"

关宏宇内心万马奔腾，口头上却还得和他唱双簧，眼睛瞟着周舒桐等人，说："我是看小周他们先进来了，这厮身上又带着家伙，我怕他们吃亏。"

周舒桐左看看右看看，仍旧有些疑惑，真诚地问："周队，这案子您不是让我们先走访调查吗？怎么……"

周巡正色道："你们走访你们的。这厮人凑巧跟市局专案有关，是另外一事儿，赶巧了。"

周巡那一嗓子吼得十分及时，关宏峰一听见，心里有数是怎么回事，迅速反应，闪身出门外，快速回到车内。一回头，后座上的赵茜正迷惘地抬头看着他："哎，关队，您怎么这么快就回来了？"

关宏峰正琢磨着怎么回答，从反光镜里看到后面又有两辆警车停靠在路旁——是曲弦带着朝阳支队的人也赶到了。

他略一思忖，心下一凉，也顾不上回答赵茜，拉开车门就下了车，朝曲弦迎了上去。

曲弦看见他，照例没什么好脸色。

关宏峰丝毫不以为意，面色郑重地对她说："曲队，有个事儿，单聊几句。"

"说吧。"

关宏峰没说话，看了看左右其他人。

曲弦翻了下白眼，没好气儿地拉开依维柯警车的后门："行行行，上车说。"

两人进了车后座，关宏峰收敛神色，严肃地说："贾纪那厮我们已经控制住了，现在想求你个事儿。"

"哦？"曲弦立刻挑起了眉头，"你关宏峰能求到我头上来，我都不用猜，肯定不是什么好事儿。"

关宏峰苦笑了一下："能不能把你的人暂时给我和周巡调派？"

曲弦有些疑惑："你们打算干什么？"

关宏峰轻声叹了口气："程奇说的你也听见了，接了徐雷班的那个新大哥叫任湛。贾纪他们被咱们带走的事情很快就会打草惊蛇传到任湛那儿，所以我想带你们队的人，先去直接收了任湛。不然，往后就不一定好逮了。"

曲弦想了想："这个任湛和咱们现在的专案调查有关系吗？要抓他我会带队去抓，也用不着你们来啊。"

关宏峰故作为难地嘬着牙花子想了好一阵儿，对曲弦说："不瞒你说，贾纪他们三个人之所以跑到这个鑫全置业来，很可能与我们辖区内的一起命案以及一起失踪案有关联。他们仨只是小喽啰，背后的势力肯定就是这个任湛……当然，抓到人之后，我们只要问出想要的线索，人还是归你们队处置。而且之前程奇也说了，那个任湛大多时候是在土城那边的洗浴中心泡着。你们队的人我们就借用半天儿，你看行不行？"

曲弦冷哼一声："饭会吃，话会讲，人我也会抓，用不着你们丰台的来带队。我现在就去把任湛收了，你们要想问什么，来我们队里问吧。"

说完，曲弦推门下了车，对手下的刑警下令："上车，回土城附近实施抓捕。"

关宏峰一脸心有不甘地下车离开。

他边往周巡的车走，边听到身后两辆警车发动离开的声音，长长地出了口气。

04

周巡这边一直靠在门口盯着外头的关宏峰,见他脑子转得快,上了曲弦的车,心思稍微定了定。正巧老张和老刘扣完贾纪等三名嫌疑人,过来请示他:"周队,那我们就把他们仨送您车上?"

周巡正琢磨着要怎么回答,看一旁的关宏宇冲自己挤眉弄眼,立刻反应过来:"不用了,我自己把他们仨带过去就行。你们先固定一下现场,实在不行,叫技术队待会儿过来拍个照。虽然没出什么事儿,但也得写办案说明啊。"

他说完一把拽住带头的贾纪,走到门口附近,先探头往外看了看情况。关宏峰和曲弦正一前一后进入后面依维柯警车的后车厢,而周巡自己的越野车后座还坐着一个赵茜。

他想了想,拉拽着贾纪等人朝自己的车走了过去,还不忘回头对关宏宇说:"老关,你先帮着盯一眼,让他们把现场固定好。这鑫全置业的都别让走啊,一会儿要挨个儿做笔录。"

他说完,利索地把三名嫌疑人带到车旁,拉开后车门,对赵茜指了下前面停着的周舒桐开来的那辆车,低声说:"三个,都逮着了,车里坐不下。你先下车,待会儿跟着小周他们一块儿走。"

他一边说一边观察着曲弦那辆车的情况,见关宏峰和曲弦似乎结束了交谈。关宏峰下车,对他使了个眼色,周巡又对已经下车的赵茜说道:"这几个,你帮老关盯着点儿,我进去一下。"

他跑回鑫全置业,里面周舒桐和老刘几个还在处置问话。他走过去对关宏宇说:"老关,咱们回总队吧。我让小赵跟小周他们一个车走。"

关宏宇听完一惊,瞪着周巡。

周巡立刻警醒——周舒桐、赵茜,这俩人现在可不能一辆车走!

他故作眨眼思考的样子问:"哎,老刘,你们叫增援了吗?"

老刘被问得一愣,但还是老老实实地回答:"啊?叫了。应该很快就到。"

"那也成。我们这儿人有点儿多。你先把车钥匙给我吧,回头你们处理完现场,做完笔录,跟着增援的车回去。"

人确实有点儿多,周舒桐将车钥匙递过去。

周巡接了钥匙,借着别人看不见的角度,用口型对关宏宇说:"等会儿再出门。"

他一路小跑,把车钥匙递给越野车外等待的赵茜,交代道:"小周他们还要忙一会儿,回头跟增援一块儿走,你正好顺便帮他们把车开回去。"

赵茜不疑有它,应声接过车钥匙,将周舒桐的那辆车开走了。

见她离开,周巡朝鑫全置业的方向扯着嗓子喊了句:"老关,走吧!"

他自己坐进驾驶席,旁边的门也开了,关宏峰无声地坐进了副驾驶的位置。

半分钟后,关宏宇也出来了,一出门就远远地望见周巡的越野车里坐着周巡、关宏峰和三名嫌疑人。

他正打算从兜里掏出帽子和口罩迅速走人,后面响起了脚步声,回头一看,脸上表情差点儿挂不住——周舒桐追了出来,叫道:"关老师,等一下。"

关宏宇牙根都咬紧了,猛地转过身,迎上跑出来的周舒桐,上前一步,几乎脸贴着脸挡在周舒桐面前。

周舒桐吓了一跳。对方比她高半个头，居高临下，完全将她的视线挡住了。

关宏宇故意恶声恶气地说道："咋咋呼呼的像什么样子？干什么？"

周舒桐看不到越野车的方向，和关宏宇离得这么近也让她很不习惯，一时语塞："呃……关老师，我、我就是想问一下，市局的专案调查……"

关宏宇打断她："不关你事儿，回去踏踏实实干好你的活儿。"

他一边说话一边瞟了眼越野车的方向。幸好，关宏峰已经趴到座位下面，从外面看不到了。

他松了口气，转身要走，没走出两步，后头那小尾巴又跟了上来。这回她干脆绕过了他，转身拦在周巡那辆车副驾驶的车门前，喊道："关老师，等一下！"

关宏宇见她和坐在副驾的关宏峰只隔着一扇车门，心脏都快麻痹了。他悄悄咽了下口水，运着气说："你到底想干什么？"

周舒桐也有点儿委屈，低声说："关老师，我对现在的工作指派并没有任何意见。但我一直都想问您，是您让周队把我派去探组的吗？"

关宏宇一低头，在周舒桐身后，关宏峰从车窗探出半张脸，冲关宏宇指了指周舒桐，摊了下手。

关宏宇肺都快气炸了，假装没看到他，耐着性子解释："是又怎么样，不是又怎么样？我、周巡，哪个刑警不是从探组开始做的？你去探组才待了多久？难道你没发现这正是你缺少的历练吗？"

周舒桐想了想，认真地说道："关老师，这要是你真实的意思，我没有任何意见。探组的前辈们也很关照我，这段时间我确实学到了不少东西。我只是想知道，我今后是否还有机会能继续在关老师身边学习。"

周舒桐身后的车窗旁，关宏峰朝关宏宇点点头。

关宏宇伸出右手的中指搓了搓眉毛："这个……肯定还会有机会。再说了，只要你有学习的态度，跟谁学不是学啊。"

周舒桐听完，眉头舒展开来，露出一个真诚的笑容："谢谢你，关老师！"

她的目光澄澈、真挚，关宏宇被她这么望着，不由自主地有点儿心虚起来，摆了摆手："行了，赶紧回去做事吧。"

周舒桐点点头，欢快地朝鑫全置业的方向跑去。

关宏宇刚拉开车门，这姑娘又转过头来，兴奋地说："哦对了，关老师！"

关宏宇一只脚都已经踏上车了，慌忙一掩车门，半个身子在车里，半个身子在车外，满脸无奈的表情："又怎么了？"

周舒桐声音清亮、认真："那个……上次在塘沽……还有今天，谢谢您帮忙！说起来，都不知道被您救了多少次了。"

关宏宇咬牙切齿地低下头，深吸了一口气，抬起头恢复了平静的笑容说："没关系，不用放在心上。"

周舒桐舒心地笑了。

这小姑奶奶，这回总算是真进去了，没再杀个回马枪。

关宏宇挤进副驾的位子，扭头去看周巡。

周巡整个儿脸都趴在方向盘上，像是已经笑到抽搐了。过了好一会儿，他才平复下来，侧过头，枕在方向盘上，看着副驾驶席的方向："'关老师'，那咱们回总队呗？"

关宏宇、关宏峰异口同声地反问道："你说呢？"

05

载着"内讧三人组"(以及三名犯罪嫌疑人)的越野车停在了河边。

周巡下车,把后面的三名嫌疑人一个一个从车里揪出来,让他们排好队坐在地上,警告道:"我就在旁边儿看着,你们仨谁敢动,就直接戴着铐子下河游泳去。"

那头兄弟俩不用他说,默契地下了车,朝河边又走了一段距离。

周巡耸耸肩,跟过去,深吸了口气,开口道:"我说你俩……"

两兄弟谁也没正眼瞧他。关宏峰盯着关宏宇,低声责问:"不是交接了身份吗,你怎么又跑出来了?"

关宏宇的语气里也带着恼怒:"我有我的事儿啊。再说,我怎么知道你在市局总队查案能查到这儿来!"

"不说会不会查到这儿来,你在外面就有暴露的风险。等晚上咱们换回来的时候,你想查什么再去查,不行吗?"

关宏宇低吼道:"你还说我!之前我全天在外面的时候,你不也往外跑吗?你就没考虑过安全问题吗?你这双标得有点儿无耻啊!"

周巡伸手分开吵得差点儿鼻子怼鼻子的两人:"二位!二位!你们先听我说一句。"

关宏峰说:"你等会儿!"

关宏宇说:"没你事儿!"

周巡被两只手推了一趔趄。

关宏峰快速低声说道:"我之前出来是为了查佳音被害的线

索。说实话,如果不是后来你强行禁止我外出,我甚至都已经调查出一些眉目了。"

关宏宇回道:"嗨!闹半天,还是我妨碍你查案了?要么咱俩换回去,我接着全天在总队查案,你自己爱跟外面怎么晃悠我不管了!"

周巡做了半天心理建设,叹了口气,一手抓住两人的一只胳臂:"哎,你俩真当我透明的啊?我说关宏宇,别的我不说啊,今天一早你就这么突然和你哥换过来,也不通知我一声。你知道当时要不是我反应快——"

关宏峰打断他:"他其实也没告诉我你知情,我是从你的反应看出来的。"

关宏宇左看看右看看,被气笑了:"哦,你俩又是师父徒弟,又是上下级的,到底是关系铁,这会儿穿一条裤子,联合起来开始针对我了是吧?"

几人不约而同地沉默了几秒钟。

关宏峰叹了口气:"好了。咱们现在是解决问题,也别意气用事。你到底有什么要查的事情,说出来,咱们大家商量。眼下总队的案子肯定要尽快破,佳音遇害的事情也要继续查——"

周巡打断了关宏峰:"你等等,老关。关宏宇,你这话我听不懂了。你别忘了,当初要不是我提醒你,你能想到有可能是他陷害的你吗?"

关宏宇也说:"没错啊。可你别忘了,这一天到晚在我耳边叨叨,让我把我哥找回来的又是谁?这时候跟我玩起失忆来了啊周队?"

"一码归一码。你必须承认,在案件侦破的经验和——"周巡说。

关宏峰推了他一把，怒道："周巡，你是人吗？"

"我算是看出来了，你俩铁打的亲兄弟！"周巡也吼道，"我他妈就是那流水的外人！"

贾纪等三名嫌疑人坐在河边远远望着周巡和关氏兄弟唇枪舌剑，都是一脸疑惑。

河边安静了一小会儿。

关宏宇冷静下来，自知理亏，率先打破僵局，给其余两人扔了颗炸弹："鑫源置业门口监控里拍到的那个人是我。"

关宏峰还有些莫名其妙。

周巡想了想，整个人差点儿跳了起来："你？你跑那儿干什么去了？"

"上一个案子侦办期间，作为徐赫提供情报的交换条件，我当时不得不出面帮他处理个问题，但没想到卷入了'鑫源'和'鑫全'两家中介的矛盾。"

周巡听着，倒抽了口凉气："哥！我叫你一声哥！里面那人不是你杀的吧？"

"怎么可能？郜君然不是说了吗，那人是被钢弦勒死的。"

"钢弦。"关宏峰一惊，"那可能就是叶方舟组织的那个杀手。佳音的死，应该也跟这个人有关。我在调查修车行期间，还险些被他盯上。"

周巡想了想，对关宏宇说："好家伙，我现在这雷可越背越大。那天你一进一出到底都发生了什么事儿，回头咱们得说清楚。关宏宇呀关宏宇，你折腾这么久就是为了能自证清白，那就别老一天到晚抱着个做贼的心态好不好？这事儿你当时跟我明说了能怎么着？"

关宏峰说："话也不能这么说。当时的儿童失踪案，宏宇压力非常大,你不但没有给他足够的支持,反而是施压者之一,不然他何苦跟徐赫合作?"

"这会儿又宏宇了,你到底哪头儿的?"周巡也炸毛了,"哎呀,好了好了,先紧着总队的要案侦办吧!"

关宏峰沉吟了会儿,对关宏宇说:"你说得没错,你要怎么活动是你的自由,我管不着。现在这事儿牵扯这么多,如果身份暴露,不再只是你我的问题了。谨慎点儿吧。"

关宏宇没脾气了,点点头,从口袋里掏出帽子和口罩,又想起什么,对周巡说:"对了,你把小周他们探组派来查这个事儿……上个案子你也看见了,那孩子可是个咬住了就不撒嘴的主儿。你当心点儿。"

周巡心有余悸:"确实咬得紧……我不是事先不知道这里面有你吗?"

"好了好了,大家以后尽量信息共享吧,随时通个气儿。小周那边儿我想办法。"关宏峰说。

三人商议已定,周巡和关宏峰押着嫌疑人回到车上。关宏宇在原地站了一会儿,戴上帽子和口罩,单独离开了河边。

市局刑侦总队审讯室隔壁,曲弦推门进屋的时候,周巡和关宏峰正隔着单反玻璃观察审讯室里的讯问工作。

曲弦瞟了眼,看到总队的刑警正在审问冯波,问道:"任湛已经被我收进去了,连同他身边的四个小喽啰,还顺带着封了一家涉黄的洗浴中心。你们这儿有眉目了吗?"

周巡摊手:"这仨小子都是滚过热堂的,老油子了,东扯一句西扯一句,只要问到去年四月二号的事儿,众口一词地推说不知道。"

关宏峰思忖着："也不一定就是故意不说。如果那天他们真的没有作案或者没有发生什么特别的事儿……随便让任何人包括你我，想起去年当中某一天我们做过什么或是去了哪儿，我们一定会有印象吗？再说，从监控中推测他们可能有嫌疑，是因为腰上别了形似凶器的物品。今天现场抓捕的时候，咱们也都看见了，他们腰上别的并不是砍刀，而是棍子。"

曲弦有点儿不耐烦了："说来说去，就算是他们仨，砍人的也应该只有一个吧。不是对嫌疑人的身高和体态有大致推断吗？优先突击审那个特征相近的呗。"

周巡说："或是把他拉到我们法医实验室去，做个测试。如果测试结果和被害人身上的伤口接近的话，问起来是不是心里更有底？"

关宏峰眨眨眼，问周巡："什么测试？"

"很有意思，你肯定会喜欢的。"

几个人从审讯室那边出来，急匆匆地穿过大厅。周舒桐迎面走来，见到几人，过来打了个招呼："周队，之前和反扒以及治安支队联合行动的办案说明我今晚上应该就能写好，是交到您办公室，还是我直接送到总队去？"

周巡的心思根本没在这儿，也没细听，摆摆手："都行，都行。"

周舒桐点点头，看着一行人越过她，去了法医实验室。

邵君然这个时候当然哪儿也没去，不过几分钟的工夫，他就在一个尸检台上竖立起三具人体的半身模型。

这会儿办公室里显得挺拥挤——除了小徐，还有贾纪等三名嫌疑人、曲弦、几名朝阳支队的民警、关宏峰和周巡。

关宏峰近距离观察着人体模型，用手抚摸模型的材质，问郜君然："是磷酸钙做的吗？"

郜君然一挑眉毛："羟基磷灰石和聚磷酸钙制成的生物陶瓷，七十二比二十八的配比。"

关宏峰把手伸进人体模型的眼眶，摸了摸里面："医用硅胶？"

郜君然点点头。

关宏峰说："以后再仿制人体组织的话，尽量用泡沫型硅胶，不要用固体型。二者在邵氏硬度上能差出十度以上，对测试结果影响还是很大的。"

郜君然若有所思地点点头，同时凑近关宏峰的脸，仔细端详他。

关宏峰扭头看了他一眼，似乎闻到了他呼气中的酒精味儿，小声问道："周巡知道你又偷喝酒吗？"

"呃……"

周巡隔得远，没听见，问关宏峰："开始吗？"

关宏峰点头，对曲弦比了个"请"的手势。

曲弦会意，走到三名蹲在墙边的嫌疑人面前，居高临下地说："一会儿轮流给你们仨一把刀，你们对着那三个人体模型各砍一刀，照着脑袋砍。跟我弄虚作假、不认真砍的，就做好准备跟徐雷当室友吧。如果有拿了刀敢往模型之外其他人身上招呼的——"

她身后，两名支队刑警把手扶在了腰间的配枪上。

关宏峰上前两步，接过曲弦的话，安慰道："不管你们相不相信，这个劈砍测试和你们自身并没有什么干系。确切地说，是找你们过来协助我们的一项工作。所以，你们不要有什么顾虑，该怎么做就怎么做。"

布置完毕，测试正式开始。

身材矮小壮硕的贾纪拎刀来到三具模型的身后，各砍了一刀。第一刀砍偏了，砍刀从右耳上方斜着切进去几厘米。第二刀从头颅右上方砍进去，刀口更浅一些。第三刀砍在附近的位置，刀口比之前深一点儿。

完成测试后，刑警上前收了他的刀，郜君然在人体模型的刀口上标注了记号。

周巡和众人对视一眼，去看关宏峰，发现关宏峰一直在低头看案卷，根本没怎么关注测试。

轮到人高马大的冯波。

他是个左撇子，第一刀砍进模型头部左上方，位置偏前额方向，刀口相当深。第二刀也砍在近似位置，刀口更深了。结果，刀拔不出来。冯波双手握刀，一使劲，连刀带人体模型都举起来了。

两名配枪的支队刑警警惕地上前制止："放下！"

冯波吓得一撒手，人体模型和刀都落在尸检台上。

周巡上前把刀拾起来，正要再递给冯波，关宏峰头都没抬地说："不用砍了，换下一个。"

最后轮到瘦弱的邝小山。邝小山拎着刀运了半天劲儿，一刀砍过去，刀直接弹了回来。他心虚地望向周围。

周巡一扬下巴："继续砍。"

邝小山应声继续砍下第二刀、第三刀……但由于身材矮小瘦弱，加上力量不足，每刀都弹了回来，到最后都把模型砍倒了，刀也没砍进去。邝小山左看看右看看，老老实实把刀放到尸检台上，伸手把砍倒的模型扶了起来，哭丧着脸试探地问："还……还继续吗？"

周巡没了主意，去看关宏峰。

"行了。"关宏峰合上案卷，摆摆手，"去墙边儿蹲着吧。"

他走到尸检台前，拎起砍刀，掂了掂重量，突然回过头说："周巡，你试试。"

周巡上前接过刀，对着第一具模型比画了两下，问："按那个角度？"

关宏峰点头："对。"

周巡抡起砍刀，先后对三具模型的后脑和正中都砍了一刀。

刀口都挺深的。

关宏峰上前检查了一遍刀口，朝曲弦递了个眼色。

曲弦立刻让人把那三名嫌疑人押出去了。

关宏峰这时候才拿起案卷，低声对邰君然说："收拾一下吧，把三个模型头部的刀口拍照传给我。还有，别喝酒了，聪明并不是一件羞耻的事情。"

邰君然眨眨眼，想要辩解："我……"

"你手腕和脖子上的红点儿，应该是酒精过敏的反应。从你的状态来看，你喝得不多，只是持续在喝。一个酒精过敏的人，却像酒鬼一样没事儿总来一口，挺奇怪的。我不知道你为什么一定要喝酒，不过我听说一直有种论点，认为长期饮酒可以线性地降低智商。我知道你是个天才，我也能理解维持一个高智商水准和周围的人相处有多别扭。但就像我刚才说过的，聪明并不是错。做你自己就好。"

两人说话的工夫，周巡和曲弦已经走在前面。邰君然还想说什么,关宏峰回过头,余光瞟着角落里的健身器材,又叮嘱道:"另外,不管你是在增肌还是减脂,也不管你在喝的是什么酒,这种高热量、零蛋白质的发酵食品似乎对你没有任何帮助。赶紧戒了吧。"

他快步跟上前面的两人。

曲弦回过头来看他,他低声肯定地说:"不是这仨棒槌。我仔细看了尸检报告,现有的三名被害人无论是什么样的身高,伤口的深度和角度都是完全一致的。也就是说,凶手运用凶器的熟练程度十分惊人。这一点连周巡都做不到。周巡砍的那三刀,虽然刀口深度差不多,但因为三具模型的身高差异,刀口角度不一样。而我们要抓的这名凶手,是可以完全无视这些差异的。砍比他个儿高的人,他可以用手腕发力;砍比他个儿矮的人,他可以用肩、臂发力,但伤口的深度、角度完全一致,相当精确。"

周巡和曲弦听完,互相看了一眼。

曲弦若有所思地说道:"凶手是个用刀的老手……"

"如果你说的'老手'指的是至少有十年用刀经验的人的话,"关宏峰说道,"是的。"

周巡想了想:"要这么说,我好像找到新的嫌疑方向了。"

玖 一叶障目

01

关宏峰趁着天色暗下来之前回到仓库。

关宏宇替班,和曲弦、周巡一起押了嫌疑人回总队。交接完毕后,三个人极有默契地没人提出马上回家。曲弦带着几人到了一家火锅店,找了个三角围炉的桌子,一边涮肉一边继续讨论案情。

关宏宇说道:"也就是说,在庞成担任厨师长期间,副厨师长丁传对这个职级安排一直不满,而且因为考勤的事儿和庞成发生过多次冲突。再加上他是用刀的好手,来回出入作案又不会被监控拍到……曲队,去年案发的时候,你们没排查过他吗?"

曲弦头也不抬地边吃边说:"排查过。我们甚至单独拘传了他十二小时,但是没有目击证人,也没有凶器。他本人矢口否认,我们总不能就一直扣着吧。"

关宏宇想了想:"重楼烤鸭店上下两层,一千多平方米的营业面积,藏把刀可太容易了。你们当时应该仔细搜一下整个儿饭店。"

"用你说?"曲弦翻了个白眼,"我们连泔水都掏过了,确实没发现凶器。姓关的,虽说咱们有约在先,但你也别太跋扈。什么时候轮着你教我办案了?"

她说着,脸色很不好看地又瞪了眼周巡。

周巡从锅里捞了一块儿冻豆腐,摇头晃脑地哼唧:"哎呀,我完全听不懂你们在说什么……肉熟了能捞了,甭客气啊。"

曲弦冷笑:"甭装傻。你跟姓关的是穿一条裤子的。真招我翻了脸,你也跑不了。"

关宏宇掰了半个火烧,把盛火烧的盘子推给曲弦:"成了,你就不能有话好好说?这不都是为了破案吗?再说了,何必用这么恶心的比喻,我俩能穿一条裤子吗?"

周巡听到这儿,差点儿被冻豆腐烫着。他放下筷子:"哎我说关……老关!这么多年兄弟,你这话什么意思?"

"哎呀,我这不跟曲队说话呢吗?你这人就是吃心。"

曲弦受不了了:"行了,都别说了。跑了一整天还能不能好好吃个饭了?"

包厢里沉默了好一会儿。

曲弦低头吃了个半饱,这才拿筷子戳在桌子上,若有所思,隔了片刻,低声道:"话说,这四月一号眼看着就过了。每错后一天,发案概率就高很多,而咱们连个吃准的方向都还没有。不管你们怎么看,我是真的不想再有人被害了。"

周巡也停下筷子:"要我看呢,咱们不妨全面撒网,有嫌疑的,该收都收。哪怕是一直耗到四月十号,如果一直没有新的案件发生,就很可能证实凶手就在咱们收进来的嫌疑人中。"

关宏宇把筷子往桌上一扔:"这不是扯呢吗?像贾纪那伙儿人,本来就有涉黑背景,羁押起来正当合法。但丁传这样的无辜良民,你没有确凿证据,凭什么扣着人家呀?"

曲弦似笑非笑地点头:"还是咱关队觉悟高,大概是能体会好人被冤枉的辛酸吧。"

关宏宇没好气地白了她一眼，扭头去看周巡。

周巡再度低下头，吃了一大口肉："好奇怪啊，我还是听不懂你俩在说什么……"

关宏宇强压住火气，说道："都吃饱了？那开始吧。"说着从牙签盒里倒出三根牙签，把其中一根掐短了一截，碾在手里，露出另外一头递给周巡："你先抽。"

周巡顺手一抽，是一根完整的牙签。

他直接拿牙签剔着牙，笑呵呵地看着曲弦。

关宏宇把剩下的两根牙签递到曲弦面前："曲队？"

曲弦伸手一抽，是那根短了一截的。她一抬头，见那俩人正整齐地咧开嘴对着她笑。

关宏宇笑道："得，那有劳了，曲队。"

曲弦把半截牙签一扔，拔下一根头发，在手上绕了几圈，扔进面前的碗里，又拿起一根筷子搅和几下，随后挑起一根沾满了芝麻酱的头发来。

她把筷子往碗沿上一搭，抬手一拍桌子："这什么啊？服务员！"

服务员应声跑来："您好？"

曲弦一指筷子上搭着的那根头发："我这都快吃完了，怎么里面还有头发啊？你们这是恶心谁呢？"

服务员也愣了，颇有些无措："呃……这个……对不起啊！我……给您换一碗！"

曲弦一副气冲冲的模样："还换什么呀，我都和着它把饭吃完了！这东西你们后厨谁配的？"

"呃……我、我可以去给您问问，不过，我们的调料里应该不可能有……"

"什么叫不可能有？你是说我讹你呢是吗？"

"不是，不是！"

"成了，甭废话，我看你也做不了主，把你们厨师长叫出来。"

服务员听完慌慌张张跑向后厨。

周巡低头憋着乐。

关宏宇从牙签盒里又摇出根牙签，一边剔着牙一边饶有兴趣地看着曲弦。

曲弦突然飞快地伸出左手，一把抓住关宏宇的右手摁在桌子上。只见关宏宇的右手掌心里握着刚才剩下的那根牙签，也是短了一截的。

周巡在旁边轻声吹了个口哨："老关，这种小事儿你都出千，我也帮不了你了。"

关宏宇正哑口无言之际，厨师长丁传急匆匆走了出来："不好意思，您这是……"

曲弦站起身，亮出证件："朝阳支队。丁传，现在有案件调查需要你配合，跟我们走一趟吧。"

丁传瞬间显得有些惊慌。

周巡站起身，已经拦在了他身前。

丁传说："呃……我、我能不能换个衣服？"

曲弦冷冷道："不用了。如果没你什么事儿，很快就放你回来。要是有事儿，看守所有衣服换。"

她正要走人，想起什么，回过头来望着看完戏正准备起身的关宏宇，皮笑肉不笑地说："关队等什么呢？结账去吧。总不能真吃人家霸王餐，你说是吧？"

※ ※ ※

小仓库内,崔虎那神乎其神的莫尔斯电码传输装置总算正式派上了用场,关宏峰戴着耳麦,正试图了解多一点儿情况。

"说起来,叶方舟和金山团伙之间走的那笔军火交易是你搭的桥,你不可能对叶方舟的背景一无所知吧?"

通过传输装置,朴森的回答逐字显示在屏幕上。

"和一无所知也差不了太多。"

关宏峰挑起了眉毛:"怎么讲?除了没有具体的名字给我,你对这个组织还有其他了解吗?"

"这个组织很奇怪,至少是我以前没见过的。他们在交易过程当中提出了一些前所未见的要求。"

"譬如?"

"只收现金,不见面交易……还有,姓叶的最强调的一点,这批武器不允许卖到北京。"

"这伙人就是北京的,不同意'出口转内销'也很正常。"

"为了坚持这点,宁可被压价三分之一就不太正常了。"

关宏峰听完愣了愣。

"我接触过的所有团伙,不管是哪条线上的,打打杀杀也好,谈判行贿也罢,最终目的都是为了钱。你想啊,不是为了更大的蛋糕,谁非得拉帮结派啊?"

关宏峰曲起手指,在桌上轻轻敲了两下:"但是……这伙人最想要的,不是钱。这就有意思起来了。"

"这些人专门招募退役的军警人员,而且能感觉到,他们当中有比较严格的等级制度。虽然过我手的就那一档子事,但我听说,甘肃、湖北、山西……至少四五个省都有他们的交易活动。武器也好,毒品也罢,统一的要求都是不允许让货物流回北京,也从没有人见过这伙人的头儿。"

关宏峰思忖片刻,说道:"那如果只是纯粹让你猜,你觉得这伙人想要的是什么?"

"你这么问我,想必已经有了答案。"

此刻,在城市的另一头,依然是那个办公室里、那扇巨大的落地窗前、那张真皮办公椅上,有人正与电话那头的人进行相似的讨论。

"是,我也想不通这个事。任何有组织的犯罪,不图财,还能为了什么……不过我注意到,从收集到的信息来看,这伙人似乎只在丰台区一带活动,而且身份隐藏得非常好,我访不出任何具体的名字,包括那个'娃娃'。通过公安外围能了解的信息里,有个叫叶方舟的前刑警,还有个叫安廷的退伍军人,好像都属于这个组织……"

他说着走到窗户旁,看着外面道路交错有序的夜景,似乎恍然大悟,对着电话低声说:"要这么说,我好像明白这帮人为的是什么了。"

02

对厨师丁传的审问持续了一个晚上,他的嫌疑基本排除。据丁传供述,他和死者即当时的厨师长庞成虽然有矛盾,但到不了你死我活的地步,他更不可能去杀人。再者,他是前年年底才来北京务工的,也就是说,第一起和第二起案发的时候,他人压根儿不在北京,就更谈不上什么动机了。

又熬了个大夜,几个人都困得不行。曲弦去找地方补眠,临走还讽刺:"关队,一样一宿没睡,你气色倒是挺不错的。"

关宏峰当然也不和她计较这个,他和周巡在楼前看着丁传向外走,也颇有些哪儿哪儿都不着力的感觉。

线索又全断了。

有个人手里抱着资料册走进来,在门口遇到赵茜,两个人一块儿往里走。关宏峰瞧见她,愣了愣,问身旁的周巡:"她怎么来了?"

两个人讲话的时候,周舒桐已经到了跟前,挺兴奋地先是和他打招呼:"关老师。"

周巡摸了摸鼻子。周舒桐转过来,笑眯眯将手里的文件夹递给他:"周队,这是两份办案说明,包括之前和治安支队临时行动的和昨天在鑫全置业的。我都弄好了。"

周巡接过办案说明:"哦,辛苦辛苦。下回再有这种文件,直接通知我一声,等我回队里再给我就是了。"

周舒桐不知道为什么,心情似乎格外愉悦,语声轻快地说:"好的。那我回去了。周队再见,关老师再见。"

她往外走了两步,又走回来,停在两人面前,说道:"对了,周队,鑫源置业的命案调查,技术队那边的监控我们也得再过一遍。不过我现在在探组了,去技术队调取物证是不是得跟您打个招呼?"

周巡"呃"了一声,游移不定地给关宏峰递眼神。

关宏峰略一沉吟,对周巡说:"眼下,总队这边的任务更重,何况要重新寻找调查关系,能不能让小周跟咱们留在总队帮两天忙？"

周巡会意，连忙说："可以呀。那小周，你跟二探组的通个电话，就说先留在总队这儿，给老关当几天助理。"

这话一出，周舒桐显然也始料未及，眼睛瞬间就亮了："好的！"

几个人讲话间，赵茜一直落在一边，闻言抬起了头，略有些惊讶，然后微微皱起了眉。

那头周巡却没察觉这些暗潮汹涌，他凑近关宏峰，给他使了个眼色。关宏峰和他何等默契，很快就读明白了里面的意思：你家小关呢？交班那么急干什么去了啊？

"小关"这会儿正在逗娃。破案抓凶手这活儿他实在是不擅长，一个班下来心力交瘁，脑细胞死了一多半，只有陪着娃的时候能松快点儿。结果自家娃也冷落他，没逗一会儿，小拳头抓抓，毫无预兆地睡着了，还吐了个奶泡泡。

他愣了片刻，扭头低声问高亚楠："这咋说睡就睡，没过程的啊？"

高亚楠笑了笑："小孩子觉多，很正常。倒是你，熬了一宿，不该跟他一块儿睡会儿吗？"

关宏宇站起身伸了伸腰："我还好。这一旦不用二十四小时连轴转，感觉轻松多了。"

他从果盘里拿起橘子，一边剥橘子一边走到窗前，透过窗帘的缝隙瞟着对面值守的警车。

高亚楠调侃道："关队，您今天不是从正门进来的吗？这大白天的为什么还鬼鬼祟祟的？"

"'正牌关队'现在在市局呢,我还是藏着点儿好。"

"说起这个,跟你哥怎么样了?"

"还能怎么样啊?"关宏宇耸肩,"他只要一恢复身份,那种掌控一切的派头就又来了。我慢慢地发现,就他这副嘴脸吧,放在生活里,时不时地会让人抓狂,但在工作上,尤其是他干的刑侦工作上,他确实能够给人信心,甚至是……"

他说话的声音越来越低,逐渐彻底停了下来。

小区栅栏外,一个人正手插口袋,来回踱步,姿势很平常,人也很平常,但关宏宇看到他的那一瞬间,瞳孔下意识微微地缩了一下。

这大约是一种直觉,他的理性判断也许不如关宏峰,但是野兽般的对于威胁物的直觉一向异常精准。他又观察了那人一会儿。

记忆里,韩彬那段告诫渐渐变得清晰起来:"体型微胖,平头短发,肤色很白,从身材比例上来讲四肢较短……"

他猛地转过身,对高亚楠说:"锁好门,我出去一趟。"

他出门快速戴好帽子和口罩,绕到小区楼后面。"娃娃脸"还在楼下徘徊,他没有犹豫,直接迎了过去。

两人还有一小段距离,"娃娃脸"表情自若地转身来到路边小摊上买了一听可乐,付钱的时候他抬起头,自然地瞟了这边一眼,大约是发现这个戴着口罩和帽子的人是盯着他径直走过来的。

"娃娃脸"略微愣了愣,接过那听可乐,扭头快步离开。

关宏宇跟了上去。两个人的步速越来越快,逐渐走进一条商业街的闹市区。路上的人多了起来。

"娃娃脸"在人流中穿梭,关宏宇丝毫不敢懈怠,目不转睛地盯着他,亦步亦趋地跟随。

走在前面的"娃娃脸"边走边不停地摇晃那罐可乐,拐过街角的时候,随手把它丢给了墙边一个拉二胡乞讨的,随后继续往前走。

关宏宇跟在后面拐过街角,没走几步,在他斜后方,拉二胡的人打开了那罐被摇了半天的可乐,发出"嘭"的一声。

关宏宇下意识地回头看了一眼,发现是拉二胡的手上拿的那听不断往外喷涌的可乐发出的声音。等他再回过头,"娃娃脸"已经不知去向。

关宏宇愣了,在人潮中站定。

一辆公共汽车从街旁驶过,隔着玻璃窗,"娃娃脸"挑衅式地笑着朝街边的关宏宇招了招手。

关宏宇面无表情地小跑了几步,接近刚启动不久的公交车,举起手机,对准对方的脸,按下了快门。

这回换成"娃娃脸"愣了一下。

他的笑容瞬间消失了。

"娃娃脸"很快转过头,公交车逐渐开远。他在三四站后又转了一辆车,然后下了车,来到一条商业街。一辆黑色的轿车正停在路旁,"娃娃脸"上前拉开车门,姿态从容地上了车。

除了司机,车后座上坐着个一脸斯文、穿着讲究、戴着黑框眼镜的中年男子。

"娃娃脸"坐在副驾驶席上,从倒车镜里看了眼中年男子,语气颇为冷静:"裴总,我可能被拍了照片,不知道会不会有暴露的风险。"

中年男子"裴总"摘下眼镜,在手里拿布擦拭,慢条斯理地问:"什么意思?是需要我们把你撤出来吗?"

"娃娃脸"耸了耸肩:"无所谓,听你和大哥的。需要我避避风头,我就先离开一阵儿。如果你们觉得没事儿,我就该干什么干什么。"

"裴总"笑了:"你倒是挺听话的。"

"娃娃脸"也笑了:"客气,工作嘛,专业素质。"

"裴总"戴上眼镜:"我会把你说的呈报给大哥。在大哥的指示下来之前,你继续做手上的事。"

他望向窗外,轻声说道:"你该知道,比起叶方舟那小子,大哥更看重你。不光因为你身手好,更因为你摆得正位置,不那么自以为是。"

"娃娃脸"刚推开车门要下车,听到这番话,回过头来,笑了笑:"说到叶方舟……他死之前是不是跟你说过,愿意交出关宏宇,来换自己一条命?"

"裴总"笑了:"那小子满嘴跑火车,为了活命什么瞎话编不出来?"

"也不一定。"

"裴总"一怔,微微皱起眉头。

"娃娃脸"喃喃道:"我好像真的见到关宏宇了。"

03

关宏峰带着周舒桐考察的第一个地点,就是当年最后一起案件的案发地,重楼烤鸭店。

营业时间,客人还不少,迎宾的服务员上前刚要问话,周舒桐很默契地出示了证件:"刑侦查案,不用管我们。"

关宏峰观察了一下门口的位置,穿过大堂,径直走向厨房的方向。

餐厅里到处都是监控,如果凶手从前门进来,必须穿过餐厅,一定会被监控拍到。因此,查街道上的监控意义反而不大。

厨房里众人都在工作,看到两人走进来愣了愣。周舒桐再次向迎上前的厨师长出示了一下证件,连话都没说。

厨师长立刻让开了路。

关宏峰推开厨房的后门。周舒桐抬头看了一眼,发现餐厅后门内外也都安上了监控设备,她指着探头问道:"关老师?"

关宏峰仿佛知道她要问什么,头也不回地说:"监控探头走的都是明线,应该是案发之后才安装的。"

周舒桐点点头。两人横穿过厨房,来到后门外。由于烤鸭店是在小区外围的底商开办的,后门外实际上就是住宅小区的院内,墙边堆放着烤鸭用的木柴。

周舒桐走到距离墙边不远的地方停了下来,比对着案卷上尸体照片的位置,说:"庞成的尸体是在这个位置被发现的。"

她抽出现场照片递给关宏峰。关宏峰看着照片上庞成尸体面朝下、头对后门的姿态,问:"验尸显示,一刀致命,尸体有被移动过的痕迹吗?"

周舒桐翻了翻案卷:"勘验记录上说没有。"

"那案犯在行凶的时候,是面朝烤鸭店后门、背对着小区的。晚上八点左右,又有路灯,照明条件应该还不错……"关宏峰转身,望着小区院内,喃喃道,"就没有住在这儿的居民目击到吗?"

周舒桐又抽出一张现场照片递给他:"案发时,餐厅后门外大约不到三米的位置是有一条绿化带的,会不会有一定的阻挡视线效果?"

关宏峰面对着后门的方向退了几步,用照片比对角度观察,随后转过身,询问式地看着周舒桐。周舒桐揣摩着他的意思,压低了声音,试探着说:"关老师,凶手会不会就住在这个小区?"

"这个案子确实挺奇怪,但就在自家门口杀人,有点儿荒诞。不过我们可以有一种考量,这是一个封闭小区,四面的围栏都高两米五左右,顶端有尖刺,外面是商业街,再加上案发时间并不是很晚,所以凶手应该不是翻进来的。而餐厅里的监控表明,凶手也不是从餐厅穿进来的。那么如果我们假设,他走的就是小区正门,监控应该会拍到。朝阳支队肯定把当时小区的监控录像做物证封存了……"

周舒桐会意:"那咱们应该重点筛查在案发时间前进小区的人,还是在案发时间后离开小区的人?"

"理论上讲,正好在案发前后进出小区的嫌疑最大,不过这依然解释不了一些问题。"

"什么问题?"

关宏峰罕见地面露疑虑:"如果凶手只是案发前后一进一出这个小区,他怎么能知道被害人在那个时间会跑到后门外抽烟呢?这种事的随机性太强了。"

周舒桐点点头:"那我回去……"

"不用。你通知小赵,让她协同朝阳支队的人去查监控吧。这是个可能的方向没错,但咱们不能把宝全押在上面。"他把手上的照片全递给周舒桐,"咱们去下一个现场。"

两人原路返回,刚走进后门,关宏峰的手机传出短信的声音。他打开短信,一张照片弹了出来。

细眉，小眼，稀疏的头发，比常人略白的皮肤。

他骤然看到这张熟悉的脸，吃了一惊。

同时收到这张照片的还有崔虎。刘音一直站在他旁边，对着照片端详了好一阵子，激动得差点儿没原地跳起来："没错，没错，是他，就是他！"

崔虎揶揄她："你……你瞅你那心、心理素质不、不行吧？早记得拍张照片还用等现在？"

刘音白了他一眼："有照片又有什么用啊？没错，是他是他就是他。光有照片，你能查出这个人的身份吗？"

杨继文本来在那头和朴森下棋呢，听见他俩的动静也凑了过来，看了眼屏幕，愣了愣："这个人我也见过，在长春。"

刘音朝崔虎扮了个鬼脸："瞧，忘拍照的不是我一个吧？"

崔虎却没有理会她，直接问杨继文："你、你在长、长春见过？大概什、什么时间？"

杨继文皱起眉头努力回忆着。

刘音不解地问："你问时间有什么用？"

崔虎扭头看着屏幕上的照片："这、这家伙在北京出现的时间没、没什么用，在长、长春出现的时间也没、没什么用，但要、要、要知道他在两、两地之间往、往返的时间，可、可能就有点儿用了。"

十几分钟后，铁青着脸的关宏宇回到仓库，崔虎正在和几人说自己的想法。

崔虎的思路其实很简单,如果这个杀手曾经去长春找杨继文和朴森,那他往返就很有可能是乘坐火车或者飞机,这两种交通工具都需要实名购票。

"放屁。"关宏宇冷着脸反驳,"他傻啊?他肯定不用自己身份证啊!"

崔虎说:"他的身、身份虽、虽然是假、假的……"

刘音在一旁插进来:"行了,你嘴不利落,我说吧。虎哥的意思是,他用的这个身份可以是假的,但身份证必须是真的。否则,他过不了铁路和航空系统的实名认证。他的身份真假对我们来讲并不重要,我们只要能搜寻出他的这个合法身份,就能顺藤摸瓜了。"

关宏宇脑子转得也不慢:"那他要是开车往返长春呢?"

"距离太远。"杨继文轻声说,"而且那会儿的天气……路况很糟。我不认为他会这么做。在长春,隔着马路我和他打照面的那次,我看他浑身上下裹得特严实,不像是开车的装束。"

关宏宇说:"那好,就算他买的火车票或飞机票,并不是所有的铁路和民航系统都有身份证扫描留底。我们没有照片可比对的情况下,如何确定他的身份?"

崔虎和刘音对视了一眼:"这个会有点儿麻、麻烦,我们商、商量的结果就是,只能把那个时、时间段所有从北、北京去长、长春并且不、不久后返、返回的人,都挑、挑出来。再用每个人登、登记的名字和身、身份证号,一、一个一个上公、公安部内网,核对照片。"

关宏宇一拍大腿:"也就是说,我们现在需要得到那个时间段购买火车票和机票的身份信息登记,对吧?那不得了,你直接黑进他们的内部系统查啊,咱们现在就查。"

崔虎哭笑不得:"咱哥、哥几个,能不能少干、干点儿违、违法乱纪的事儿啊……"

关宏宇知道自己失言,掩饰性地摸了摸鼻子,瞥了眼屏幕上显示的那张"娃娃脸"的照片,犹豫道:"行了行了,我再想想办法吧。"

关宏峰又看了几眼手机里的那张照片,把屏幕按黑。一旁的周舒桐很知趣地没问他频繁地掏手机在看什么,只是轻轻地递过来整理过后的资料。他们正在第二个被害人龚欣遇害的地点,海淀区的某个公交车站。

被害人龚欣四十一岁,是个财务工作人员。遇害时间在四月六号晚上十点半到十一点之间,应该是来赶末班车的。尸体在路旁被发现,没有被移动过。相比庞成遇害的地点,这里是一个开放式现场。

案发是两三年前,这个地段应该还没有安装监控,加上晚上光线昏暗,凶手击杀被害人后迅速离开,没有目击者。

关宏峰沉吟道:"这个遇害地点,随机性更强啊。"

周舒桐一直仔细听着他说话,这会儿想了想,又翻了翻手上的另外一本案卷,轻声接过话头:"第一名被害人刘晓东是在自己的公司遇害的。要这么说,三名被害人都是在工作单位或工作单位附近遇害的,这算不算一个共同点呢?"

关宏峰苦笑:"如果算是共同点,这只会让破案的难度更大。"

"为什么?"

关宏峰语气沉重地说道:"因为那就说明,凶手与三名被害人，在个人生活中很可能不存在任何交集。"

周舒桐略一思忖，试探着问："那凶手会不会与三名被害人在工作当中都有某种关联呢？"

"商贸公司的业务经理，事业单位的财务，还有烤鸭店的厨师长。能同时跟这三个人在工作当中发生联系的，会是什么人呢？"

周舒桐被彻底问住了："呃……"

"走吧，在这儿也不会有更多的发现了。"关宏峰拍了拍她的肩膀，"龚欣的工作单位离这儿不到几百米，我约了海淀支队的，一起去看看。"

龚欣是事业单位编制，单位院子不小，两人到的时候，老熟人赵馨诚已经到了，给他们介绍了单位的领导。

负责人姓钱，寒暄了几句后主动说："龚欣在我们这儿工作差不多都得有十年了，生完孩子来的，一直没动过，老员工了。"

关宏峰问道："她平时正常的工作时间是什么时间段？"

钱主任笑笑："我们这种事业单位，您知道的，就是早八晚五。单位的事儿本来就不多，也不太可能出现加班之类的情况。再加上我们不是服务行业，所以节假日照常休息。工作时间可以说非常稳定。"

周舒桐敏锐地捕捉到了这点，轻声问："但是四月六号那晚，她为什么十点多才下班呢？"

"唉，说来也寸。"钱主任叹了口气，"每年四月初，单位都会开始采购'五一'前后发放的粮油副食品，一般都是在农贸展会或特产展会订的，就是点儿小福利。那天晚上龚欣应该是等着和送货的商家结算,所以才拖到这么晚。"

周舒桐立刻竖起了耳朵:"怎么讲?商家结算,一定要等到晚上吗?第二天上班时不可以吗?"

"送货的,大多是开外地牌照的小货车,晚上七点半之前进不了五环。等送来之后,内勤、库管那边还得点货、验货,一来二去——"

关宏峰打断他:"既然你们有专门的内勤和库管负责收货、验货,龚欣一个财务,为什么留到这么晚?事业单位一向都是走支票和转账的,她只需要开好支票、让验收人员转交,不就可以正常下班了?"

赵馨诚在一旁解释道:"当时我们查过,那晚来送货和结算的商户里,有个别需要现金结算的。"

钱主任接着说:"其实这年头儿,需要走现金的越来越少。不过一旦遇上,交接的时候财务必须在场,当面点清。"

关宏峰的眉头皱了起来,低声说:"给我看看那晚收货和结算的记录。"

四月六日当天的支出凭证很快被送到,关宏峰翻阅了一会儿,从中抽出一张:"那天晚上,只有一家商户是用现金结算的……还能查出来是哪户吗?"

钱主任取过凭证单看了看,有些犹豫:"这是个个体商户,应该没登记。您看,这上面写的连税费都是代扣代缴,一时半会儿挺难查的。"

"有收据或者收条之类的凭证吗?"

"啊,有。"钱主任把凭证单递回来,指着右下角,"您看,这儿有领款人确认的签字。"

关宏峰接过来。

凭证的右下角，果然有一个非常潦草的签名。他辨认了好一会儿，摇了摇头，递给其他人："你们看得出来这签的是什么名字吗？"

众人传阅一遍，纷纷摇头。

关宏峰只得接回来，又端详了会儿，还是没辨认出来这是个什么鬼画符。但他倒发现单据签名位置的附近，有一块儿黑紫色的污渍。

他皱了皱眉，举起凭证单，就着灯光仔细观察着这块污渍。

周舒桐也凑近看了会儿，问："是墨水吗？"

关宏峰微微摇头，把凭证单递给她："交技术队吧。"

04

第一案的受害者叫刘晓东，在商贸公司工作。关宏峰和周舒桐马不停蹄地赶往第一现场，在路铭嘉的陪同下，顺着公司集中办公区的楼梯走上了二楼。

路铭嘉边走边说："整个儿这个院落都属于临建，今年已经开始着手改造了。这三层楼是分割成一间间的办公室，出租给那些小公司的。虽然没有产权登记，不能在工商注册登记，但由于价格便宜，所以很受欢迎。"

关宏峰站在楼梯上，看了看院墙周围竖起的施工挡板，说："既然是个临建，肯定就不用指望有什么监控设备了吧？"

路铭嘉摇摇头："这就属于非常尴尬的问题了。案发那会儿，我们的领导还是吕队。他曾经就这件事儿专门问过治安支队和派出所——为什么没有加装安防监控。那边给的回复是，这边是临建，没有安全规划方案，经费批不下来。可说起来，越是这种鱼龙混杂的地方，越是发案的高危区，怎么能不装监控呢？吕队为这事儿，都快闹到区里去了。最后总算批了个临时预算。"

关宏峰点点头："不过这案子一直还没破……"

"说来惭愧。"路铭嘉小声叹了口气，"年年报结案的时候，都有这起未结命案，队里也觉得挺不光彩。可关队您知道，这些年我们队实在是……"

"我明白，没别的意思。"

一行三人走到了二楼，关宏峰扫了眼楼道内一排挂着招牌字号的门脸儿，问："案发那会儿，被害人的公司已经不在这儿了吧？"

路铭嘉说："去年年底，我接手队里的案件梳理工作，还把这个案子重新过了一遍。被害人刘晓东是这家商贸公司的经理，也是两名合伙人之一。另一名合伙人跟他是大学同学。刘晓东遇害后，他的同学受了很大打击，也无心经营，扔下买卖，回老家休养去了。这家商贸公司由于没去年检，在当年九月份被工商吊销执照。他们的办公室作为案发现场，封了将近两年。解封后，又继续出租，现在待在里面的应该已经是第三拨租户了。"

"好的，那辛苦你了。我们自己在这周围随便走走吧。"

路铭嘉下楼去等他们，关宏峰和周舒桐围着二楼的楼道又转了一圈。

关宏峰眉头一直紧锁。

周舒桐在一旁轻声说："关老师，我记得您曾经告诉我，实施连环暴力犯罪的犯罪人，往往在第一次作案中暴露的破绽和留下的线索是最多的，是这样吧？"

关宏峰笑了："我什么时候跟你说过这些？"

周舒桐眨眨眼："就是在我第一次跟您查案的时候。那个犯罪人好像叫……叫……哦对，叫高远。对对对，高远！就是那个狂欢型谋杀案！"

她眼睛里泛着细碎的光芒，站在楼道的护栏边，看着远方，轻声说："当时您就站在第一案的抛尸现场，推断出凶手其实能够看到这里。结果，咱们通过排查周围的小区，找到了被害人的车，啊，对了，还有他养的猫……"

她说到这里不自觉地停下，回头看关宏峰，却发现他站在护栏旁，直愣愣地看着围墙边竖起来的施工挡板。

周舒桐试探着叫："关老师？"

关宏峰回过神来，指了下施工挡板："刚才小路是不是说今年才开始对这一带进行改造？"

"啊？"周舒桐说道，"是的吧。"

关宏峰没再说话，转身就往三楼跑去。

周舒桐愣了愣，拔腿跟了上去。他们一前一后跑到天台上。

这里居高临下，视野清晰。施工挡板后面的马路对面，是一个展览中心。门口挂着横幅，上面写着"第九届春季农林特产展销会"。

关宏峰盯着横幅，问身旁的周舒桐："之前龚欣的那个事业单位，钱主任说他们'五一'的福利，是从哪儿订的？"

周舒桐心惊肉跳，也盯着那幅横幅，喃喃道："农贸和特产展会……"

两人对视一眼，同时意识到了什么。

"你是在和我开玩笑吗？"曲弦盯着不远处的展销会大门，压低了声音，控制着脾气问，"你知不知道这个展销会有七百多个展位,今天是最后一天,九点半就结束?"

她说着,看了眼手机时间,咬牙道:"现在是七点半,还有两个小时,你让我封锁这么大一块地方?你知道要调动多少人吗?确定凶手就在里面吗?"

她和周巡接到电话后立刻赶了过来,然后就被布置了这么个任务,人站在那儿都蒙了几秒。

周巡赶紧打圆场,说道:"老关都这么说了,那肯定是有把握的。"

关宏峰干咳一声:"抛开第三起案件不说,前两起案件都和这个地方有关联。我刚才找展览中心的负责人了解了一下,这里一年四季,包括每逢传统节假日,都有大规模的全国性农林产品展销会。而第一名被害人刘晓东所在的临建办公区,大多数公司经营的业务都和这里的展销会有关。再者,龚欣所在的事业单位采购'五一'福利,也是在这里订的。结合这两者的关联性,我认为凶手很可能不是本市居民,而是每年四月份来这里参加展销会的个体户。"

曲弦脸色变了,语气也急促起来:"我这里能调动四十多个人。我去和路局说,让总队再调点儿人过来!"

"我和西城、海淀也联系过了,他们都在路上。加起来可能也有四五十人。"

周巡皱着眉说:"一百多人,封锁这么大个场地,根本不够看啊。"

关宏峰低声说道:"把咱们队的人也调来。不管需要多长时间筛查出凶手,只要他人还在里面,我们至少可以阻止他继续杀人。让参与封锁的都穿上制服,便于维持秩序。"

曲弦不再多话,跑去车里拿步话机。

周巡看了眼天色，略微有些迟疑，最后还是凑到关宏峰身旁，低声说："天可快黑了，一会儿封锁现场，就不方便了。赶紧交接，别拿自己身体开玩笑。"

关宏峰看了他一眼，点点头："我有分寸。"

周巡嘟囔了一句："你有个屁分寸。"

破案在即，大家行动起来都很快。警车到达，设置路障，封锁入口。在刑警的疏导下，进入会场参观采购的群众被逐步疏散离开，并要求各展位的商户都留在各自的展台，不许随意移动。

一楼展厅内，关宏峰一边拿笔在结构图上圈出范围，一边布置道："A厅到C厅是粮油副食品展区。这个区域最大，展位也最多，曲队会带朝阳支队和刑侦总队的弟兄一并进行筛查登记。D厅是药用类商品，由我们队排查。E厅由于维修，没有展位，是封闭的。F厅是蔬果类商品，由海淀支队负责。剩下的G厅是小工艺品及其他展品区，就交给西城支队了。大家在筛查过程中不要暴露刑侦的身份，只说是治安和派出所对外来人员及运输车辆进行核实登记。"

路铭嘉问道："那关队，排查时主要问些什么？"

"第一，询问商户是否连续几年都来参加这里的展会。大家心里应该明白，我指的就是案发这几年。第二，查每个商户的交易登记，要格外注意与刘晓东所在商贸公司及龚欣所属事业单位有过关联的。第三，轻描淡写地了解一下商户的结算方式，筛查出那些以现金结算的。我想，同时满足上面三个条件的应该很少。如果查不到往年的交易记录，满足第一和第三条的也应该不多。这么说吧，这三条满足任何两条的，就立刻控制起来。我基本就在这个位置,有任何需要展开询问的可疑对象,第一时间通知我。"

听完简报后,众人散开,立刻开展工作。

周巡离开前瞟了眼外面已经暗下来的天色,有些忧虑地又看了眼关宏峰。

关宏峰掏出手机,看到上面显示着关宏宇发来的短信:"中心北门外马路对面。"

关宏峰收起电话,很隐蔽地朝周巡点了下头。周巡会意,对跟在关宏峰身旁、正在接听手机的周舒桐说:"小周,人手不够,你也跟着队里一起参与排查。"

周舒桐接着电话,朝周巡点点头。

周巡离开不久,周舒桐挂了电话,对关宏峰说:"关老师,技术队那边打来电话,咱们送检的那张支出凭证上的污渍,高哥说是一种花色苷。这是花色素和糖的化合物,由于抗氧化性很好,所以隔了这么长时间还是能验出来。"

关宏峰正要离开会场去交接,听到这话,停了下来,思忖着问道:"查过pH值了吗?"

周舒桐愣了一下:"啊?我……我不知道,我没问那么详细……"

"追个电话过去核实一下。"

"我不太明白。"周舒桐小声问,"关老师,这有什么关系吗?"

"按照技术队的检测结果,这似乎是一种植物型染料。如果是酸性的,那就是红色;如果是碱性的,就是蓝色。换句话说,它决定了我们是要提醒海淀队重点关注卖蓝莓的,还是告诉周巡多注意卖茜草的。"

周舒桐恍然大悟，忙拨打电话。

关宏峰丢下一句"有消息通知我"，朝外面走去。

05

展厅北门附近，关宏峰正独自拐过一个通道，通道两旁还有稀稀拉拉的三两个摊位，但没看见什么人。

他脚步略微停了停，就在这时，手机响了。

他看了眼来电显示，接通电话。那头的郜君然一上来就大嗓门喊道："支出凭证上的污渍又不是尿，隔了这么久，你还怎么让技术队那帮笨蛋去测 pH 值啊？"

关宏峰淡定地问："你是不是又喝酒了？"

"我刚倒掉了所有珍藏的陈酿。你这么冤枉我，我好伤心啊。"

"那你给我打电话，不会是为了给技术队说情吧？"

"不是，我只想印证一下，你问酸碱性这回事儿，是不是想用来确认花色苷的色层。"

"没错。"

郜君然笑道："那我可以直接给你结果。色差仪显示，那片污渍的可见波长是三百九十纳米左右，也就是紫色。继续倒推的话，这个植物染料既不是酸性的，也不是碱性的，是中性的。"

关宏峰听到这儿，脚步逐渐停了下来："你确定？"

"当然。"郜君然说，"哦对，友情提示一下，从这玩意儿的分子式来看，它是以糖苷键结合的化合物。这是一个能大大缩小排查范围的关键点。"

电话挂断，关宏峰站在原地，大脑飞速运转。

他扭头望向旁边的一个果蔬摊位，走上前，看了看摊位上的葡萄、草莓、苹果、核桃……最终他拿起一颗紫色的桑葚。他先是咬了一小口，尝出甜的味道，又在手上把剩下的半颗桑葚碾碎，发现手指上沾了一片紫色。

他恍然大悟，抬起头，发现摊位里并没有人，连忙掏出手机，边拨号边转过身……

一个身材瘦小的男人不知道从什么地方蹿了出来，挥舞着一柄自制柴刀，往他的后脑砍来。

关宏峰吓了一跳，下意识往旁边退，撞翻了果蔬摊位。他狼狈地爬起身，发现后退的路已经被堵死了，只能往北门的方向跑去。

男人不带任何表情地提刀追了上来。

关宏峰冷汗涔涔，一边拼命向前跑，一边大喝："来人！快来人！"

跟在后面的男人脚步不紧不慢地贴上来。

跑到北门，关宏峰心里凉了一截——由于需要节省人力，北门并没有安排刑警值守，而是把门锁了。他用力拽了拽门，又撞了两下，发现根本不可能出去。

转过身，提刀的男人已经越走越近了。关宏峰摸了摸身上，这才发现手机已经在躲闪中掉了。

眼见逃走无望，他一咬牙，抄起门旁的金属垃圾桶，一把朝着对方抡了过去。男人一愣，只是抬胳膊挡了一下，被垃圾桶砸得跟跄了几步，一屁股坐在地上。

关宏峰没料到这一下居然能把对方撂倒，也愣了一下。但这人挨了下砸，也没什么特别的反应，站起身来，又继续逼近。

关宏峰深吸口气，用力挥了一下垃圾桶，威吓道："把刀放下！这儿里里外外到处都是我们的人，你已经跑不掉了！"

男人仿佛什么都没听到，自顾自地往前走。

这人简直油盐不进，关宏峰无奈，再度举起垃圾桶。男人抬手挥刀就劈，柴刀深深地剁进了金属垃圾桶内，关宏峰就势撒手往前一推，把男人连人带刀带垃圾桶推倒在地，然后夺路就往馆内跑。

不想，倒地的男人忽然反应过来，伸手猛地一拽他的脚踝。

关宏峰被他拽倒在地，手臂重重地砸在地上。还没等他翻过身来，男人已经用垃圾桶压住他的后背，同时用膝盖顶住垃圾桶，吃力地从垃圾桶上拔出了那柄柴刀。

一个人猛地斜冲出来，男人被抱住腰撞了出去——周舒桐不知道什么时候出现，一落地就压住他的背，两下卸去了他手上的刀，翻身给上了手铐，随后掏出步话机呼叫增援。

这一切动作花了不到两分钟，确实干脆利落。

她呼叫完毕，继续控制住男人，远远地问："关老师！您没受伤吧？"

关宏峰狼狈地从地上翻过身，向后蹭了两下，靠在墙边坐着，大口地喘着气。他的脑袋仍旧嗡嗡作响。

照明不足，这里……实在太暗了。

周舒桐拼命压住正在挣扎的男人，回头又看了眼关宏峰，他的脸与表情隐没在阴影里，完全看不清楚。

她敏锐地察觉到这一切的不寻常，又抬头观察周围的环境，确实很昏暗。这令她想起了一直以来的许多细节。

黑暗，手电筒……感光性癫痫……逆反应……

目光重新落到关宏峰身上的时候，她似乎隐隐明白了什么。

* * *

"孟保才，六十七岁。"隔着审讯室的单向玻璃，关宏宇注视着里面的犯人，自嘲地说道，"二十五到四十五岁之间，体格健壮，有自驾交通工具，具备反侦查能力，高学历高收入人群……我这算反向精准吗？一开始的推测和分析还真能一条都对不上。"

周巡看着审讯室里老实巴交、身材瘦小的孟保才，感慨道："是啊。不过谁能想到，这么一个半辈子都在劈柴、卖柴的农民，因为和时代脱节，就用杀人的方式来宣泄自己的不满呢？"

关宏宇摇摇头，轻声道："一个因为城市过度扩张失去了耕地和本来生计的人，没有文化，也没有什么能改变自己生活的办法。这种被时代进步所排斥的边缘化人群应该有很多，这个孟保才不会是个例……其实我不是不承认我和我哥有差距，但只是没想到，碰到这种案子的时候，我不仅一点儿办法都没有，甚至是在帮倒忙。"

"这才醒悟啊？"周巡乐了，捏了捏他的肩，"你要跟他学的还多着呢。"

审讯室内，周舒桐停下笔，从案卷里抽出一张监控视频的截图放在孟保才面前，低声问："杀刘晓东，是因为他的商贸公司的电购形式压缩了你们这些展销商户的生存空间。杀龚欣是因为你只会用现金结算，屡遭挖苦。去年的四月二号晚上，你出入朝阳某小区并砍杀了重楼烤鸭店厨师长庞成，又是为了什么？"

孟保才瞟了眼图片，平静地答道："哦，那天我去看闺女……我闺女在那里给人家当保姆。我走过那块儿，看见饭馆后面堆了好多柴。那个柴啊，劈得长短粗细都不一样，搁不当搁，烧不当烧，而且就往屋檐底下那么一堆，这不都受了潮了……我看那儿有个大师傅在抽烟，就过去跟他讲。他根本不听，背过身就不理我了。"

周舒桐和赵茜只觉不寒而栗。周舒桐控制着情绪，尽量语气平静地问："然后呢？你就因为这个把他砍死了？"

孟保才有些不好意思地胡噜着脑袋："这……怎么讲呢……说不好是为了什么、不为什么，跟前两个人一样，就是互相看着别扭呗。"

赵茜在一旁问道："你身上一直揣着那把用了几十年的自制柴刀，是准备随时用来行凶杀人的吗？"

"那不能啊。"孟保才憨厚地说，"谁介天儿总想着砍人哪？我就是……我砍柴、卖柴大半辈子，除了老婆孩子，就这把铁家伙跟我最亲了，总习惯揣着，心里踏实。"

周舒桐和赵茜对视了一眼："按照你的供述，三名被害人虽然和你有嫌隙……"

孟保才没听懂："什么？"

周舒桐说道："嗯……就是有得罪你或者你看不过眼的地方，但你可以骂，甚至可以打，为什么一定要杀死对方呢？"

孟保才嗫嚅道："我、我说又说不过你们这些城里人，六十多岁的糟老头子了，我还跟谁打啊？"

周舒桐问道："说起来，你最后还要砍杀我们的关队长，不会是因为他捻了你一颗桑葚吧？"

孟保才有点儿不好意思地说："你们呼噜噜一大堆人，把门全都封了，本来今年买卖就不好做，看货的人又都被轰走了。你说的那个关队长一看就是领导……"

赵茜再也忍不住了，厉声道："于是你就要把他们都砍死？你每次杀人的时候就没想过这个逻辑很荒谬吗？"

孟保才低头想了好一阵子，抬起头："闺女啊，这事儿我也说不大清楚。但老实讲，每次那一刀下去，我感觉就跟又劈上柴禾似的，感觉可好了。"

他抬起头，布满沟壑与风霜的脸上露出一种真诚的、诚实的、没有任何掩饰的笑容。

周舒桐打了个寒战，下意识地望向单向玻璃的方向。

关宏宇手插在口袋里，正往外走，曲弦迎面走来，两人打了个招呼。

曲弦停下脚步，压低声音对他说："关宏宇，你们哥儿俩破获专案，抓住凶手，算是过了第一关。不过记得提醒你哥，如果不能在月底之前把害死佳音的人找出来，我就把你们都送进去。"

关宏宇苦笑了一下，没说什么。两人擦肩的时候，他却忽然停住了脚步："曲队，有个不情之请，没指望你能答应……"

曲弦冷笑了一下："说来听听。"

关宏宇低声道："佳音的事儿，我们自然会尽力。但如果……我怎么样都无所谓，能不能放过我哥？"

"别异想天开了，你俩是一根绳儿上的蚂蚱，出了事儿那叫共犯。"

"你说的这些名词，我都懂，而且你说的都是事实。但你也看到了，我哥是能破案、能救下很多人的'共犯'。他对你们、对这个社会，是有价值的。像里面的那种藏在人群里的恶鬼，只有他能抓出来。"

"这一点，其实你心里一直很清楚，对吗？"

* * *

是夜，关宏峰坐在一盏灯下，四周明亮，但他仍旧觉得脑袋有些昏沉。黑暗对他来说还是有很大的杀伤力。他就好像一只被磨平了爪子的猛兽，总要小心翼翼地将爪子收起，不能也不想让任何人看到。

关宏宇大约是回来后在灯下站了好一会儿，他哥才算是回过神，瞧见了他这么个人。

关宏峰的脑袋仍然有些眩晕，他不怎么看得清灯光下弟弟的表情，下意识地先道歉：“对不起，我知道今天交接得晚了，才会出现那种情况。如果小周因为这个产生什么怀疑的话，我可以……”

关宏宇没说话，抬手把一本案卷扔到两人面前的桌子上。

关宏峰一愣，低头去看。

"二一三"。

吴征一家遭灭门的命案案卷。

关宏峰猛然抬起头，因为动作太激烈，差点儿没从椅子上掉下来。他剧烈地喘息了几下，问：“周巡把案卷给你了？”

关宏宇点点头。

过了几秒，他伏下身，一手搭在关宏峰正在颤抖的膝盖上，低声说："哥，你现在要救的不是我，是咱俩——是我，还有你自己。"

关宏峰叹了口气："事情到了这个地步，无论结果如何，我都不会有什么好下场。但你不是。"

关宏宇盯着他看了一会儿。

关宏峰低声重复："你听哥的话，行吗？"

关宏宇看着他的脸，这张与自己无半分二致的脸，好像天生便能经历更多、承受更多，也给予更多。他闭了闭眼睛，似乎也下定了什么决心,低声说:"不,我刚才都跟你说了。我一个人的清白,没有意义。"

拾 君涉怒河

01

关宏峰这几天颇为焦虑。

临近"五一",局里搞文艺会演,他们分局也不知道谁抽了什么风,愣是报了个话剧。公安系统搞话剧、舞台剧,题材颇难选择。最后其他人都忙,策划、剧本、导演的重任一股脑就都交给了小汪。此君酷爱推理,喜欢西村寿行,等大家反应过来,剧目、角色等已经全部敲定并且上报了。

"对啊,《追捕》——《涉过愤怒的河》,听过没?上映那年我还没出生,高仓健演的。高仓健你知道吧?日本国宝级演员。我跟你们说,我凭这支妙笔修改了一个版本,当然,还是很尊重原著的,讲的是检察官杜丘冬人……"

关宏峰当然知道这电影的故事:一个善良正直的检察官,被诬为杀人凶手逃亡在外,试图自证清白。剧本没什么问题,如果不是让他来演这个戏份很多的倒霉蛋杜丘就更好了……

没错,小汪这排角导演天赋异禀,愣是给每个人都安了个不怎么合适的角色。倒霉蛋关宏峰演杜丘,郓君然演站在一边的矢村警长,周舒桐演一心信任杜丘的恋爱脑少女真由美,施广陵演幕后主使长冈了介,据说剧本结局里他还要被击毙并且躺在地上抽搐。周巡，因为确实业务繁忙，被指派演山里袭击杜丘的一头熊——也不知道小汪这小子是怎么想的。

关宏峰这会儿被排练搞得焦头烂额。周舒桐这顶真的性子，演个戏严肃又动情地对着他讲了几十遍"我喜欢你"，跟宣誓似的，一场排练下来关宏峰如坐针毡。

得亏施广陵适时来救他。

老局长在会议室门口探了个头，看人都在，招了招手："都在呢？市局通知了几个分院局全员备勤，包括咱们队。排练暂停吧！"

屋里众人都安静下来，周巡和关宏峰迅速交换了一下眼神。周巡问道："出什么事儿了？"

施广陵说："我听说有一名重刑犯在押送至服刑地途中脱逃了。虽然没有造成人员伤亡，但他抢了支枪。你们都赶紧准备一下，待会儿总队会过来给咱们做情况介绍。"

周巡点点头。

施广陵转身正要走，关宏峰皱了皱眉，问："施局，咱们最近一直没有押解任务，为什么……"

施广陵扭过头，上下打量着他。

关宏峰一摊手："像这种情况，如果不是跟咱们队有关的话，开电话会议就行。既然您刚才说是总队要派人过来介绍情况，那是不是……"

"臭小子，脑子就是好使啊。"施广陵点点头，"没错，人不是在咱们辖区跑的，但那个人是两年前你抓的。"

"你抓的人跑了啊？"关宏宇接过他哥递过来的外套，一边往身上套一边问,"具体说说呗。"

"确切地说,是两年前经我抓捕归案、由法院定罪量刑、司法部监狱局分配服刑地点的人,在市局押送服刑的过程当中跑了。另外,人犯是在火车站脱逃的。"

"嗯,我要的倒也不是这种具体。"关宏宇皱眉,"好吧,差不多一个意思。可你不是说,那小子逃跑的时候还抢了押送民警的一支枪吗?"

关宏峰点头:"这个人我印象还挺深的。他叫周子博,两年前因为和拆迁公司有纠纷,双方发生冲突。他由于过失伤害致人死亡,被判处有期徒刑十五年。那小伙子今年应该已经三十了。"

关宏宇咋舌:"从你抓他到下圈儿,用了整两年时间啊?"

关宏峰解释:"案件本身补充侦查过一次,而且他这个案子比较特殊。被害人是拆迁公司的一名员工,在周子博家拆迁的过程中因为过失推搡了周子博的母亲,导致老太太心源性哮喘发作,不治身亡。周子博应该属于报复性伤人,所以他的案件需要以另外一案的结果为审判依据,拖的时间就长了点儿。"

关宏宇想了想,说:"仇人都死了,十五年的量刑也还说得过去。那这小子抢了枪跑出来,图啥啊?"

"现在还不好说,但鉴于当年的拆迁事件以及周子博故意伤害的案发地和他亲属的居住地都在咱们辖区,所以总队推测他有很大概率返回咱们区,是有道理的。"

"行,明白了。那我应该从什么地方着手?"

关宏峰已经换好了衣服,他边戴上帽子和口罩边说:"看看能不能和总队申请一下,找事发在场的押解民警谈一谈。再走访一下周子博的家属。母亲意外死亡后,他还剩下姐姐一家……做完这些工作,也该差不多有消息了。话说,其实今天没必要这么早就交接，毕竟他的案子我比较了解，应该让我先做一些前期工作，你再接手。"

关宏宇满不在乎地说道："从以往经验看，这种事儿一旦开始就停不下来，到时候再想交接就有风险了。咱们不要冒没必要的险。我只是担心，如果从你说的这些工作当中得不到有用的情报……"

关宏峰拍了拍他的肩："周子博孤身一人，穿着服刑的衣服，逃跑的时候身上还戴有戒具，除了抢来的那支手枪，身无长物。在已经发布全城通缉的情况下，他很难撑过十二小时。他要么被发现，要么会搞出事情来。"

"倒也是。"关宏宇说，"运气好的话，没准儿咱俩说话这会儿，他就已经被抓了呢。我就可以重新变身成杜丘警官，安心排练'五一'团拜演出的话剧了。哎，对了，真由美是谁演？咱支队也没几个姑娘……"

不提还好，一提关宏峰就头疼："小周。"

关宏宇一愣："周舒桐？你让她又回办公室了？我不是跟你说过，这孩子一直在私下调查'二一三'案，而且很可能对咱们的身份产生猜疑了。你还把她留在身边……"

关宏峰摘下本已戴好的口罩："宏宇，在上一次遭遇陷害时，争取时间让你背锅很可能是我这辈子最大的错误。但咱俩现在继续往前走，就不能以伤害别人为代价。小周这个孩子善良，认真，有非常适合从事刑侦工作的嗅觉，脾气还有点儿倔。如果说这段时间我们对她有培养的话，应该都是往成为一名优秀刑警的方向去做。你不能倚仗权力，靠打压的方式去对待她。"

关宏宇被他说得愣了愣，继而叹了口气："这不也是权宜之计吗？再说，你看她去探组不是干得挺好的吗……"

关宏峰摇摇头:"那是因为你对周巡吹枕边风,才把她沉到探组。以后这种事,别做了。"

说完,关宏峰戴上口罩,转身拉开门。

"什么枕边风?我这咋就枕边风了?"关宏宇上前一步,追问,"哥,那孩子如果真识破了咱俩互换身份的事儿,又不站在咱们这边,到时候怎么办?"

关宏峰略一沉吟,没说话。

门关上了。

路边的一辆黑色轿车内,"裴总"看着手里的纸条,微微皱眉,问坐在身旁的"娃娃脸":"你给我这几个名字,是什么意思?"

"娃娃脸"语气轻慢地说:"这几个人应该都是和姓关的哥儿俩一伙儿的。我知道大哥对处置关宏峰的意思,就不提了。其他这些人,我随时可以着手处理。想看看你和大哥是什么意思。"

"裴总"低头盯着纸条上的几个名字,思忖了片刻,嘴里念叨着:"死了一个刘长永,闹出多少事儿。公安的人最好还是别随便碰。"

他将纸条叠起,递还给"娃娃脸":"这事儿,我会找机会当面和大哥聊。不过有一点可以确定,关宏宇要是死了,这事儿就算再也翻不了案了。听明白了吗?"

"娃娃脸"微笑着点点头:"很明白。"

他正准备推门下车,"裴总"又在后面叫住他:"娃娃。"

"娃娃脸"回过头。

"裴总"说道:"去郭子那儿确认一下车处理好了没有。如果姓关的已经找上门，难保不会出什么差错。一定要收拾干净首尾。"

"娃娃脸"点点头，关上了车门。

02

来带关宏宇和周巡去市局谈话室的，是上次审问时遇见过的总队刑警谢之然。他看到关宏宇，还颇有点儿不好意思。市局干警都在场，双方简单寒暄后，围着桌子坐下来。

事发时负责押送的干警面带愧色，有些抬不起头。

周巡和关宏宇交换了一下眼神，周巡率先开口宽慰道："兄弟，别这么颓，倒霉事儿谁都可能碰上。何况在火车站那种地儿，人流密度那么大，那小子又抢了枪。别说把他逼急了会不会开枪伤人，就算他朝天开一枪，都可能造成群众恐慌从而引发群体踩踏事件，后果更不堪设想。你放心，那小子跑不了多久，咱们肯定能把他逮回来。"

干警苦笑："周队，您这还不如不宽慰我呢。一说被抢了枪的事儿，我就觉得扎心……"

关宏宇接过话茬儿："能跟我们说一下具体的事发经过吗？"

干警有些不情愿地叹了口气："其实跟之前笔录里我说过的都一样，你们肯定也看过了。就是我们坐自动扶梯往站台去的过程中，由于扶梯尽头旅客调整拉杆箱，导致了小范围的人流拥堵，周子博拽过身旁一名旅客，挤在他和我们同事之间。我们同事为了保护旅客不受伤，张开双臂去扶，给了周子博可乘之机，他借势从我的腰上拔走了配枪，翻到自动扶梯另一侧，往外跑。"

关宏宇问："被他利用的那名旅客你们事后排查过吗？会不

会是有预谋的?"

"排查过。站在我们前面的一家三口是从包头来旅游的,一对夫妇带了个六岁的女儿。基本上可以确认这件事与他们无关。"

关宏宇从桌上推过去一张纸,又递给干警一支笔:"当时你们一共两个人负责押解,这一家三口应该是排在你们一行三人的前面。能把当时你和这一家三口站位的情况简单画出来吗?"

干警似乎略有不解,但还是在纸上画下了当时的站位图。

周巡似乎和干警同样不解,但他看了看站位图上的标识,又看了看关宏宇,没插话。

关宏宇盯着站位图,若有所思,继续问道:"从你们今天在看守所把他提出来到他脱逃,整个过程中,他有没有什么异样的表现?"

干警还是苦笑:"非要马后炮的话,肯定是有的。不过我来来回回送过好几十趟人了,要说他当时的状态有什么不寻常,也谈不上……就是我们从提他的时候,就发现这小子心不在焉。"

周巡问道:"心不在焉?"

"就是心里有事儿。这一路上,他基本上一言不发。你跟他说话,他的反应也很迟钝。老实说,这种状况也不是没有。背井离乡蹲个十几年大牢,忧心忡忡很正常。虽然大部分人犯不是这样吧。"

"大部分都什么样?"关宏宇问。

不等干警回答,周巡接道:"大部分人会问一问押解人员即将前往的服刑地点是个什么情况,或者至少聊个闲天儿套套瓷,希望一路上能舒服点儿。还有极个别会试图贿赂押解人员——当然,不是说妄想逃跑,就是打个电话或者带封信什么的。"

关宏宇点点头,对干警说:"这些表现,周子博都没有?"

干警摇头:"都没有。那小子一直神游天外,不知道在琢磨什么。"

"还能琢磨什么?琢磨着怎么跑呗。"周巡嗤笑了一声。

关宏宇想了想,朝周巡点了下头,两人向干警道谢后,离开了谈话室。

一出门,周巡开口就问:"哎,你让他画当时的站位……"

不等周巡说完,关宏宇反倒抢着问他:"咱们应该找周子博'下圈儿'之前在看守所的那些室友聊聊。照刚才那哥儿们的说法,周子博显然是有心事,而且这事由应该是最近才有的。"

周巡一皱眉,乐了,压低声音对他说:"这你就外行了吧。像他这种已经落了刑而且刑期在十年以上的重刑犯,接到判决以后基本都是单独关押的。"

他说着,斜瞥了眼关宏宇,笑道:"当然,有朝一日你要是真折进去,自然也就知道了。"

关宏宇白了他一眼,转身边走边说:"那咱们赶紧去走访他的亲属吧,熊先生。"

"你他妈才熊呢!我回去非揍小汪一顿不可。"

刘音接了关宏峰,本来预备回仓库,但走到一半,关宏峰忽然叫她停车。她车是停下来了,心却不大定,狐疑地问:"你这会儿下车干吗?"

关宏峰看了看外面:"离崔虎那儿没几站地了,天儿还早呢,我想散散步,走回去。"

刘音眉头皱起来:"这有点儿不大妥当。"

关宏峰笑了:"好不容易我弟现在释放了我,你又要把我关起来?"

刘音想了想,又看了眼车窗外天确实还很亮,也不好再阻挠,只能不情不愿地说:"带手机了吗?"

关宏峰晃了一下手里的移动电话,推门下了车,回身又朝车里的刘音说:"能不能借我一百块钱啊?"

刘音先是愣了一下,随即掏出两百块钱递给他,咕哝道:"路上见着好吃的,别吃独食啊,给大家也带回来点儿。"

关宏峰接过钱,关上车门,目送刘音的车驶离,随后抬手拦下一辆出租车,上了车。

"师傅,去木樨园桥。"他说。

车行的事始终是他的一个心结,关宏峰下了出租车,站在马路对面观察了一会儿捷通汽修行,随后绕向汽修行的后面。

汽修行并没有后门,但是后墙上有一扇通风窗。关宏峰在通风窗旁隐住身,凝神屏息,朝汽修行内部看去,一眼就看到了"娃娃脸"。

他的瞳孔猛然收缩,呼吸也快了一个节拍。他调整了几秒冷静下来,继续朝里看,"娃娃脸"正和上次他见过的一个汽修店员工站在机床旁讲话。

他们当然不知道后面还有人站着,很松弛,讲话也没有顾忌。关宏峰集中注意力,试图听清他们的每一句话。

那员工低声说:"不用特意再来叮嘱了。我上次不都说了吗,那车已经处理干净了。"

"哦?""娃娃脸"冷笑一声,"解释一下,你的'处理干净'是什么定义?"

员工愕然:"什么意思?"

"娃娃脸"说:"我现在告诉你,'裴总'对于'处理干净'的意思就是,让那辆车的每一个零件、每一颗螺丝、每一根织物纤维,都能通过报废回收系统进入这个世界新的一轮循环。而不是把它拆散了,东卖一个轮胎,西卖一个电瓶,拿去赚那两个屁钱。"

汽修店员工的脸色变了,结结巴巴地回答:"车、车是拆散处理的,大部分都已经销毁掉了。剩下一点儿,我们也没卖……就是还没来得及运走呢……"

"娃娃脸"似笑非笑地盯着他,不说话。

那员工大约是怕了,继续说道:"我……我明天就派人把剩下的件儿都送去销毁!"

"娃娃脸"盯着他,还是没说话。

员工冷汗都下来了:"您和'裴总'要是不放心的话,我现在就派人——"

"娃娃脸"打断他:"你是不是也想进入这个世界的再循环系统?"

那员工脸都吓白了,对他说:"我现在就去!我亲自去!"

这人慌不迭地跑开。

"娃娃脸"有些不耐烦地微微叹口气,突然望向通风窗的方向。关宏峰一惊,贴墙隐在窗旁,屏住呼吸。"娃娃脸"朝窗旁走了两步,盯着窗外有些出神地看了一会儿,似乎并没有什么发现,转身走开了。

窗外墙边,关宏峰暗自长出了口气,仔细消化着刚才的发现。

"裴总"。

这个"裴总",就是幕后的关键人物吗?

他思考着，又等了一会儿，才从后面绕路出去，拦下一辆出租车，上车后对司机说："望京。"

他没有注意到，后方有一辆黑色的私家车快速跟上了这辆出租，而驾驶座上的，正是刚刚还在汽修行内的"娃娃脸"。

03

周巡的越野车刚驶入院内，就发现迎面停着辆警车，施广陵和两名刑警以及周舒桐、赵茜都站在车旁。

周巡刹住车，和关宏宇下车走上前。

施广陵对周巡说："就等你们回来呢。"

周巡瞥了眼关宏宇："怎么了，领导？我和老关那是去……"

施广陵摆摆手："我知道。虽然总队那边没提要求，但你们该查什么就查什么。可你一个支队领导，老兼着小关的司机满世界跑也不是事儿啊。市局催着我去开会，现在还全队备勤。我走了，队里一个主事儿的都没有，你不能也跑了。"

他说完，不等周巡回应，又问关宏宇："有什么眉目了？"

关宏宇低声说："我们刚找负责押运的民警谈了谈，了解到周子博在被押解过程中似乎有什么心事，所以本打算接下来去见见他的家属。"

施广陵点头："这路子听着倒是靠谱，小关你接着查。周巡，你留在队里带大家备勤。"

"成。"周巡摸了摸下巴，"那总得给他派个人吧。调查这种事儿，总得有个公安身份的人跟在身边，不然不方便啊。"

施广陵一边往警车上走，一边随口说道："你就从探组调两个……"

他的话没说完，旁边忽然有人抢着说道："施局，我去！"

施广陵愣了一下，见是周舒桐。他反应了一下，猛然想起来是刘长永的女儿，倒也没说什么，回头去看关宏宇。

关宏宇迟疑了一下。

周舒桐见状，赶紧补充道："从关老师刚回来做顾问开始，周队就是让我给关老师打下手的。"

施广陵立刻看向周巡。

周巡只能承认："啊——是是是。"

施广陵见状，问关宏宇："那，就把小周派给你？"

关宏宇无奈："好。我都行。"

施广陵拉开车门，朝周巡挥了下手："把你的车让开，我得赶紧开会去了。"

周巡上了越野车往旁边挪车，施广陵乘坐的警车驶离了支队。

周舒桐倒是挺开心的，在一旁问关宏宇："关老师，您是先休息一会儿，还是我现在就去车队把车开过来？"

关宏宇强撑微笑点点头，示意她先去开车。

一直到两人坐上警车，气氛仍旧有点儿尴尬。周舒桐开车，关宏宇坐在副驾席上望着窗外。

周舒桐大约也觉得这气氛很尴尬，就有些没话找话地说："关老师，是不是这回汪哥改了太多的词儿，您不太乐意啊？"

关宏宇一愣，侧过头："什么词儿？"

"就是……'五一'团拜活动演出的话剧啊。《追捕》？高仓健？杜丘检察官？"

关宏宇反应过来，敷衍地点点头："真由美小姐，咱们办正事儿呢,不忙演戏了成不?"

周舒桐本能地觉得他话里有话,不冷不热地被撅了一下,吃不太准,一时不吭声了。

不过她不是那种能把话忍住的性子,过了片刻,她又小声说:"说到演戏,我其实真没想到关老师这么不擅长。"

关宏宇眼皮跳了一下,瞟了她一眼,问:"什么意思?"

周舒桐语调轻快地说:"没什么意思啊,就是……除了前一段在探组,这一年多,我基本都是跟着关老师学习、工作。现在回想起来,关老师有时候很严肃,有时候很活泼;有时候很古板,有时候很性情;甚至有时候感觉比周队还能打,有时候却又……"

关宏宇扭头瞪着她:"却又什么?"

周舒桐老老实实地说:"呃……比较羸弱。"

关宏宇不耐烦了:"你到底想说什么?"

"我是觉得,关老师并不应该是一个很单调、很无趣的人。您身上既有我不了解的很多面,好像也有大家都不了解的很多面。"

"那倒是。"关宏宇没好气地点点头,"我原来也只以为你是个勤奋、好学、单纯、向上的警校应届毕业生呢。"

周舒桐针锋相对地回望着他:"那看来关老师认为自己当初看走眼了?"

关宏宇嘴角露出冷笑:"大概是吧。至少,你心思变得越来越多,也就不那么认真了。"

"何以见得?"

关宏宇朝前方递了个眼神:"光大家园小区,你已经开过了。"

周舒桐面露窘色,连忙找机会掉头。

逃脱的犯人周子博,有个姐姐就住在这个小区。

关宏宇站在客厅的窗户旁,望着楼下负责值守的警车,转身来到沙发旁坐下。对面坐着周子博的姐姐周子珊和他的小侄女,周舒桐正在边做笔录边对周子珊进行询问。

周子珊眼睛微红,显然也很困惑:"我真的想不明白他为什么会逃跑。当初对这个判决结果,不管是子博还是我,都没觉得有什么不公正的地方。他打的那个拆迁公司的小伙子再有不是,也好歹是条人命啊⋯⋯"

周舒桐问道:"那您昨天去看守所探视的时候,有没有和他讲什么?或是发现他的精神状态有什么异常?"

周子珊哽咽了一下:"没有。我弟就是心重,昨天大部分时间还是在跟我念叨妈妈遭遇意外去世的情形。看得出来,比起自己要坐十几年牢,他更伤心的是我妈那事儿。我有时候就觉得吧,子博的头脑太简单,想什么都是一根儿筋,所以才会落得现在这个⋯⋯我是说,以我对我弟的了解,他是那种有事儿基本揣不到第二天的人。是不是今天带他去火车站的路上⋯⋯"

周舒桐眨眨眼,没反应过来。

关宏宇在一旁接道:"放心,我和当事民警谈过。我敢保证,在押解过程中,绝对没有民警对他进行过精神或身体上的迫害。"

周子珊略有些尴尬。

周舒桐继续问道:"那您能不能尽量凭回忆,把昨天会见您弟弟的全过程复述一下?"

不等周子珊回答,关宏宇插进话来:"不用了。"

周舒桐愣了一下。

"反正咱们怎么也得跑趟看守所。"

周舒桐立刻会意,点点头。看守所的所有会见都是有监控视频和录音的,但是一般不会明确告诉当事人及家属,所以与其在这里听周子珊不一定准确的描述,还不如直接去调取录像。

她站起身,两人跟周子珊道别。

关宏宇特意叮嘱:"如果周子博和你联系或来找你的话,务必第一时间联系楼下值守的民警或联系我,千万不要为他提供任何协助,那样会害了他,你明白的。"

周子珊失魂落魄地点了点头。

周子博的姐夫陶军听见开门的声音,穿着围裙从厨房跑出来,招呼道:"两位同志留下来一起吃饭吧,马上就可以开饭了。"

关宏宇回应道:"工作呢,就不吃了。"

他们正要走,周子珊忽然盯着关宏宇,低声说:"关队长,您说过的。"

关宏宇一愣,转过头,故作镇定地看着她。

周子珊轻声说:"两年前把子博带走的时候,您跟我说过,子博他就是个有些冲动的年轻人,不是那种对社会有持续性危害的罪犯。他可能就是突然紧张,或者害怕去外地服刑……我也不知道,但他不会伤害什么人的!"

关宏宇敷衍地点点头:"嗯。"

周子珊张了张嘴,欲言又止。

关宏宇安抚道:"你的意思我明白。放心吧,我们现在是要找到他,不会见人就开枪的。"

* * *

两人下了楼，周舒桐莞尔道："不会伤害什么人？她要是知道周子博脱逃的时候还抢了枪，恐怕就不会这么说了。"

"不见得。"关宏宇低声说，"我知道他抢了枪，但我也不认为他会伤害什么人。"

周舒桐的脚步放慢了，看着他，眨了眨眼，似乎在表示不解。

关宏宇耐心地说道："周子博在火车站自动扶梯拽过旅客阻滞押解民警的时候，他前方是一家三口。从当时的站位情况来看，位置最顺手的是那个母亲。控制起来最方便的，应该是那个小女孩儿。但他偏偏选的是位置最不趁手、控制起来也最有风险的成年男子——那个丈夫。"

周舒桐微微一愣，郑重地点头："嗯，然后他跑的时候还抢了把枪。"

关宏宇笑了笑："杜丘逃跑的过程中，也拿到了矢村警官的枪。他并没有伤及无辜，反倒把枪还给了矢村警官。"

周舒桐翻了翻白眼。

关宏宇的话还没完，只是后半截听起来有点儿像自言自语："话说回来，矢村接过枪就把枪口对准了杜丘，这可挺不仗义的。"

两人边说边来到警车旁，刚拉开车门，车载话台里传出呼叫提示音。

周舒桐摘下通话器："我是周舒桐，请讲。"

另一端是周巡："周子博刚出现在刘家窑路农业银行支行，辖区支队已经去封锁布防了。咱们也赶紧去现场。"

关宏宇皱眉，上前接过通话器："确认是周子博吗？"

"监控里拍得一清二楚。而且，那小子开枪了！"

两人对视一眼，关宏宇只觉得自己脸有点儿痛。幸好周舒桐也没心思看他，快速地钻进车里，关宏宇也坐进去。周舒桐发动车子，不解地问："周子博去银行干吗？还开了枪，他总不会是想抢银行吧？"

关宏宇显然也是百思不得其解，情绪有些焦躁："这会儿瞎猜也没用，到地儿就知道了。"

他的手机忽然响了起来。

是关宏峰。

这会儿实在不是接电话的好时机，关宏宇不动声色地挂断了。周舒桐似有意似无意地瞟了眼他，接着他的话说："是啊。就怕到地儿也搞不明白他想干什么，那可就惨了。"

关宏峰下了出租车，沿着路边往崔虎等人的小仓库方向溜达。想起之前跟刘音借钱时的对话，他跑到路旁的水果摊，买了一袋水果。

水果摊的墙壁上有一面镜子，大约是店家用来观察外面大马路情况的。他无意中朝镜子里瞥了一眼，整个人略微一僵——外面近百米外的公路上，停着一辆黑色私家车，太远了看不清驾驶室里的人模样，但关宏峰有一种直觉。

有人跟着他。

他故意少拿了一袋东西，转身往前走。那黑车没有熄火，一蹭一蹭地跟了上来。

走了没多远，卖水果的摊主突然跑出来，左右看了看，朝着关宏峰的背影大声喊："哎，师傅！戴口罩的！"

关宏峰回过头，趁机瞟了一眼那辆车。

"回来一下，落东西了！"

关宏峰走了回来。

"娃娃脸"咬牙切齿地看了看站在车头斜前方的水果摊摊主,又看了看正朝这边走过来的关宏峰,显得踌躇不决。

关宏峰走近那车,发现驾驶座的人偏过脸,垂下了头,似乎不想引起他的注意。他心里有数,仍旧从容地回到水果摊,接过那袋故意遗留的水果,重新朝老路上走。

果然,他刚走出一段距离,那车又跟了上来。

这个时候,绝对不能回仓库。

关宏峰想了想,直接忽略了回去的那个路口,笔直朝前走,而那车还跟着。

他又走了一会儿,给关宏宇打了个电话。

电话响了一下就被挂断了。

他想了想,又打给崔虎,压低声音说:"是我。我现在在南湖中街附近。刚才买水果的时候我发现有人跟踪,好像就是之前宏宇拍下照片的那个家伙。"

崔虎显然吓了一跳:"你、你现在是不是不、不方便回、回来?我让刘、刘音去接你?"

关宏峰额头也冒了冷汗:"太冒险了。我刚才想联系宏宇,他没接电话。你帮我尝试着联络他。我尽量试试看能不能摆脱。现在天还亮,又是在大马路上,那个人应该不会轻举妄动。"

"那好,保、保持联系。"

电话挂断,关宏峰从塑料袋里掰下一根香蕉,边走边吃,又走了十几分钟,拐进了一个小区。

"娃娃脸"见状,把车停在小区外,徒步跟了进去。两人一前一后,在小区里左拐右拐,走出一段距离。

"娃娃脸"拐了个弯,突然失去了关宏峰的踪迹。他缓下脚步,一边观察着周围一边沿着小区居民楼之间的路继续往前搜索。

走着走着,关宏峰又在道路尽头出现了。他的身边,还站着两名保安。

"娃娃脸"一愣,站住了。

关宏峰指着"娃娃脸"对两名保安说:"就是这个人。我之前在楼上就看他四处晃悠,还老试着拉别人的车门。我买完水果回来一看,他还在这儿晃悠。"

两名保安点点头,迎着"娃娃脸"走了过来。

见保安冲自己走来,"娃娃脸"露出了一个诡异的笑容,冲着关宏峰,远远比了个大拇指。

04

农业银行已经布控,外面拉起了封锁线。

周舒桐向外围的刑警出示了证件,和关宏宇急匆匆进入现场。周巡看到两人,很快迎了上来。

关宏宇上来就急着问:"有没有人受伤?"

周巡指了下正在搬梯子,从墙壁里取弹头的刑警:"没有。周子博就开了一枪,而且是朝屋顶方向打的,没发生跳弹。"

关宏宇问:"这到底是怎么回事儿?"

一个男人过来打招呼:"关队。"

这人关宏宇不认识,但想来关宏峰是认识的,应该是辖区的负责人。

关宏宇装作没事地朝对方点了点头。

周巡说道:"袁队,现场勘验都问完话了?"

袁队点点头:"还都得带回去做详细的比对。反正有监控录像，现场的目击情况很容易核实。大概半个多小时以前，周子博从银行正门走进来，门口当值的银行柜员照例上前询问他办什么业务。结果他没理人家，一路东张西望地走进去，在等候区坐下了。据目击者描述，周子博的手腕上没有手铐，大概是他想办法撬开了。他没有换衣服，反穿着号坎儿。即便如此，那身儿在押人员的装束看着也挺别扭的。而且再加上这小子不说话也不理人，坐在那儿一个劲儿地东张西望，左顾右盼，柜员立刻产生怀疑，就通知了柜台经理。柜台经理观察了一下，安排另一名柜员假装在休息区询问等候客户的排号情况。等问到周子博的时候，他还是不吭声。经理又问了两遍，他很不耐烦地回了句'不关你事儿，走开'。这种反常的表现实在太明显，柜台经理通知了领导，同时叫了两名保安，拿着防爆盾牌和警棍再次上前询问。周子博估计是见势不妙，拔出枪来，喝退保安……"

关宏宇指了下头顶弹孔的方向："这算是什么？鸣枪示警？"

"不知道，可能……他就是朝屋顶方向开了一枪，把周围人全吓退了，然后慌慌张张地跑了。"

跑了？

听完情况介绍，关宏宇和周巡、周舒桐互相看了看，都有些迷惑不解。

关宏宇说："我们想看一下监控录像。"

录像中，周子博正像袁队所说的那样，一路走进银行，左顾右盼，坐在等候区东张西望，也不理睬银行柜员的询问。直到两名保安上前，周子博突然站起来，拔枪威胁。保安一开始不相信他拿的是真枪，不肯后退。周子博朝斜上方的屋顶开了一枪，吓退了所有人，然后就这么跑出了大门。

周舒桐问袁队："他既然跑出去了，是不是我们循着从银行门口开始的监控视频，就能发现他的踪迹呢？"

"理论上是。可他一旦来到街上，调取监控就得找不同的隶属部门，实际操作起来没这么快。"

关宏宇指了下监控录像右上角的时间显示："他是四点二十二分跑出去的，周边的封锁是什么时间完成的？"

袁队长回答说："四点半左右。"

"封锁范围呢？"

"半径两公里左右。如果他是步行逃跑的话，应该还没离开这个范围。"

"那如果他坐车呢？"

"他今天早上跑的时候穿什么样儿，现在还什么样儿。看上去除了把手铐撬开了，没什么别的变化，不像是有车或能够有钱坐车的样子。"

周巡瞪了袁队长一眼："可他有枪啊。"

"呃……当街劫车，动静也太大了吧。我们现在应该早收到报警了。"

关宏宇微微摇头："他不用抢，坐出租车不也是先到地儿，后给钱吗？"

就在这时，他的手机响了，一条短信跳了出来，是崔虎发来的。

你哥回来的路上被照片上那个杀手盯上了，现在正在南湖中街附近试图摆脱，快想办法！

关宏宇瞥了一眼，大吃一惊，强装镇定，拿着手机往屋外走。周舒桐一直注意着他，自然也注意到了他读消息时神情的变化——她略带疑惑地看着他出了门。

关宏宇还没等走出门就急切地拨通了哥哥的手机。

* * *

关宏峰眼看两名保安走向"娃娃脸",正要趁机离开,手机响了。他掏出手机,看到是关宏宇的来电,便接了起来。

与此同时,"娃娃脸"已经迎着两名保安走了过来。

关宏宇问道:"哥,你在哪儿?现在安全吗?"

关宏峰回答:"没事儿。我应该可以摆脱……"

"娃娃脸"已经来到两名保安面前,保安刚开口问:"这位先生,您是……"

"娃娃脸"露出一个笑容,出手如电,猝不及防地两拳就把两个保安击倒,继续大步走向关宏峰。

关宏峰愣了愣。

电话那头的关宏宇问:"怎么了?"

关宏峰转身就跑,边跑边喘着粗气对手机说:"他放倒了两个保安,现在跟过来了!我在南湖中街小区……"

关宏峰边跑边回头看,险些和迎面的一位大妈撞上。他往旁边一闪,拿手机的手刮在了路灯杆上,手机掉落在地,那袋水果也散落一地。

关宏峰慌慌张张说了声:"对不起。"

他没再去管水果,捡起手机,一边继续向外跑,一边焦急地想要重新拨号,但屏幕亮了几下,彻底暗了。

那边电话断了,关宏宇连续拨号,对面都是"您拨叫的用户暂时无法接通"。情急之下,他顾不上跟任何人打招呼,直接走出银行,来到现场封锁区外的路旁,伸手拦下一辆出租车。

他拉开车门,正要上车,周舒桐突然从旁边闪出身,一把把车门关上。

关宏宇又惊又怒："你！"

周舒桐不卑不亢地问道："关老师要去哪儿？我可以开车，何必打车啊？"

关宏宇伸手扒拉开她，又去拉车门："用不着你。"

周舒桐这次却不让步了，抢上去把身体挡在车门口："现在情况这么紧急，您都没和周队打招呼就走，不合适吧？"

他俩僵持着，出租车司机忍不住了，探出头来嚷："什么情况，走不走啊？"

周舒桐掏出证件，朝出租车司机晃了一下："没你事儿，你走吧。"说着反手把车门一带。

出租车开走了。

关宏宇彻底怒了，一身悍气再也捂不住。他向前逼近一步，钢钳似的手下意识就要去掐周舒桐纤细的脖子。

周巡适时地追了出来，看到这情景，吓了一跳，大吼："老关！"

关宏宇的手已经快触到周舒桐的脖子，被周巡的话点醒，触电似的停了下来。周舒桐却显然已经被吓到了，脸色微微发白。

周巡走上前，左看看右看看，见两人都不开口，疑惑地继续追问："到底怎么了？"

周舒桐调整了一下情绪，深吸两口气，解释道："我看关老师急急忙忙出来，不知道他要去哪儿，就说让关老师等我去开车……"

她说到这里，看着关宏宇，停住了话头。

周巡也看着关宏宇，随即意识到他或许不太方便说，但又不能立刻就明显偏向一方，或者让周舒桐看出两人是一伙儿的。他摸了摸鼻子,说:"老关,你是有什么新的发现吗?要么,我跟着你去看看?"

关宏宇会意,赶紧打蛇随棍上:"好,咱们去……"

不等他把话说完,袁队长带着刑警急匆匆地从农业银行跑了出来,边跑边对他们这边喊道:"关队!周队!接到出租车司机的报案,周子博乘坐出租车在方庄桥附近下车了!"

周巡听罢,眨眨眼:"方庄桥?离这儿没几站地啊。"

周舒桐也疑惑:"他既然已经上了出租车,为什么不索性跑远一点儿呢?"

关宏宇调整情绪,重新开始思考,问道:"周子博这种有可能判处十年以上有期徒刑的刑事案件,是不是一审都在中级人民法院?"

周巡和周舒桐听完,先是一愣。

周巡倒吸一口冷气:"二中院就在方庄桥北。我的天!这家伙该不会是……"

众人乱成一团,马路对面,穿着皮夹克的男人正悠闲地观察着对面警方集结出发的动态,对着手机说:"不知道发生了什么,但有人说听到枪响,大概那些公安找到他的下落了吧。"

拾壹 无路可逃

01

关宏峰绕过仓库,转入阜通西街,后面那人的体力和追踪经验显然都异于常人,难以摆脱。他已经感觉到了气喘,想了想,最终拐进了南湖公园的北门。

他的身后,"娃娃脸"如附骨之疽般跟了上来。

南湖公园占地十五点五公顷,不算太大。关宏峰对这里的地形并不太熟悉,凭着直觉朝别的出口走,很快从南门又穿了出去,拐过街角,正好看到一辆长途客运双层大巴在路旁临时停靠。

他下意识地回头一看,"娃娃脸"还没转过弯来。他没有再犹豫,几步上去,来到车头司机附近的位置,隐在车窗旁,朝外面张望。

乘客上上下下,搬挪行李,视线范围内,没见到"娃娃脸"。

几分钟之后,上客完毕,车门也随之关上,大巴驶离了路旁。

关宏峰长出了口气,掏出零钱补了票。乘客不算多,但也零零落落坐了四五成。经过这么一系列的追逐,他的体力几乎耗尽,这会儿用手肘撑着旁边的座位喘息。

他正要坐下来,就看到在车尾的座位上,有个人端坐在那儿,似笑非笑地瞧着他。肤白眉细,一笑起来,那张脸更像个娃娃了。

同一时间,第二中级人民法院的楼道里已经进驻了不少公安人员。庭审工作被迫全部暂停,法院的工作人员和当事人正在公安人员的保护和疏导下离开审判区。

袁队长、周巡、关宏宇和周舒桐等人正在法警的引导下穿过楼道。

袁队长边走边对法警说:"所有当值的法警撤出在岗位置,到西门主出入口,维持秩序,疏散群众。我们有一队人留在那儿配合你们工作。其他出入口,留给你们这儿轮值的武警把守……"

他说完,扭头去看关宏宇。

关宏宇说:"应该问题不大。他既然不是从正门安检进来的——当然,周子博也不至于傻到带把手枪闯安检,他走的时候估计也不会走门。现在担心的不是放他出去,恰恰相反,是怕他还滞留在法院里。笼中困兽,后果就不好说了。"

周巡问:"你们是什么时间发现他的?"

法警回答:"十几分钟以前。那个周子博在二楼审判区探头探脑,四处打听宋晓莲法官。宋法官在审委会开会呢,就有书记员问他有什么事儿。估计说了没两句话,书记员就看出来那小子穿的是件号坎儿,所以用楼道的电话通知了法警队。结果没等我们赶到,这小子已经不知道跑哪儿去了。我们当时封锁了楼门和各楼层楼梯出入口,找了没多会儿,你们的人就都到了。"

周巡听完点点头,问关宏宇:"除了法院的监控,是不是还应该调取下周围的交通和安防监控，确定周子博的行踪？"

关宏宇显然有些心不在焉，愣了一下，过了几秒才"嗯"了一声。

周巡想起方才银行门口的情形，再也没憋住，戳了关宏宇一下，示意他跟自己出去。关宏宇立刻跟着他出了监控室，还没等周巡问，他声音里的焦虑就已经压不住了："我哥在回去的路上被盯上了，甩不掉，很可能就是害死林佳音的那个杀手。我得马上过去帮他！"

"杀手？"周巡吃了一惊，"他现在人在哪儿？你说那个杀手跟着他……你俩的身份现在被识破了吗？"

"我最后一次跟他联系上是在南湖中街的小区附近。现在他的电话已经打不通了，你听明白没啊？现在他很危险！"

周巡向他比了个"小声"的手势，往四周看了看，为难地说道："可现在你也看见了，周子博拎着把警枪，先去银行开了一枪，又跑到正在办公的法院大楼里。我们次次都晚一步，现在连他的动机和目的都没搞清楚。这种关键时刻，你突然脱岗消失，别说施局这些上面的领导，就算是让队里的其他人看到，也交代不下去啊。说白了，就算我去都不能让你离开。"

关宏宇急得汗都快出来了："施局之前怎么说的？你要走了，连个现职领导都没有，谁指挥？我现在必须马上走，甭管谁有什么看法，都回头再说……"

两人还在拉扯，监控室的门开了。周舒桐探出头来，表情自然地对两人说："中院办公室那边通知，宋晓莲法官已经在主任办公室等咱们了。您看咱们是不是要一起去跟宋法官聊聊？"

她特意看了眼关宏宇，又转而去看周巡："或者您二位忙的话，我自己去跟她聊？"

关宏宇其实自己也乱，还没拿好主意，这会儿看到周舒桐没事儿人一样的表情，忽然想起了关宏峰那天对他的交代——"你不能倚仗权力，靠打压的方式去对待她"。

他犹豫了一下，扭头对周巡说："宋法官这边，我和小周去吧。你还是在这儿盯着监控。有什么进展，咱们随时通气儿。"

周巡愣了，也不知道他葫芦里卖的什么药，只能顺着往下说："啊，好好好。"

周舒桐也略有些诧异。

关宏宇又说道："哎，给小周配把枪。"

周巡又愣了。

关宏宇解释："就我俩一路往办公室那边儿去，谁知道那个周子博是不是还在这附近晃悠呢。"

周巡盯着关宏宇，二话没说，直接摘下自己腰间的配枪和枪套递给周舒桐。

周舒桐似乎觉得摸不着头脑，但也不好说什么，接过配枪别在身上，两个人一起离开监控室，上了电梯。

主任办公室在四楼，关宏宇按下四层的按钮。电梯上行不到一层，他忽然一把拉下紧急制动。

电梯猛地停下了。

周舒桐大约本来就有点儿紧张，被这突如其来的一下子吓蒙了，然后很快反应过来，后撤一步贴在墙边，右手差点儿本能地去摸腰上的配枪。

关宏宇失笑："干吗？都吓成这德行了。"

周舒桐深吸口气，勉强开口："关老师，您这是……"

关宏宇将手插在口袋里，尽量将自己的面部表情和身体姿态都放柔和，低声说："我知道你一直在暗地里调查我。查出什么了？你是觉得我和我弟串通？还是说你前男友的所作所为其实是受我指使的？"

周舒桐反应了一会儿，才意识到这个"前男友"指的是叶方舟。她小声说："我只是……不是，我真的从没想过关老师和叶方舟一伙儿人会有什么干系。"

关宏宇冷笑道："但你就是觉得我身上有古怪，对吗？"

这话当面实在叫人没法答，周舒桐"呃"了半天，连一句完整的话都没说出来。

"行了。"关宏宇摆了摆手，"用不着费心编瞎话儿了。我直接告诉你，你的感觉是对的。其实这也是明摆着的事儿，我回支队来帮忙，有很大成分是为了能找到机会去查我弟的案子，还他一个清白。"

周舒桐抬起头来，神色认真、凝重："关老师这么说的话，是确信您弟弟遭到了冤枉？"

关宏宇点点头："是的，我确定。而且，不出意外的话，栽赃陷害我弟的那个局，就是叶方舟和安廷他们联手做下的。现在虽然叶方舟死了，但我必须继续深挖下去，找到他们背后的主使。"

"那，您和您弟弟，现在还有联系吗？"

"问这个干吗？"

周舒桐嗫嚅道："我就是……就是觉得，以您一贯的行事风格，难道不希望和关宏宇当面对质，澄清心中的疑惑吗？"

"我没什么疑惑。"关宏宇淡定地说道，"而且我相信宏宇跟我的想法是一样的。现在的问题在于，你相信不相信我。"

周舒桐显然也没料到她略微一试探，人家就把底牌一股脑儿全给抛出来了，一时间有点儿跟不上节奏："我……我要是不相信呢?"

关宏宇笑了笑:"那我们就赶紧到四楼去,完成对宋晓莲的询问,争取尽快抓到周子博。你好腾出手来继续调查我,我也可以看看能用什么办法继续限制你管闲事儿的范围。"

周舒桐又想了想。

不对,这个时间、这个地点,真的是摊牌的好时机?除非……

她下意识地反问:"关老师,是不是……出什么事儿了?"

这姑娘确实很敏锐,关宏宇深吸了口气,低声道:"的确……现在我这儿有个非常危急的情况,需要帮助。而能够帮我的人,一定得是一个我信任而且也信任我的人。"

周舒桐愣住了。

她抬头看看这个和自己一臂之隔的男人,忽然想起这几天正在排的话剧。正义的、蒙冤的、想方设法为自己争取一个真相的杜丘,望向真由美的时候,是不是也是这样的恳切、真实、丝毫不作伪?

这种犹豫只持续了几秒钟,她很快做出了回应。

02

周巡站在二中院门口,等了半天,见关宏宇一个人出来,略有些诧异,但还是压住了疑问,先问:"法官怎么说?"

关宏宇说道:"宋晓莲法官能提供的信息很有限,但她和她的书记员都说,当初对周子博的审判和定罪量刑是综合考量了多方面因素之后,经合议庭合议,上审委会通过才落实的。而且无论是在庭审过程中,还是后来在看守所里宣判时,周子博的情绪和状态都很稳定。他对法院的工作人员没有表现出任何反感或抵触，认罪态度很好。事实上，如果不是咱们跟她说，她都想不到周子博是要来找她寻仇。"

"嘿。"周巡纳闷了，"难不成这小子揣着枪、翻墙进二中院就是为了朝这个判了自己十五年徒刑的法官聊表谢意？怎么谢，朝天鸣枪直达天听啊？"

"反正宋法官不太相信周子博会伤害她。"

周巡也挺郁闷的："早说呀，咱们晚点儿赶到，看看是不是能逮着他和宋晓莲喝茶聊天儿？"

"留点儿口德吧。监控查得怎么样了？"

周巡摊了摊手："大概在咱们进场实施包围封锁的同一时间，周子博翻北院墙出去了。在方庄环岛前一个路口的监控还拍到了他。然后就……"

他把正事交代完，还是没等到周舒桐出来，没忍住试探着问："那孩子呢……你给灭口了？"

关宏宇白了他一眼，没说话。

"你这什么表情？"周巡不可置信地瞪大了眼睛，"你把那孩子也拉下水了？"

关宏宇一把将过于激动的周队压下："我尽量把握分寸，不让她牵扯太深。但我哥那边儿的情况也不能不管，你知道他现在的战斗力，负的，没人跟去看着的话晚上咱俩就得给他收尸去了。"

周巡略微平静了一点儿，压低了声音："你让我把配枪给她，不会是说有什么危险吧？你不是说，盯着你哥的很可能是害死林佳音的杀手吗？"

"那个杀手应该不敢动警察。"

周巡急道:"小周穿着便衣,谁知道她是警察啊?"

"我跟我哥探讨过这个问题,感觉这个杀手应该是对既定目标实施行动的那种指令性非常强的类型,和叶方舟、安廷这种突发奇想、到处胡来的犯罪分子不一样。"

周巡皱着眉:"那也不行。你哥的生命安全固然重要,可让个警校毕业没两年的孩子去冒险……我调个探组派过去,跟她一起——"

关宏宇打断他:"我千方百计隔离周舒桐的信息,就是为了能把你择出去。你派个探组去协助她,不相当于告诉她咱们是串通的了吗?"

周巡抓狂地挠了挠脑袋:"哎呀,我都乱了。那现在该怎么办?我是说,两头儿都算上。"

关宏宇早看出来了,这位周队长单干的时候精明,和他兄弟俩往一块儿一站就开始犯迷糊。大概是职业生涯十几年里养成的习惯,他看到姓关的、看到这张脸,就下意识要问意见。

关宏宇无奈地说道:"去看守所,看一下周子博最后一次和家属见面的谈话视频。小周那边不用担心,我会尽全力确保她不遭遇危险。"

周巡叹了口气,边走下门口的台阶,边意味深长地说:"你最好是真确保,那可还是个刚毕业的孩子。"

被派出去"执行危险任务"的周舒桐本人倒没想那么多,因为关宏宇在电梯里透露给她的后半截内容实在太惊人了。

"我现在发现了一名可疑人员,和陷害宏宇的犯罪集团有密切关联。这个犯罪组织在杀害吴征一家之后,由于宏宇没能按他们的设计到案伏法,所以嫁祸没能落实。之前的叶方舟和安廷都是千方百计想利用咱们支队的资源找出我弟的下落,把他灭口,把冤案做成死案。不想,后来这伙儿人的行为太过丧心病狂,导致局面失控。他们就单独派出了个杀手,来挽回局面——这个'挽回',很可能是打算除掉包括叶方舟和我弟在内的所有相关知情人。我先解释这么多,剩下的等忙过手头的事儿我再仔细跟你讲。目前时间不等人,我需要你去核实那个人的行踪。但是记住,这是个职业杀手,在任何情况下,不要靠近,不要采取任何行动,有发现立刻通知我,明白吗?"

这些信息,首尾相洽,逻辑清晰,周舒桐没有多说,但已经信了大半。她按照指示,来到关宏宇说的发现过那人踪迹的小区里,向保安队长了解情况,得知确实像关宏峰说的那样,不久前有个人殴打了小区的两个保安。

"也不知道是干什么的,"保安队长抱怨,"反正肯定不是我们小区的业主。上去还没来得及问话,两个兄弟就都挨了打。"

周舒桐问道:"你们挨打的那两名当事保安,现在在哪儿?"

"都伤得不重,也没什么外伤,但是打脑袋上了,我就让他俩回宿舍休息了。需要叫他们过来吗?"

"没事儿,我另找时间录他们的笔录。那个人是从哪儿离开的?"

"他们说是从东门走的。"

周舒桐谢过保安队长,往东门的方向走去。刚出门,她注意到附近拐角处的路灯杆旁散落着一地水果,有的还被行人踩烂了。

她停下脚步,半蹲下身,把旁边装水果的一个一次性塑料袋拿起来看了看。末了,她把塑料袋叠了叠,塞进兜儿里,给"关宏峰"打了个电话。

关宏宇问:"你到地儿了吗?"

周舒桐点点头:"嗯,我刚和保安队长谈过,确实有个身份不明的成年男性刚和小区的两名保安发生冲突。两名保安受伤不严重,对那个人的描述也和您跟我说的差不多。关老师,您怎么知道那个人在这里现身了呢?"

"我有可靠的线报,特情的身份不便透露。"

周舒桐看了眼地上的水果,不由自主地说道:"您的特情是不是特别爱吃水果……"

关宏宇没听清:"你说什么?"

"没什么。据当事保安反应,最后目击这个人是从小区东门离开的。我现在就在东门门口,但是不确定应该往南还是往北继续追踪。您看要不要我协调周围的派出所或交通队调取监控?"

"小区东门那条路是不是南湖中街?"

"是的。"

"我会想办法尽量核实这个人的走向。你暂时先往南追查。记着我说的,别靠近!"

周舒桐挂了电话,沿着南湖中街的路边向南走去。

关宏宇这头挂断了电话,立刻拨通崔虎的手机:"虎子,周舒桐已经追到南湖小区的东门了,现在不确定我哥和那个杀手的走向。我初步推断,如果我哥是想尽量把他引开的话,应该是往你们的反方向,也就是朝南走的。你在监控里有发现吗?"

"你、你说的没、没错,他们是往南、南走了。不过,我、我现在遇到个问题……从南、南湖中街南、南口开始,整个儿南、南侧区域的监、监控设备,都是停、停用的,我调、调不到任何监、监控画面。我查了一下系、系统日志,那一片区域由于设、设备更新,整体升、升级,所、所以监、监控设施停、停用两周。"

关宏宇看了看守所值班室内正望向他的周巡,焦急地对崔虎说:"你尽量想办法,看有没有什么别的……接着给我哥打电话,没准儿是他的手机信号不好。"

"知道了,我会一、一直试的。"

他挂上电话,回到值班室,周子博和他姐姐周子珊的会见视频正在播放。关宏宇朝周巡点了点头,然后对众人说:"不好意思,我们从头再看一次。"

视频里,隔着会见室的钢化防爆玻璃,周子博和周子珊一里一外,各执通话器,面对面坐着。

周子博正在向他姐姐倾诉:"其实事后想来,我也觉得自己太冲动了。当时下手的时候脑子一片空白,可我不后悔。我知道那小子也有妈,有其他家人,可要不是因为他,咱妈不会……"

周子珊劝慰道:"医生不也说了吗,咱妈确实被他推了一把,摔倒在地。但心源性哮喘发作到底是因为他推的那一下,还是其他什么原因,就很难说了。而且当时现场那么混乱……"

"姐,说起那天,我也一直没得机会问,因为我当时被……你知道的。那天妈倒地之后,到底是……现场不是有救护车吗?他们没抢救吗?"

"妈刚一摔倒,我和你姐夫就赶紧去搀她。她那个状态……看着就不太好。等我俩一起把她抬到屋里的床上,她已经开始捯气儿了。我一看坏了,赶紧跑出去叫救护车的人。等我和大夫赶回来的时候——"

周子博打断她:"你们多长时间赶回来的?"

"没多长时间。大概也就一两分钟?"

周子博心不在焉地应道:"哦。"

周子珊继续说:"进屋的时候一看,刚隔了这么会儿,妈已经开始抽搐了。我记得她仰面躺在床上,两腿直蹬。你姐夫那么大劲儿都几乎摁不住她。再后来……"

"他们说,救护车还没赶到医院,妈就已经不行了。"

周子珊没再说什么,悲痛地点点头,接着说道:"到了那边儿安顿好了,记得给我打电话。不方便的话,给家里写信也行。哦对,你还不知道咱家的新地址吧。我给你写下来……"

"家?房子都拆了,妈也不在了,咱还有家吗?"

"你别这么说,这不是还有我,还有你大侄女儿,还有你姐夫呢吗?虽然妈不在了,咱们还是一家人。我的家,不也是你的家吗?"

视频还在继续,周巡没忍住又点了烟——方才在门口他要抽,还被管理人员制止了,这会儿征询过这里可以抽,迫不及待地就点上了。关宏宇没空理他,不错眼地盯住视频里的周子博。

京郊,天色已经渐渐暗下来,双层客运长途大巴停靠在路旁,部分旅客下了车。

关宏峰坐的位置靠近驾驶座,车头并不算明亮的灯光打在他的身上。他面色还好,但是垂在身旁的手正几不可见地颤抖着。

车尾,"娃娃脸"神态闲适地站在车门旁,状似无意地堵住了所有去路。

过了一会儿,车门关闭,大巴车继续沿公路行驶。"娃娃脸"溜达着又坐回车尾的座位上,瞧见关宏峰的目光,还扬起嘴角对着他笑了一笑。

关宏峰面色铁青,看了看车内寥寥无几的乘客——他知道,终点站应该已经不远了。

03

眼下的形势,逼得关宏宇只能里里外外地跑。

在里面,看案情;跑到外面,联系周舒桐和崔虎,继续找他哥。

周舒桐出了公园一路往南追,大约追到南湖中街以南百米左右的位置,看上去一切太平,没找到什么别的痕迹。她走访了沿途的报刊亭和路旁的小商铺,没有发现什么有价值的跟进线索。她给关宏宇打了电话,询问是否可以调监控,被告知监控已经停用了。

这么追下去,很难再有结果,关宏宇愁得脑壳都要裂开了,崔虎又打电话来。

他对周舒桐说:"稍等一下,你先别挂。"

他把通话切换到崔虎那边。

崔虎说:"我查了一下你、你哥手机信号最后出、出现的位置,是南、南湖公园。"

"之后呢?"

"之后这个信号就、就穿过了南湖公园,从南门出去后,一路向西,沿街移动了一段……"

不等崔虎说完,关宏宇说了句"明白了",就挂断电话,切回到周舒桐那边:"嫌疑目标最后出现的位置是南湖公园。那个公园有出入口开在你目前所处的街道上吗?"

"有的!"周舒桐说,"南湖公园的北门应该就在前面不远。"

"继续跟过去。有情况随时联系。"

等他再回到监控室,那段视频仍在播放。

周子博这人,看起来确实老实,和姐姐关系也确实好,竹筒倒豆子似的,把坐牢的忧虑和担心反反复复地说给他姐,直说得周子珊也忧心忡忡,只能反复安慰。

讲到后来,姐弟俩都开始啜泣。

这时,陪同两人的看守所工作人员接到电话,要他去签提票。

等到工作人员离开,只剩下他们两人,周巡问:"你这出出进进……是有什么事儿得背着我吗?看守所那哥们儿又不知道你忙活的是什么,不用非躲着他啊。"

关宏宇也郁闷:"没想背着谁,我就是觉得脑子乱。我哥被追到南湖中街南侧,那附近的监控都没开……"

周巡一愣:"怎么会没开监控——"

关宏宇粗暴地打断他:"别让我一遍又一遍解释这些狗屁事儿了好不好?"

"好好好,你说,你接着说。"

关宏宇深吸口气,说道:"最后我只能通过定位他手机信号最后出现的地点,把追踪范围缩小到南湖公园。现在小周正过去调查。你看看外面,现在天黑成这样,就算没人追杀他,他的病症一旦发作……"

周巡沉默了一会儿,忽然说道:"你也做不了什么。"

这话未免太直白,关宏宇愣了愣。

周巡定了定神,叹了口气:"无论你刚才说的哪种情况真实发生了,你现在都做不了什么。既然你把小周派过去了,你就已经尽了最大努力来应对这个局面。我建议你还是冷静下来的好。"

周巡这话确实比他冷静、客观许多。关宏宇琢磨了会儿,只能苦笑。其实他自己又何尝不明白这个道理,但是牵涉到他哥……一时之间他还是无法平复心情,只能挫败地叹了口气。

周巡上前拍了拍他的肩膀,轻声说:"小周这孩子跟刚毕业那会儿已经大不一样了,你要相信她。再说,以你哥的头脑,不会坐以待毙的。想当初,在火车站你俩交接失误被我盯上那次,他孤身一人在外面跑了一天一宿,我不还是没抓着他吗?"

关宏宇深呼吸了一下:"真的不能放我走吗?"

"能。"周巡定定地看着他,"即便有上峰的压力,为了老关,别说放你走,我跟你一块儿去都行。但你在这个位置上,你的职责同样重要。老实说,我不觉得换你哥现在在我面前,他会比你冷静多少。但我知道,他会守住这份担当,把他该做的事情做好。"

"话是没毛病,可现在怎么做?看了这么半天监控,也谈不上有什么头绪。就更别提……"

他回过头,继续看监控。

只剩下最后几分钟,姐弟俩总算擦干了眼泪。

周子博说道:"我知道了,姐,你放心,我肯定回来。拆迁款什么的,你也别给我留着,几个孩子用了就完了。等我回来,只要管我口饭,剩下的我自己拢去。"

"反正这事儿你说了也不算。咱妈是没留下什么钱,可这拆迁款马上就下来了。我把你那一半,就用你的名儿存银行里。不管你什么时候回来,那都是你重新安身立命的本儿,只会多出利息,一分钱也不会少。"周子珊说。

周子博脸上勉强出现了一丝笑意:"哟,折腾这么长时间,拆迁款终于下来了。"

"啊,也是头两天通知的。你姐夫说,乡委会让这周末去刘家窑农行结算拆迁款。"

关宏宇那头嘴边的话停住了,监控视频里周子珊说出的"刘家窑农行"几个字,像一排耀眼的红灯,瞬时将关宏宇和周巡脑子里的雷达彻底吸引住了。

两人面对面愣了片刻,关宏宇上前暂停视频,倒回去把周子珊的话又听了一遍。

周巡失笑:"说没头绪,头绪就来了。但愿咱们没漏掉其他有用的信息。"

关宏宇沉思着说道:"他们之间会串通吗?"

"想这么多干吗?"周巡狞笑,"把周子珊拎起来问问呗。"

不知道过去了几个小时,天色彻底暗下来。周舒桐打着手电,沿着公园的主干道一路搜索,最后穿过公园,站在公园的南门附近。

她抬起手电,朝公园外照去,外面亮着路灯,但深沉的夜色依旧好像张开的兽口,仿佛随时都能将人吞噬。周舒桐没有犹豫,径直走进这片黑暗。

04

大巴平稳地继续行驶。

关宏峰脑门上的冷汗已经干了,也渐渐夺回了手脚的控制权。他低头从手机上拆下SIM卡。一旁开车的司机斜了他一眼,又瞟了眼倒车镜,空荡荡的车厢里,只剩下坐在最后一排的"娃娃脸"和坐在中间的一名票务人员。

"兄弟,"司机大约也是一路上无聊,开始没话找话,"你俩都是去三道林场的,咋还互相不认识?"

关宏峰把电话卡收回身上,眉头皱了起来:"三……道林场?"

司机嘴里叼着烟卷,一边抡着方向盘一边大剌剌地说:"是啊,你俩到现在都没下车,这不就是奔终点站去的?估摸着头天亮就到了。我跑这趟线儿好像没见过你啊。你们是要搬过去上班的?新来的啊?"

他说的这个三道林场的情况,关宏峰不甚了解,只能敷衍地答道:"嗯,是。"

司机又瞟了他一眼:"那咋连行李都不带,就这么空着身儿去啊?"

关宏峰想了一下,答道:"就是……就是去找个朋友。"

"嚯,"那司机也不知道为什么,看他的眼神顿时就变了,

"跟林场那儿有朋友,您是个厉害人物!"

这话里有门道,关宏峰听得莫名其妙,但当下又不是什么深问的好时机。他灵机一动,对司机说:"师傅,我给你十块钱,能不能手机借我用下,打个电话?"

司机从仪表盘上拿过一个又脏又旧的手机,扔给关宏峰:"啥钱不钱的,拿着用吧,甭客气,没密码。"

关宏峰没想到司机应得这么痛快,心中暗喜。他接过手机,一边拨号一边警惕地观察着车尾的"娃娃脸"。

果然,对方见关宏峰借到手机要打电话,面色顿时就不太好看。他迅速站起身,往车头的方向走。

关宏峰一惊,抓紧拨号,正要按下通话键,"娃娃脸"已经站在票务人员的斜后方停住了。他冷冷地盯着关宏峰,右手从左侧袖口中抽出一截钢弦——票务人员正在低头玩手机游戏,全然不知身后有人。"娃娃脸"露出一个笑容,意义不言而喻。

关宏峰愣住了,看看对方那副挑衅的表情,又低头看看已经拨好号码只待按下通话键的手机屏幕,犹豫了不到一秒,就果断地结束了拨号,把手机递还给司机。

司机笑道:"咋不打了?"

"忘记了,后半夜,"关宏峰看着"娃娃脸",淡淡地说道,"打了,估计他也听不见。"

被门铃吵醒的周子珊一家正鸡飞狗跳。周子珊忙着哄被吵醒的孩子,陶军披了件衣服,嘴里念叨着:"这谁啊?大半夜的!"

他来到门口,透过猫眼往外望了一眼,愣住了,慌忙打开门,只见周巡和关宏宇站在门口。

陶军顿时清醒了:"二位这是……"

关宏宇隐隐听到里屋传来孩子的哭闹声:"不好意思,你爱人在吗?"

十分钟后,周子珊将哭闹的孩子交给丈夫,神情疲惫地坐在警车里,向关宏宇和周巡解释:"我当时只是随口跟他提了一句结算拆迁款的事儿。您要不说,我自己都忘了。"

周巡说:"你说的是这周末就结算,对吧?而且还说出了具体结算地点在刘家窑农行。我可以告诉你,昨天周子博脱逃之后第一个出现的地点就是刘家窑农行。这你怎么解释?"

"这……这怎么解释?"周子珊脸色惨白,彻底慌了神,"我确实不知道啊。他跑那儿去干吗呢?"

周巡问道:"昨天你们没去结算拆迁款吗?"

"这……小军跟我提过,通知的是今天下午。我去会见的时候都没记具体日子,就有个印象是这周末……"

这时,关宏宇的手机响了。他看了眼来电显示,朝周巡递了个眼色:"小周。"

他走下警车,急切地问:"怎么样了?"

"关老师,我穿过南湖公园……对,我是从南门出来的,发现也没有什么可供追踪的线索。但南湖派出所反映,昨天半夜曾经接到一一〇指挥中心转过来的一条警讯,说有群众报案称在南湖公园门口以西的×××路公交站,有个男的大喊被杀人犯追杀。但其他的情形,包括这名男子的体貌特征描述都不甚清晰。南湖派出所的巡逻车在大约十五分钟后经过公交站,没有发现异常情况,就当作无效报警处理了。如果这和咱们要追踪的那名杀手有关的话……"

关宏宇问道:"南湖派出所反映?那你肯定也顺便核实了南湖中街监控被停用的情况?"

周舒桐微露窘态:"呃……我还想跟您核实一下,这名杀手是不是一直在追什么人?譬如某位'不便透露身份的特情'。"

"行啊,你这丫头脑子越来越灵光了。没错,核实无误。不过,你说你是从南湖公园北门进去,沿途追踪至南门出来的。支持这种判断的线索是什么?"

"公园的管理人员告诉我,有两名男子一前一后从南门离开。因为那时已经非常晚了,所以引起了管理人员的特别注意。"

"明白了。原地待命。我一会儿打给你。"

他挂断这头的电话,立刻联系崔虎:"虎子,我记得你说南湖中街以西路段的监控都停用了,是吧?那南湖公园南门外那条路呢?"

"南湖公园南、南门外那条路,那不就是四、四环辅路了吗?"

"对,那条路上的监控也停用了吗?"

"稍、稍等,我查、查一下……没有,那、那条路的监控都是正、正常运作的。至少,我、我在交、交通监控网络图上看到的,都、都是绿灯。"

"赶紧查一下,时间大概在午夜前后。那是我哥最后的行踪所在。"

他这边交代好,又匆忙切回去打给周舒桐。

那边很快就接了起来。

关宏宇说道:"已经过去半宿了,咱们落后太多。照这样下去,那名杀手出走路径节点和咱们追踪节点之间的距离只会越拉越大。再往下查,帮助不大了。我跟周巡现在在周子珊家,这边也发现了些新情况,你先撤回来。"

他挂断电话,正要回车上,周巡从车上下来,靠在车边,低声说:"从周子珊的说法上看,第一,她交代的会见谈话情形跟咱们在监控里看到的一样,说明她没撒谎。第二,如果这对姐弟之间真有什么串通,何必不把日期说明确呢?"

关宏宇说道:"那你是觉得,周子博听到他姐姐无意中说了这个话,然后临时起意脱逃之后,打算卡着他们家结算拆迁款的时候去银行弄笔钱出来?"

"勉强说得通吧。估计周子博知道他姐姐家肯定有公安的人把守,所以想向家人求助的话……"

关宏宇看着周巡的表情,叹了口气:"没错,你还是觉得这个说法太过勉强,不合情理吧?"

周巡也跟着他叹了口气,愁眉不展地掏出烟来,刚想点,又把烟从嘴上拿下来,对关宏宇说:"岂止是勉强。要说这小子想逃跑,既在银行开枪又闯法院的,这还跑个屁啊!这不是作死的节奏吗?"

说完,两人都沉默了。

过了会儿,周巡问道:"对了,你哥那边儿怎么样了?"

经过几个小时的颠簸,长途客运大巴停在一条偏僻的公路旁。车门刚一打开,关宏峰就冲下车跑了出去。

"娃娃脸"也在第一时间急匆匆地下了车。他看了眼关宏峰逃跑的方向,动作慢了下来,笑了笑,然后不紧不慢地跟了过去。

就在两人的前方,是一大片人迹罕至的林业开发区。

* * *

同样是凌晨,郜君然从刑侦支队里溜达出来,正好整以暇地和一辆一二〇上的急救人员掰扯程序:"丰台的法医有很多。这里是刑侦支队,除非是涉及刑事犯罪或人员死亡的,否则其他什么家暴、工伤、碰瓷儿……这些都不归我这儿管。事实上,就算我好心管了,也没有资质给你出具相应的检验结果。你们是哪个医院的?哦,这家啊,那这是第四次了,这是你们第四次出现这种移送上的错误。你们这些在下面做事的我不埋怨,但你们机构的管理机制一定存在问题。按说事不过三,但我看你们也折腾半宿了,回去跟你们领导说,把涉及司法鉴定的程序机制完善好,否则下一次我真的就要投诉了。"

他语速超快地训完人,都没给人反应的机会,伸了个懒腰,看了看天边的晨曦,然后趿拉着鞋走向不远处的便利店。他左看看右看看,最后拿着一盒鸡胸沙拉、一个全麦面包和一瓶脱脂牛奶放到收款台上,结了账,拎着购物袋晃晃悠悠出了便利店,往刑侦支队走。

清晨的大街上,人烟稀少,十分安静。

郜君然远远看到刑侦支队门口,周巡和关宏宇下了车。周巡对开车的周舒桐说了几句话之后,周舒桐开车驶入支队大院。

他远远地朝他们挥手,关宏宇扭头看到了他,拍了下周巡的肩膀。两人都是一脸疲色,朝郜君然的方向摆了下手,打过招呼,走进了支队。

郜君然也困,一边继续往前走一边掩嘴打了个哈欠。哈欠打到一半,他突然僵住了。

一个硬物抵在他的后腰上。

郜君然停下,看着前方,没敢再动。

而他身后，面容憔悴、神情焦虑的周子博，双手颤巍巍地握着一把枪。

拾贰 绝地逢春

01

清晨,三道林业开发区内,离那辆大巴的终点站不远,一片开阔的木料堆放区里,两批人马正在紧张地对峙,一场并不怎么摆得上台面的冲突眼看一触即发。

冲突的双方,一边是林场的工人,一边是本地的黑势力。两头都有几百号人,浩浩荡荡地排开,面对面站着,剑拔弩张。

工头孙安抚了身后的工人,走到场地中间,同对方的头领焦老大开始谈判。说是谈判,其实就是相关利益的扯皮。

焦老大环视周围的人,又瞅了眼人群外他手下开来的那些卡车,说道:"老孙,你看我车都开来了。我是把车装满木头让咱们大家发财,还是过一会儿把你的这些小兄弟都拉上车埋了,你挑一样。"

工头孙皮笑肉不笑地说道:"焦爷,咱两头伙着搞体外循环也不是一天两天了。林木采伐许可证是我们这头儿的,设备也是我们这头儿的,出工出力的都是我们这拨兄弟,有朝一日真作出雷来,还得我们扛。你们那边儿就跑趟车,拉个货,还拿大头儿。也是,三七下账是咱定会好的,我姓孙的不该反悔。可当初咱算账的时候,你说按一立方米九百六十块钱结,弟兄们都说这价低了,我还没理会。等近来一扫听,我才知道你跟外面都是一千五六的出货,转过头来,再拿这点儿鸟食儿对付我们。我能忍,弟兄们也忍不了啊。"

焦老大闻言拉下脸来:"切!还他妈都是你们的。采伐证上写着你名儿啊?这,机器设备是你们掏钱买的?厂子里百十来号人,是你给开的饷?一帮臭打工的!要不是我给你们开了条财路,你们累死累活不也就拿那么几个死工资吗,够干吗的?一千五六?告诉你,老子一千八都出过货!可你怎么不说中间被水泡了、被交警罚了、被林业局扣了的时候,老子人吃马喂还都赔进去了呢?反正我告诉你,你们人挣多挣少不关我事儿,咱们有言在先。我这边儿的兄弟可都等着拉货吃饭呢。今儿我们要么就把这口饭吃下去,要么就他妈吃了你们!"

工头孙咬着后槽牙,恶狠狠地说:"那就是没得商量了!"

说罢,两边老大各自一声呼哨,伐木工们抄起利斧尖镐,焦老大手下亮出长棍短刀。

工头孙和焦老大也各自后撤半步,手往后腰上摸。

一场大规模械斗一触即发。

在这片紧张的寂静中,响起了一阵脚步声。一个人从林外跑来,脚步凌乱其至有些跌跌撞撞,径直朝着两帮人马之间的空地来了。

别说两边的小喽啰们了,连工头孙和焦老大了也都愣了,不由自主地停下了动作,目光齐刷刷盯着这忽然闯进战局的人。

关宏峰跑着跑着,自己也发觉不对了,脚步缓了下来。等到他走近焦老大和工头孙,已经明显察觉了问题所在,冷汗顿时沁出,赶紧低头,嘴里小声嘟囔:"不好意思,借过……"

不等两人反应过来,他就从两人中间穿过,继续向前跑。

焦老大和工头孙满脸难以置信地望着他的背影,又互相看了看。

焦老大问:"这孙子是干吗的?"

工头孙愕然:"不是你的人吗?"

焦老大勃然大怒,朝身后的人一挥手:"把那小子给我摁住!"

工头孙也反应过来,朝身后一挥手:"撵上他!"

两百多人齐声发喊,架也不打了,各执长短家伙追了过去。

"娃娃脸"随后赶到,惊疑不定地望着这两百多号人留给他的一地烟尘,一时间愣是没敢追上去。

丰台刑侦支队里,周巡一大清早就带着一身低气压进了办公室,把原本还在排练《追捕》的小汪等人统统赶出去备勤。关宏宇眼下乌黑,掂着手机走进来,表情算得上阴沉。

周巡看看他的脸色,心头一凛,问:"怎么,还没找着?"

关宏宇低头,语速极快地说道:"我找人调了监控,我哥和那个杀手都在午夜时分上了一辆长途客运大巴。"

"大巴?"周巡一脸疑惑,"往哪儿开的?"

"说是往三道林业开发区去的。不过中间有十来站呢。"

周巡面露难色:"那也不好说他们会在哪站下车……"

关宏宇从会议桌上堆放的资料里翻出地图,沿着地图检索:"这个终点站都出了北京了,五百多公里的路程。这种双层大巴时速很难超过八十,再加上过收费站或是停靠中间站的时间,要开到终点站恐怕得天亮了。"

"你觉得你哥会在终点站下车吗?"

"我不确定。但他有黑暗恐惧症,一定会尽可能拖延到天亮再下车。"

周巡挠了挠头:"那怎么办?连个大方向都没有。而且出了城,别说把小周派过去了,就算咱们去都不一定好使。"

两人面面相觑,愁得眉头都要打结了的时候,周舒桐和小汪推门进了会议室。

关宏宇眼珠子一转,顺溜地转变话题,指着地图说:"现在我们初步发现了周子博出现在刘家窑农行,和两年前他家房屋拆迁之间存在着某种关联。而他随后前往二中院,无论目的是什么,恐怕同样和两年前的拆迁纠纷脱不了干系。"

周巡跟着说:"那就是说,两年前的案子……"

关宏宇耸耸肩:"我也都忘差不多了,好在把卷调出来了。"

他在桌上翻来拣去,拽出一本厚度差不多的来,盯着上面的标题皱眉念道:"《涉过愤怒的河》?这什么玩意儿?"

小汪回答道:"呃……剧本嘛,这就是那个《追捕》的原著,西村寿行写的,直译就是……越过愤怒的河流……"

其实,这并不能算是一条河流,充其量只能说是一条小河沟。

关宏峰已经没时间分辨了,一脚踩了进去。河沟确实不深,水却很凉,大半的裤腿顿时湿了,鞋子很沉,他狼狈不堪地跨过去。

身后,乌泱泱的百人大队呼啸着跟着他渡河。

没跑出几十米,关宏峰就被人一把掼倒在地,后面来的人一拥而上，二话不说对他拳打脚踢。

焦老大和工头孙分开人群来到近前。焦老大指着蜷缩成一团、不停挨打的关宏峰骂道："在老子的地盘上，说来就来，说走就走，你以为你谁啊？今儿他妈打死你都不冤！"

工头孙追上来，说："哎，别真给他打死了！问清楚这小子到底是谁。"

关宏峰被围在人群正中，身上又挨了几下打，但脑子还是清明的，听到外头人的对话，立刻大声叫道："逃犯！我是个在逃犯！"

焦老大和工头孙对视了一眼："逃犯？"

人群散开了一些，躺在地上的关宏峰艰难地扯下口罩，露出脸上的伤疤："对，我叫关……关宏宇。你们应该见过我的通缉令。"

焦老大眼珠转了转，朝周围一摆手，上前两步，仔细打量关宏峰："要这么说，我还真有个印象。可，兄弟，你有事儿跑你的路，闯我的地头儿是什么意思？"

关宏峰苦笑道："我听说这边儿山高皇帝远，本想来避避风头，不曾想打扰了您各位的……呃……聚会。实在抱歉……"

没等焦老大接话，工头孙不乐意了："你的地头儿？这十几里地，什么时候成了你姓焦的地头儿了？我还跟你说，这小子要没干系，让他滚蛋！咱们的事儿还没论完呢。"

焦老大边打量关宏峰边想了想，对工头孙说："得了。分成的事儿，咱们晚些时候再聊。让这位姓关的兄弟一冲一撞，仗没打起来，咱让人吃了一嘴沙子，不大合适。我先把他带走唠唠，咱们那茬儿，容后再说，行吗？"

他也没在这儿多废话，招呼手下架起关宏峰，走开了。

工头孙愣了一会儿，没反应过来，但见焦老大的人离开，似乎也无可奈何，讪讪然带着手下工人也走了。

不远处的树后，"娃娃脸"正观察着情况，远远看到两拨人分开，其中一伙人簇拥着关宏峰走了。

他有些哭笑不得地摇摇头，掏出了手机。

02

关宏宇把手里的剧本往旁边一扔，嫌弃道："这破玩意儿别跟案情资料混在一块儿。"

随后，他终于翻出了两年前的那本案卷，清了清嗓子，说道："两年前，周子博一家所居住的房屋面临拆迁问题，房屋土地局就拆迁面积和价格给出了结算数据。当然，大家都明白，这种事情通常很难就这样按规矩一步步往下走。开发商万国房地产集团有限公司委托宣福拆迁公司解决这个区域的拆迁，诉讼、行政复议、谈判……折腾了几个来回之后，本打算强制执行。

"执行当天，由于宣福拆迁公司的工作人员吴某在周子博家门口对其母李云有一个推搡动作，周子博当场与拆迁公司打了起来。李云被自己的女儿周子珊以及女婿陶军抬进屋之后，引发心源性哮喘。现场的急救人员赶到，第一时间对李云进行了抢救。但由于有大量呕吐物阻塞在气管，李云在被送到医院之前不治身亡。

"周子博由于现场殴打拆迁公司的人，被派出所拘留。第二天凌晨，咱们队接到报案，准备对吴某涉嫌过失伤害致李云死亡一案展开调查。而就在前一天半夜，周子博被派出所批评教育后放出来了。

"但他得知母亲的死讯后,第二天一早——和我带探组赶去的时间几乎是前后脚——来到宣福拆迁公司,对吴某实施了报复性伤害,并导致吴某头部撞击在写字台,颅内出血死亡。我们进屋的时候,地上倒着一个,旁边是傻站着的周子博,还有一屋子证人,案情可以说是不能再明白了。因为犯罪嫌疑人死亡,对宣福拆迁公司的调查也就终止了。不过,我在这个过程中发现,这家公司在该区域的拆迁过程中涉嫌威胁、恐吓、勒索、寻衅滋事等众多其他违法问题,所以就从另一个角度立案调查。鉴于要以拆迁公司一案的调查结果为证据,周子博伤害致吴某死亡案也迟迟未能宣判。这不,一折腾就是两年。"

他说完合上案卷,开始在身后的白板上书写要点:"好,我们现在推测周子博出逃并出现在银行及法院两个地点,无外乎是这么几种可能。

"第一,图财。第二,报复。第三,认为自己有冤。你们觉得会是哪一种呢?"

周舒桐在下面说道:"如果他是和姐姐串通好了,想拿着拆迁款逃亡的话,完全可以在别的地方等他姐夫领完拆迁款再交接,没必要非冒这么大险。"

关宏宇点点头,划掉了白板上的第一项。

周巡接着说道:"周子博最终被判有期徒刑十五年。以他触及的罪名而言,量刑可以说是很轻了。周子博及其家属对判决结果没有什么疑义。要说他想报复,好像也太勉强了吧。再说,他报复谁呢?"

关宏宇一挑眉毛,划掉了白板上的第二项。

剩下的众人盯着第三项,面面相觑:"难道他有冤?"

周舒桐低声说:"他跑去法院,难道是为了找法官鸣冤?"

关宏宇晃了晃周子博的案卷："这案子一审落判之后，可没见他上诉。判决送达回证上写的也是服从判决结果。真要觉得有冤，摆着正常渠道不走，非得搞出头条新闻来？"

说完，大家都不吭声了。

关宏宇转身划掉了第三项："既然这三种动机都不成立，那就很可能存在我们还不知道的真正原因。不要忘了，近两年来，周子博一直处于被羁押状态。他听到的、看到的、了解到的、经历过的，我们都有据可查。我们要站在他的角度，搞明白这其中到底是什么因素使他不惜成为逃犯。"

"你有事，找我没用啊，我就是个法医。"

市局外面的小巷子里，邰君然淡定地靠墙站着，咕哝道："案子谁办的你找谁去呗，找关宏峰啊，你劫持我有个屁用呢？"

那枪口仍旧抵着他的腰，他眼睛却盯着自己的购物袋，

周子博顺着他的目光看去，然后一把抢过那个购物袋，一手举枪，另一手掏出一个全麦面包就开始啃，显然是饿坏了。

"哎，这个。"邰君然一脸无奈，悻悻地说道，"我这面包挺贵的。"

周子博边嚼边恶狠狠地说："法医？法医就对了！我找的就是你！"

"啊？"

几分钟后，这俩人面对面蹲在地上，枪已经被扔在了一边。

在听完周子博边吃全麦面包边涕泗横流地一番倾诉后，邰君然捧着盒鸡胸肉沙拉，再把脱脂牛奶递给他，说："行了行了行了，知道你委屈。喝点儿牛奶。光塞面包，干不干啊？"

周子博接过牛奶,一双含着泪的虎眼仍旧盯着邰君然。

"你说你这上天入地地闹了大半天,"邰君然想了想,也叹了口气,"敢情是对你老娘的死有疑惑?"

周舒桐问道:"他母亲的死?"

关宏宇回答说:"对,我和周巡去看守所看过周子珊会见周子博的视频录像。其中周子珊不经意间似乎提到了一处细节……她妈晕倒了之后,她曾经短暂地离开过,再进屋的时候一看,刚隔了这么会儿,老太太已经开始抽搐了,仰面躺在床上,两腿直蹬。她老公按都按不住。"

"病理学上的事儿,我也不是很懂,但这不符合心源性哮喘发作的症状吗?"

关宏宇耸耸肩:"这个恐怕得去问邰君然了。但不管符不符合,我的建议是,咱们可以注意一下验尸报告。"

小巷子里,周子博吃完人家一个面包和一盒沙拉,已经彻底卸下了戒备。

邰君然沉吟道:"你说的那会儿,我还没调到丰台支队呢。验尸报告不是我出的,是我的上一任法医,叫高亚楠。"

周子博来了精神:"她!那个高亚楠,她在哪儿?"

邰君然抬手抽了周子博一脑瓢:"你疯了?人家是刚生完孩子的产妇,我能告诉你吗?"

周子博揉了揉脑袋,也十分委屈:"那……那我怎么办?"

"你傻呀?你那案子当初是以你母亲遇害作为案情依据判下

来的，庭审过程当中肯定使用了她的验尸报告，判决书也会引用。你没仔细听宣判吗？"

周子博傻眼了："我……我当时大脑一片空白……也没记住上面都写了什么，就知道判了十五年……那、那兄弟，你行行好，能不能把验尸报告偷出来给我看看？我真的想搞清楚我娘到底是怎么走的！"

邰君然白了他一眼："你让我偷验尸报告出来，给你一个在逃人员看。真当法医队是你们家开的啊？"

周子博听他这么说，茫然了两秒钟，猛然抓起夹在腰间的枪，重新指着他："我、我有枪！"

邰君然坐在原地，动也不动，斜眼看着他："小心走火。"

周子博立刻颓然垂下头，下意识道歉："哦，对不起，对不起……"

邰君然掏出手机，一边操作一边念叨："你的案子应该是公开审。公开宣的案件，在中院的网上就能查到判决。明明敲几个字儿就能解决的事儿，瞧让你搞得乌烟瘴气的，傻不傻啊？"

就这么几句话的时间，他已经搜到了判决书，把手机递给周子博："自己看吧。这页的第二段'经审理查明'下面，引用验尸报告那段儿。"

这边周巡看完验尸报告，递给了周舒桐，嘴里嘀咕着："因呕吐物堵塞呼吸道，导致窒息性死亡。"

周舒桐看了看验尸报告，微微点头道："像这种情况，确实应该格外注意要让发病者侧躺，避免呕吐物回流，阻塞气管。要这么说的话，李云真正的死亡原因，岂不是就在他女婿陶军身上了？"

小汪说道:"等等，等等，这里面有问题。首先，像你说的这种常识我都不怎么了解，陶军也不一定明白。看到人休克痉挛，上前按住，防止她从床上跌落，难道不是很正常的反应吗？再说了，满打满算这陶军有故意的嫌疑，周子博初小毕业的水平，也懂这种事儿？"

说完，众人齐齐看向关宏宇。

邰君然把手机揣回兜里，点点头："你说得没错，像这种情况，在施救的同时要保持让患者侧卧。你是说因为你姐夫在社区医疗站工作，所以应当了解，或者说不可能不清楚这其中的要领。"

周子博说道："你哪儿那么多拐弯词儿……我娘常年有这个毛病，每年总会犯几次，还是他嘱咐我跟我姐，犯病的时候要让老娘侧着躺呢，他装什么傻啊！"

邰君然听完点点头，从周子博手上拿过脱脂牛奶，往嘴里倒了倒，发现已经喝完了。他讪讪地把空牛奶盒塞进购物袋里："得了，既然现在你已经搞明白了，就跟我去隔壁投案自首吧。"

周子博想了想："不行，我要去找陶军！上次没逮着他，我必须跟他当面对质。我看这浑蛋在我面前还敢不敢说瞎话！"

"他对着你敢不敢说瞎话我不知道，他对着我们支队的人肯定不敢。你这不是多此一举吗？再说了，你要有疑惑，直接跟看守所的人说或者告诉你姐啊。再不济，到了服刑地点，打电话报警也成啊。我们队的关队和周队都不是糊涂人，要知道这案子有问题，铁定查到底。"

周子博迟疑道："可当初他们也没查……"

"那还不是因为你把拆迁公司姓吴的给打死了！他是你母亲遇害的犯罪嫌疑人，按照法定程序，嫌疑人死了，案件调查就终止了。说白了，你还没容公安调查呢，就把案子给结了。你这怪谁？"

"谢谢你。"周子博想了会儿，站起身，苦笑道，"谢谢你，兄弟！我也知道我闯大祸了，可为了我娘……你回去跟你们领导说，再容我半天，我肯定去自首！说到做到！"

郜君然叹了口气，也站起身，嘴里嘟囔着："跟你们这帮低智商生物就是没法沟通。得了，你要走我管不了你。把枪留下吧。"

周子博愣了："啊？把、把枪留下？"

郜君然骂了一句："你个白痴！"

他一把把周子博手上的枪抢过来，指着枪身左侧的保险，对他说："这是保险，知道吗？扣上它，扳机就能锁上。你的保险一直打开着，知道九二式扳机的磅数是多少吗？这么灵敏的扳机，碰一下就响，你就这么保险大开别在腰上，也不怕走火把自己轰成太监？"

周子博愣住了。他这人，脑回路确实异于常人，似乎对枪被夺走全然不在意，恍然大悟道："哦，我说怎么在银行……我都没打算……一碰它就响了，吓死人了。"

郜君然卸下弹夹，塞进了购物袋，手里端着空枪对他说："你想啊，你原本就有十五年刑期。现在搞出这么大乱子，加刑加到无期应该是没跑儿了。继续拎着这玩意儿，检察院想给你求刑求个死缓都难。听我的，你要找你姐夫对质就对质，别再揣着这么个惹祸的玩意儿瞎晃悠了。"

他说着，把手枪也往购物袋里一塞，晃晃悠悠走出了小巷。

周子博目送这位"好心人"走出小巷，深吸了口气，刚一转身，发现身后站着一个身材高大、穿着黑色皮外套、戴着黑色口罩的人。

周子博一愣，意识到这个人显然是冲自己来的，犹疑地问道："你……你是谁？"

"黑外套"瞧了他一会儿，轻声说："你没杀那个法医不说，还任由他把枪拿走了。这让我有点儿难以决断啊。"

周子博愈发迷惑不解："决断？决断什么？"

"黑外套"大步走向周子博，边走边喃喃道："当然是……

"你的死活。"

03

清晨，周巡在手中把玩端详着被周子博抢走并且由郜君然"要"回来的那支九二式手枪，心情颇为复杂。

他瞟了眼搁在桌上的购物袋，从里面取回弹夹，把弹夹塞回枪里，然后抬头盯着桌子对面战战兢兢戳在那儿的郜君然，又斜眼看了看身旁的关宏宇，叹了口气："枪都到手了，还把人放了。老关，你说我是不是应该把这小子就地正法？"

关宏宇面露苦笑，也实在不知道自己这时候能说什么。

郜君然结结巴巴，声音细弱地为自己申辩："我……我是法医，又不是公安，抓人不是我的事儿。再说了，我好歹把枪弄回来了，就不能功过相抵吗？"

周巡一拍桌子："相抵个屁！这么多支队追了一天一宿的人，你既不请示，也不汇报，和人就在公安局大门口唠嗑，在可以完全控制局面的情况下把人放了,不拿你当同谋就算好的。等着挨处分吧!"

关宏宇觉得周巡有点儿反应过度,揶揄道:"这把枪是物证,你连手套都不戴就这么抓来抓去,这处分也逃不掉了吧?"

周巡恍然反应过来,吓得差点儿把枪扔桌子上。他放下枪,高举双手:"这……老关,那……"

"行了,"关宏宇叹口气,"这枪小郜也拿过,你也拿过,上面早落了八层指纹了,交给技术队先封存吧。"

周舒桐听令正收拾手枪,小汪推门进来,汇报说:"周围这几条街都搜过了,那小子跑得还真快。"

周巡一脸的不高兴:"扩大搜索范围,继续找!"

小汪领命,和周舒桐一道离开会议室。

周巡叹了口气,正要跟关宏宇说话,回头看到郜君然还站在对面,顿时气不打一处来,从桌上抄起本案卷就扔了过去:"还不给我滚!"

等到郜君然落荒而逃,他转过头低声对关宏宇说:"我刚才汇报之后,总队的意思是先不要动陶军。咱们一会儿去刘家窑农行协助布控,总队安排了更多人在周子珊家值守。周子博既然已经把枪交出来了,看起来也确实不会有太过严重的社会危害性。大家好歹算松了半口气,剩下的就差他本人落案了。倒是你哥那边怎么样了,有他的消息吗?"

关宏宇轻声说道:"在推测他有可能会在终点站三道林业开发区下车的时候,我还打了个电话找人帮忙。"

周巡警觉起来:"你找的谁?"

* * *

三林道业开发区里,"娃娃脸"正手插口袋,慢悠悠地朝焦老大的据点走去。大部分人已经散了,但据点外零零散散还站了七八个手下,瞧见"娃娃脸"走过来,表情都有些紧张。原因无它,这人虽然姿态闲适,但是眼神和一些小动作看上去太危险了。

"娃娃脸"倒也没想掩饰,往几个人面前一站,面无表情地说:"我找刚才被你们带回来的那个人。"

"你跟他什么关系?"

"娃娃脸"无辜地说道:"没关系。"

"没关系你找他干吗?"

"娃娃脸"无所谓地说道:"他跟你们不也没什么关系吗?"

那手下一听就要发作,但被周围的人制止了。几个人低声议论了片刻,另一名手下对"娃娃脸"说:"你等会儿啊。"

他进屋去报信儿,没过多会儿,把焦老大给叫了出来。

焦老大来到"娃娃脸"面前,上上下下打量了他一番,问道:"是你要找那个关宏宇啊?人家说了,跟你有过节,不怎么想见你。"

"娃娃脸"倒也不觉得意外,略一思忖,问道:"你贵姓?"

"焦。"

"娃娃脸"笑道:"那好吧。看来你是这儿说了算的。被你带到这儿来的那个关宏宇,是个通缉犯,留在身边儿是个麻烦。但我现在要这个人。我们之间有什么过节,你不用管。你只需要知道,把人交给我,我会很感谢你就是了。"

焦老大不屑地"哼"了一声:"感谢我?感谢值几个钱啊?"

"值十万。""娃娃脸"露出一个意味深长的微笑,"如果你是问我具体数目的话。"

焦老大愣了一下，重新上下打量了一圈对方，不可置信地说道："你身上带了十万块？"

"没带。""娃娃脸"坦坦荡荡地说，"但我已经打电话叫了几十个朋友过来，他们应该在一小时内就能赶到。你知道的，十万不是小数，我也得找朋友凑凑不是吗？"

焦老大一眯眼："叫了几十个朋友给你凑钱？兄弟，你就明说吧，怎么个意思？"

"娃娃脸"客客气气地笑了笑："我的意思是，我无论如何都要这个人，不管花不花这十万，诚意够足了吧？"

周舒桐从办公室里出来，穿过走廊，一路下了楼，把装着手枪和弹夹的物证袋交接给赵茜。因为心事颇重，她也没寒暄几句，转身刚要走，却被赵茜叫住了。

赵茜低声问："舒桐，你是不是一直在私下调查啊？"

周舒桐看着赵茜眨了眨眼，没说话。

赵茜追问："之前你在查吴征家丢失的那个……"

周舒桐冲她一摆手，示意不要继续往下说了，压低了声音回道："千万别跟任何人说。麻烦你了，师姐。"

赵茜看着她的背影，若有所思。

关宏峰坐在椅子上，被一群小子簇拥着。天色已经彻底亮起来，他人也冷静下来，这会儿隐隐约约能听到外面的说话声。不过即使听不见，他也能猜到来人是"娃娃脸"以及"娃娃脸"大致会对焦老大说什么。

一是威逼，二是利诱。一说我有人，二说给你钱。出不了这个套路。

果然，没几分钟，焦老大就晃悠着走了回来，拉过一把椅子坐下，拍着他的肩膀，语重心长地说："兄弟，外面儿那小子还叫了好几十号人过来，死活非把你要走。我姓……姓焦的不是不仗义，虽然咱哥儿俩萍水相逢，我能替你豁得出来，可我这拨弟兄都是出来混口饭吃的。你跟他们一不沾亲二不带故，没仇没怨的，人家犯不上。所以说，我实在也是——"

关宏峰慢吞吞地打断："他承诺给你什么好处了？"

"啧，哎！你这话就是瞧不起我了。我、我是那种人吗？还不是我……"

"别误会。"关宏峰笑了笑，"没别的意思。我是说，无论外面那家伙给了你什么好处，或是应没应你好处，只要你肯收留我，我肯定也有一份好心，供奉你这拨兄弟。"

焦老大没说话，上下打量着关宏峰，大约在辨别他身上能有什么好处。

关宏峰趁他迟疑，赶紧说道："哪位有手机，能借我打个电话？"

焦老大露出狐疑之色："打给谁？"

关宏峰嘴角轻轻一动，露出一个颇有高人风范的微笑来："您这话说得，当然是打给我的人。我背着这么个大案，能在外面跑一年多，总不可能是孤身一人吧。"

焦老大想了想，朝一旁的手下递了个眼色，手下拿给关宏峰一个手机。

关宏峰接过手机，在周围的一片监视中，好整以暇地拨了个号码。

电话接通了,关宏峰说道:"喂,是我,我是……"

电话那头响起了曲弦的声音:"智算通天的关队长,也有走窄了的时候。怎么?打电话过来是让我有个提前嘲笑你的机会吗?"

这话没头没尾,不太像曲弦的风格。关宏峰心中疑惑,含糊应道:"啊……是啊。我现在……"

曲弦又说道:"你在三道林业开发区?"

关宏峰更觉得蹊跷:"是。不光是我……"

曲弦的语气骤然转为阴沉:"害死佳音的王八蛋一路把你撵到那儿去的,对吧?他还在那儿吗?"

关宏峰听到这儿舒了口气,大概是琢磨明白了,一定是关宏宇不知道怎么定位到了他的位置,事先向曲弦求助了。

他低声说:"现在林场这儿有个大哥愿意暂时收留我,不过那家伙正堵着门,要我出去。这位大哥这儿虽然兄弟也不少,但不见得保得住我。"

"什么大哥,"曲弦失笑,"当地的地痞无赖吗?"

"差不多。另外就是,如果这边的大哥最终能把我保下来,咱……咱可得好好谢谢人家。"

"三道林区归泉岗管辖。我已经联络了那边市局,会派人协助行动,你瞅着这感谢力度够不够?"

关宏峰笑了:"够了够了。我相信这边的大哥肯定能满意。"

曲弦那边大约是将手机移开了一点儿,能听到通过电话传来的呼呼风声,显然是在高速行驶的汽车上:"我估摸着一小时之内能到。在这之前,你好好保住自己的小命吧。"

她正要挂电话,关宏峰叫道:"等一下!"

"嗯?"

关宏峰低声说："外面那小子也叫了不少人，好像正在来的路上。你要多加小心。"

曲弦颇为不屑地回了他一句"呵呵"，直接挂断电话，阴沉着脸色对前面开车的朝阳支队刑警说："据说那家伙还叫了不少帮手去。通知各跟车车辆，把甩棍和喷雾都别腰上，多带几副铐子。待会儿见着了，有多少摁多少。"

车载广播响起，她坐的这辆车打头，一共五辆警车呼啸着朝三道林业方向驶去。

焦老大在手下的簇拥下走出小屋，再次来到"娃娃脸"的面前。

"娃娃脸"瞟了他一眼，不等他开口，抢先说道："再加一辆车。"

焦老大愣了："什么？"

"娃娃脸"笑眯眯地说道："你既然没把人带出来给我，肯定是他用别的条件忽悠你了。这里面的真假虚实咱们不必争。我的人最多再有一小时就到。除了我刚才说的十万现金，他们开的车——不管是别克还是奥迪，你随便挑一辆走。这是我能给你开出的最后条件。"

焦老大转着眼珠琢磨了好一会儿，这才明白过来。他有些兴奋地搓着手，满脸堆笑："哎呀，你看这事儿闹得。你也叫人，他也叫人。你有开价，他有还价。这还真不好整。而且我姓……我也不是糊涂人，看得出来你们都是有势力的。兄弟出来，就是混口饭吃，打心眼儿里不愿得罪你们任何一边。这么着吧，这车也好，钱也罢，你和他都是空口白牙地说。这不就还一个点儿吗？等你们两边人和东西都到了，咱一块儿合计。好吧？"

他也叫人？

"娃娃脸"听完，面色顿时难看起来。

刘家窑农行附近，关宏宇、周巡、周舒桐和袁队长在周巡的越野车里，眼看着陶军走进了马路对面的农行。

周巡有些焦躁地问道："布控上没什么纰漏吧？"

袁队长回答说："全都是便衣，没开警车。附近所有的路口、小区出入口、商场出入口和建筑制高点都安排了人，只要周子博来，就绝对走不了。"

周舒桐想了想，问道："那……昨天这里刚发生枪击事件，按说相当一段时间应该封锁现场，不开门的。现在这种正常营业的状态，是不是反而会引发周子博的怀疑？"

不等袁队长回答，周巡说道："你也听过邰君然怎么说的。这周子博真要有这个知识或智商水平，还至于整出那么多糊涂事儿来？"

袁队长朝周舒桐一扬眉毛："放心吧，今儿个不敢说万无一失，也是十拿九稳。哎，对了，我听总队说，你们那个法医要是——"

周巡一脸不爽地打断他："甭跟我提这出儿啊！"

一直没吭声的关宏宇说话了："袁队，有个小事儿提前知会你一下，今天抓捕周子博的功劳归你们。但无论他来不来，等到撤控的时候，陶军由我们带走。李云的那起命案当年是在我们队终止的。重启调查，管辖也还是我们队。"

袁队长连忙点头："关队放心，这个我懂。"

关宏宇点点头,透过车窗,继续观察农行周围的情况。忽然间,路口斜对面的一个人吸引了他的注意。当然并不是陶军,而是一个穿着黑色外套、戴着黑色口罩、几乎把自己裹得严严实实的男人。除了装束有点儿奇怪外,他看上去十分正常,这会儿正站在公交车站牌下,低头侧身打电话。

关宏宇却直觉有哪里不对劲,这背影仿佛很熟悉,但具体在哪里见过——那天的地铁监控里面,那个穿着皮衣的男人!

他心里突突地跳,有些烦乱,跟车里的其他人打了个招呼:"我下去溜达一圈。"

周舒桐刚想说"我陪关老师一起",被周巡拦下了。

关宏宇一个人推门下了车,朝马路对面走去。

车站站牌下,那个男人正在打电话,声音压得很低:"和那个周子博说的一样,他姐夫已经进刘家窑农行了,可我总觉得有点儿不对劲儿。这个地点昨天刚发生枪击案,今天怎么就已经恢复正常营业了呢。既看不到警戒线,也没有关门贴封条。以公安系统的运作机制来讲,说不通啊……好的,我当然知道要谨慎行事……明白了。"

他挂掉电话,打开了手机上的拍照功能,通过变换手机摄像头的角度观察周围环境。镜头朝向路口的时候,关宏宇突兀地出现在镜头画面中。

男人愣了愣,但是镜头里的关宏宇并没有朝他这边看,而是表情自然,步态从容地穿过马路,似乎只是寻常的路人。

一分多钟后,关宏宇过了马路,自然而然地来到他身旁,似乎是在等车。

两个人一开始都没有说话。男人似乎也有些紧张，右手的手指轻轻在身侧敲击着。过了一会儿，关宏宇看着路对面的刘家窑农行，表情自然地随口问那男人："哎，师傅，听说昨天有人在这银行开枪来着，大概就是这个点儿。您知道吗？"

男人也很自然地扭头去看关宏宇："是吗？我不清楚。"

关宏宇笑了："哦，我还以为您总坐这趟车，昨儿个也赶上了呢。"

男人大约是感觉出来有什么不对劲了，但不知道关宏宇葫芦里卖的什么药，随口答道："哦，我也不是总坐这班车。"

关宏宇又问："您这是去哪儿？"

"磁器口。"

关宏宇的目光和语调都收紧了一些："可这趟车不去磁器口。"

男人愣了一下，只见关宏宇正目光炯炯地看着他以及他背后立着的公交站牌。尴尬了一瞬间之后，他又很自如地笑了："我知道，先去别地儿办点儿事儿。哎，车来了。"

关宏宇没说话，冷冷地盯着他。

公共汽车进站，男人往车门的方向走了两步，回过头问关宏宇："哎，您不坐这趟车？"

"我不等车。"关宏宇似笑非笑地朝他摇摇头，"我是来抓人的。"

男人愣了愣，表情僵硬了一瞬，朝关宏宇摆了下手，没再说什么，上车走了。

关宏宇低下头——刚才走过来的时候，他趁着角度便利，拍下了一张这个人的照片。

04

三辆京籍牌照的别克公共仓驶下公路,朝林业开发区的方向一路前进。没开出多远,一辆警车从路肩下开上来,拦住了车头。另外四辆警车先后从周围开出来,把三辆别克公共仓围在中间。

曲弦带着二十多名刑警下了车。

别克车一侧,"娃娃脸"叫来的二十个手下也下了车。为首一人略带惊慌,又装出满脸无辜的样子:"警察同志,你们这是……"

不等他话说完,曲弦就上前一把把这个人摁到地上。其他刑警一拥而上,迅速把这伙人铐了起来。

曲弦一边指挥刑警把这些人押上警车,一边朝前方摆了下手,示意拦路的警车可以挪开了。她指了指周围分成探组的几拨刑警,留下一部分人看押人犯,自己带着十几名刑警上了三辆别克车,直奔林场。

三道林业开发区里,"娃娃脸"不停地看表,似乎在焦虑为什么他叫的人还没赶到。过了一会儿,他掏出手机拨打电话,对面一直无人接听。他不死心,又拨了一遍,还是没人接,他终于开始警觉起来,左右看了看,正准备走人,刚一回头就愣住了。

早上起过冲突的工头孙去而复返,身后跟着百十来号人,已经浩浩荡荡涌到了焦老大的据点前。

"娃娃脸"正琢磨着该从哪头撤出去,焦老大已经带着人从据点里冲了出来。

工头孙也不客气，指着焦老大的鼻子就说："姓焦的！道有道义，行有行规。出来混，好歹你得把着一头吧！都是站着撒尿的，有事儿可以商量。谈不拢，咱直接就干！你个龟孙儿偷摸着报官是几个意思？"

焦老大被骂得一头雾水，在小弟面前自然也不能输了面子："你甭跟这儿满嘴喷粪！我姓焦的还怕你吗？告诉你了，价码的事咱回头有商量。你带人过来指着鼻子尖儿骂我，还他妈诬陷我报官，我看你是活腻了！信不信老子现在就干了你！"

随着焦老大的叱骂与恐吓，身旁的小弟纷纷附和地骂道："干他！干他！干他们丫挺的！"

工头孙面红耳赤地"据理力争"："谁诬陷你了？刚才我的兄弟明明看见有几辆……"

这话都没说完，从对面人群里飞出一根棍子，直接砸到工头孙的面门。他向后趔趄几步，鼻血直流。

一场混战顿时像决堤的洪水一样爆发，近两百人你来我往，打成一团。

混战中，由于"娃娃脸"不是任何一头的，所以双方见到他都会发起攻击。饶是他身手了得，放倒了好几个人，但也挨了不少打，头上还被开了道口子。

远处响起汽车引擎的声音，他一抬头，看到不远处三辆别克车驶来，心下一喜，奋力从人群中杀出一条路。

"娃娃脸"正要往车那边走，车门一开，涌下来一帮刑警。

带头的是个女人，眼神凶狠，一下车，就狠狠地盯住了"娃娃脸"。

这眼神太诡异了，就连"娃娃脸"这样的人，被她目光一锁，竟然都生出一种毛骨悚然的感觉。

他见势不妙，扭头冲回混战的人群中，朝反方向——焦老大的据点跑去。

曲弦带着十几名刑警，一上来就控制住了不少人。剩下的人虽然为数众多，但很快"警察来了"的恐慌就蔓延开来。

两伙乌合之众开始溃散奔逃。

"娃娃脸"连打带撞地闯进焦老大的据点，却发现房间里空空如也，后窗户大开着，关宏峰显然已经逃了。

他正扒着窗户往外看，听到后面门响的声音，回头一看，那个领头的女公安已经追进来了。

"娃娃脸"顿时明白，这个女的就是冲他来的。

他右手伸进左侧袖口，迎了过去。两人相距不到两米的时候，"娃娃脸"微一伏身，边往前冲边从左侧袖子里拽出了钢弦。

想不到曲弦动作流畅地用左手从旁边抄过一把椅子，往身前一撂，同时右手一抖，抖开了甩棍。

"娃娃脸"被扔到面前的椅子阻滞了一下，脚下一缓，想跨过去。钢弦已经抽出了大半，他却没能近曲弦的身，局面变得有些尴尬。

曲弦趁机抡起甩棍，隔着椅子砸在他抽出一半的钢弦上。剩下那截没抽出来的钢弦被这一砸，直接从袖口里甩了出来，把他的左手手腕到手掌划开了一个大口子。不等他做出反应，曲弦回手一棍又抽在他的头上。

"娃娃脸"这一下吃得结结实实，后退几步，差点儿摔个跟头。

曲弦一脚踢开地上的椅子，上前再度抡起甩棍。

"娃娃脸"飞快地调整好体势，左手顺过钢弦的另一头，两手交叉一裹，缠住了甩棍，把曲弦连人带棍往自己怀里带。结果他手上一松，曲弦反应很快，没紧握甩棍，直接松手了。

他心想，妈的，这女的实战经验也太丰富了，这是揍趴下过多少人？

"娃娃脸"正犯愣，曲弦左手又抖出另外一根甩棍，狠狠朝他的肋下戳过来。他急忙往旁边闪身让过甩棍，同时用腋窝夹住甩棍的前端，左手迅速绕了一圈，把这根甩棍也缠在了钢弦里。由于看到曲弦的右拳已经挥起来了，他索性把钢弦和甩棍往旁边一扔，也挥拳迎向曲弦。

两人互相在对方的耳腮处重重打了一拳。

曲弦被打得几乎飞了出去，倒在地上。

两人谁都没占到便宜。

"娃娃脸"闷哼一声，后退两步，靠在墙边，血顺着鬓角直往下淌。他恶狠狠地盯着曲弦，只见曲弦略显吃力地从地上撑起身，右手扣着一副沾着血的手铐。

这时，门开了，许多被追赶的斗殴人员和刑警都涌了进来。

"娃娃脸"咬了咬牙，明白今天再不走则后果不堪设想。他捡起地上的钢弦，抖落上面缠着的两根甩棍，翻窗而逃。

据点外围，泉岗市公安局的警力同时赶到，对斗殴人员采取了包围与逐一逮捕。

一场械斗混战，终于结束了。

刘家窑农行外，眼看着陶军被两名刑警押上了警车，袁队长对周巡等人说："这逃犯的话就不能信。等了大半天，这不也没来吗？"

周巡没回话，瞟了眼关宏宇。

关宏宇轻描淡写地说:"你带一队人跟我们走。我知道去哪儿找他。"

说着,关宏宇手机响了。他看了眼来电显示,朝周巡递了个眼色,走到一旁接通电话:"曲队……情况怎么样?"

曲弦坐在一辆警车的前机器盖上,边用冰袋敷脸边对着手机抱怨:"擅自带队离京,进入非辖区地域执行公务,知道回去我得挨多大处分吗?"

关宏宇悻悻道:"那我确实也没骗你……"

曲弦取下敷脸的冰袋:"你是没骗我,我见着那人了。"

关宏宇紧张起来:"抓到了吗?"

曲弦一脸不高兴,想了想,说:"等我回去,咱们得好好聊聊。"

说完,她正要挂断电话,关宏宇那边急得叫起来:"那我哥……"

"没见着,跟尾泥鳅似的。"曲弦没好气地说道,"刚才我陪泉岗市局的人清点了一遍被扣押人员,也没见着。你该明白,我不方便带队里的人去搜索……"

"娃娃脸"被撵走,现场被控制,没找到人,那就是暂时安全了。

关宏宇低下头,正巧手机收到一条信息,是刘音发来的。

人接到了,没受伤,放心。

他这才真正放下心来,朝周巡点了点头,两个人齐齐呼出一口气。

* * *

刘音发完信息，把手机收了起来。

关宏峰整个人蜷缩在副驾驶座上，看不清表情，但状态显然很一般。刘音侧过头去，轻声道："我也想问呢。你说，在高速收费站你一找到电话，就先打给我，为什么……"

"因为我估计宏宇肯定安排你来这附近接我。"

刘音莫名其妙地眨眨眼："等等，从昨天你从我车上下去散步，到刚才打电话给我，你应该明白这中间差着好多步骤呢吧？"

"是有挺多步骤的。"关宏峰轻声说，"但我相信宏宇会安排好的。"

他说着，疲惫地靠在座椅上，闭上双眼。

"好好开车吧，路还远着呢。今天我肯定不想溜达回去了。"

当天中午，支队在福田陵园里发现了周子博。这个青年也看到了警车与警察，神情很平静，完全没有反抗的意思。他的姐姐周子珊和警方一起到达，她率先进去，和弟弟说了几句话后，青年就低下了头，默默地跟着姐姐沿着小路往外走。

周巡拍拍手说："说起来，这陶军为了让自己这家儿能独吞所有拆迁款，就害死老太太。他要是知道周子珊打定主意把一半儿的钱留给弟弟，会不会哪天找个辙，连老婆都弄死？"

关宏宇没接周巡的茬儿，低声对袁队长说："剩下的事儿就不归我们管了。不过，这会儿是周子珊直接把他领出来的，可不可以算送首？"

袁队长看着关宏宇，没说话。

关宏宇微笑道："不情之请，拜托拜托。"

袁队长无奈地笑了笑，冲关宏宇点点头："咱们关队也是菩萨心肠。"

说完，他朝手下刑警递了个眼色。几名刑警掏出手铐，迎了过去。

这起案件基本结束，周子博抢走的那把手枪被移交。而在望京的小仓库里，事件被再一次梳理。一面空白的墙上，几人逐渐标写并完善出一张完整的人物关系图。

关宏峰在"娃娃脸"的照片旁边画出一个分支，写上了"裴总"两个字；安廷的名字旁写着赵茜，刘长永的名字旁写着周舒桐，两名女性的名字下都被打了星号；关宏宇将他在公交站拍到的那个人的照片贴在这堆关系图的外围，打了一个大大的问号。

而这张照片里的人，此刻正在西单大悦城。

他当然没有穿着那件标志性的皮衣，但仍旧戴着口罩，观察着来往的行人。直到一个五六岁的小女孩蹦蹦跳跳地从商铺里跑出来，一个老人紧紧跟上，拉住了小姑娘的手。

男人平静地望着这一切，目光前所未有地柔和。

观众席上坐满了人。

舞台上，饰演"熊"的周巡穿着道具服，倒在舞台一侧。而在他的"尸体"旁，关宏宇双手倒背，面色阴沉而忧戚，低着头，沉默不语。

周舒桐站在他身后，目光倔强地望着他，一板一眼地念出台词："其实你根本没必要一直瞒着我。把你的苦衷说出来，有什么困难我们可以共同解决。"

"不,真由美。"关宏宇摇摇头,"这里面牵扯的事情太多,我不能冒险连累你。不错,我希望你能相信我是被冤枉的,我也一定会查出真相,但这种事情只能由我自己面对。不要忘了,我是一个被追捕的人。"

舞台的灯光亮得晃眼。

周舒桐上前一步,目光牢牢地锁定"关宏峰",回应掷地有声:"那我就是你的同谋!"

图书在版编目（CIP）数据

白夜追凶：白夜破晓.2.上/指纹著；谢十三改编.— 北京：新星出版社，2024.12.— ISBN 978-7-5133-5699-2

Ⅰ.I247.5

中国国家版本馆 CIP 数据核字第 202466C8X9 号

白夜追凶 2：白夜破晓（上下）
指纹 著；谢十三 改编

责任编辑	王　欢	特约编辑	郭澄澄
责任校对	刘　义	责任印制	李珊珊
装帧设计	冷暖儿		

出 版 人　马汝军
出版发行　新星出版社
　　　　　（北京市西城区车公庄大街丙 3 号楼 8001　100044）
网　　址　www.newstarpress.com
法律顾问　北京市岳成律师事务所
印　　刷　北京天恒嘉业印刷有限公司
开　　本　910mm×1230mm　1/32
印　　张　27
字　　数　629 千字
版　　次　2024 年 12 月第 1 版　　2024 年 12 月第 1 次印刷
书　　号　ISBN 978-7-5133-5699-2
定　　价　98.00 元（全 2 册）

版权专有，侵权必究。如有印装错误，请与出版社联系。
总机：010-88310888　　传真：010-65270449　　销售中心：010-88310811